BIBLIOTHÈQUE CONTEMPORAINE

MARIO UCHARD

RAYMON

PARIS

MICHEL LÉVY FRÈRES, LIBRAIRES-ÉDITEURS

RUE VIVIENNE, 2 BIS

1862

RAYMON

Paris. — Typ. de PILLET fils aîné, rue des Grands-Augustins, 5.

RAYMON

PAR

MARIO UCHARD

PARIS

MICHEL LÉVY FRÈRES, LIBRAIRES-ÉDITEURS,

RUE VIVIENNE, 2 BIS

—

1862

A SON ALTESSE

LE PRINCE JOSEPH PONIATOWSKI

SÉNATEUR

Il n'y a point de hasard, disais-je d'après Bartholo, quelque part dans ce livre. Voici, cher ami, que le grand dériseur des actions humaines me donne le démenti le plus aimable. Pour forcer mon orgueil à le saluer dieu, il nous a poussés tous deux vers votre magnifique villa du lac Majeur, et je reçois les épreuves de mon roman à quelques pas du lieu où j'en ai placé le début. De ma fenêtre ouverte j'aperçois, dans le miroir des eaux, le joli village de Baveno, la route fleurie où j'ai imaginé la rencontre de mes héros et ce grand combat à coups de roses. Sur l'autre rive, si la montagne s'échancrait un peu, je pourrais voir Varese, la Madona del Monte, Biumo superiore et cette villa de mon cher duc Antonio Litta, que je lui ai dérobée pour en gratifier le comte Moroni. Un jour peut-être vous emprunterai-je ainsi la vôtre pour y promener quelque amoureuse héroïne, et vos splendides jardins ouïront les soupirs de quelque prince charmant. — Ne vous rengorgez pas, fat, il s'agit ici d'un prince de mon imagination. — Je décrirai alors votre adorable oasis *della Torre*, ce nid de fleurs d'où le bonheur ne voudrait jamais s'envoler, et le beau lac dont le flot nous berce, et ces horizons fauves que baigne le soleil d'Italie, et ces Alpes grandioses que les neiges couronnent.

Mais n'aurai-je pas l'air d'inventer un conte de fée quand je peindrai le ravissant Eden où nous errons à l'ombre sous des bois de camellias, où la flore des tropiques se mêle à la flore d'Europe : le myrte à l'aloès, l'oranger au yucca à palmes grêles; où la sterculea élance sa cime au-dessus des grands pins du Canada? quand je peuplerai des héros de mes fêtes galantes ces fraîches allées bordées d'hortensias, et ces profonds ombrages qu'égayent les lauriers roses et les lagerstroëmes indiens aux grappes de pourpre? Des amants fortunés deviseront d'amour sous ces magnolias gigantesques que vous envie l'Isola bella votre voisine, et dont l'opulente feuillée, traînant jusqu'à terre, ménage au-dessous des rameaux des dômes de verdure : je rapetisserai, pour qu'on le croie vraisemblable, celui qui l'autre matin abritait vingt convives, double décaméron si gracieusement présidé par une des plus grandes dames de France.

N'est-ce point, cher ami, une des faveurs de la muse que ces réminiscences des temps qui nous ont été doux? J'aimerai à repasser dans mon souvenir les heures de paix que me fait notre amitié, et nos bonnes causeries, et nos sérénades sur le lac, au clair de lune, où vous nous confiez le soir vos mélodies du matin. Heureux et poétiques loisirs que se partagent le travail et le *far niente*.

Tandis que j'écris ces lignes au murmure des cascatelles qui babillent et du grand jet d'eau qu'irise un faisceau de rayons, j'entends le piano résonner sous vos doigts : le sénateur compose un opéra et chante à lui tout seul un duo du *Rosaire*, que le dilettantisme parisien entendra cet hiver. Sur la terrasse, assise à l'ombre de ses rosiers, la gracieuse princesse écoute, souriante, les airs du cher maëstro, et, tout en taquinant le chanoine, elle tricote de ses mains patriciennes des bas de coton pour quelque pauvre d'Intra... Que ne puis-je retracer les enchantements de notre villégiature au sein de ce petit paradis, votre hospitalité si franche et si cordiale ! Un plus habile retrouverait chez vous la veine idyllique de l'Astrée ; peut-être la chercherai-je un jour. En attendant, je vous dédie ce roman, témoignage de notre vieille amitié : mon Raymon doit vous plaire, à vous, qui gardez avec une jeunesse si résolue les heureuses croyances du cœur et de l'esprit.

MARIO UCHARD.

Intra, lac Majeur, septembre 1861.

RAYMON

PREMIÈRE PARTIE

I

— Mon ami, m'écriai-je en entrant tout radieux, elle s'appelle Mary !

Et je tombai haletant sur un fauteuil.

— Elle s'appelle Mary, hein ?... dit Stephen. — Quel bonheur !

Il me jeta cette réponse de ce ton placide et glacial particulier aux gens qui ne sont pas amoureux.

L'infortuné ! Il jouait gravement avec un immense bilboquet, et toutes les forces de son âme immortelle semblaient tendues vers la boule qu'il enfilait avec l'adresse d'un singe ou d'un mignon de la cour de Henri III. Puis, tout en jouant, il se mit à chantonner machinalement :

« Mary, Mary, allez vite à la danse ! »

1

Cette tranquillité, tombant à plat sur mon exaltation, m'abasourdit; je demeurai muet un instant devant une si monstrueuse indifférence; mais, l'indignation débordant tout à coup, je m'épanchai en invectives.

— Balourd! momie! sceptique! matérialiste, athée! cœur mort!... philosophe!...

Avec cette dernière injure, je lui lançai mon chapeau à la tête.

Il daigna s'en émouvoir, et, déposant son instrument, s'écria avec une sorte d'inquiétude comique :

— Bon Dieu! qu'est-ce qui te prend?

Mais je n'avais pas épuisé la série d'épithètes que me suggérait la colère; elles pleuvaient dru comme grêle, et je l'en accablai. Il se contentait de secouer les oreilles; cependant, profitant du moment où j'allais reprendre haleine, il me dit d'un ton doux :

— Tu as été mordu, bien sûr!

Et il me présenta un verre d'eau.

Je le lui arrachai des mains furieusement; et, toujours furieusement, je le bus, car j'avais grand'soif.

Tout cela fut fait avec une telle rage, que je partis d'un éclat de rire.

— Il est sauvé! s'écria Stephen, s'il ne devient pas fou; quelle belle cure!

— Fou? Ah! mon cher, mais je le suis! fou de joie, d'ivresse, de bonheur; et tu le comprendrais, si tu ne m'avais arrêté au début de mes épanchements.

— Reprends-les, mon doux ami. — Tu en étais à ces mots : « Elle s'appelle Mary. »

— Oui !

— Elle est la fille du baron George Barnet, Anglais de naissance, ajouta-t-il.

— Ah ! m'exclamai-je étonné, et ravi de ce précieux renseignement.

Il poursuivit d'un air dégagé :

— Elle habite le palais Sonzi. Ils sont encore pour quinze jours à Milan.

— Ah !

— Le jeune homme qui l'accompagne est son cousin.

— Ah ! c'est son cousin ?

— Tu ne le savais pas ?

— Non.

— Qu'est-ce que tu sais, alors ?

— Je sais, depuis une heure, qu'elle s'appelle Mary.

— C'est tout ?... En ce cas, il faut avouer que tu es un jeune homme bien avancé dans ta conquête.

Ce sarcasme glissa sur moi sans me froisser. Stephen venait de m'apprendre sur ma jolie inconnue des détails que j'ignorais encore.

Je le regardais avec admiration : son flegme me paraissait aimable, et, pour la première fois, je lui pardonnai cette légèreté naturelle qui me faisait souvent damner. Il jouit un moment de son effet, et, devinant sur ma physionomie une interrogation avide, il voulut bien y répondre.

— Mon cher, vois comme c'est simple : ce matin, pen-

dant que sous les châtaigniers de Monza tu te livrais au
pourchas de tes amours, je vis sur le bastion, auprès de
Porta-Renza, un groom attendant ses maîtres avec deux
chevaux de selle ; c'était le groom de ta belle. Je me
plantai en connaisseur devant ces deux pur-sang, qui
sont vraiment admirables ; j'exprimai ma satisfaction par
des mouvements de tête réfléchis ; ce qui m'amena naturellement à demander le nom de l'heureux possesseur d'un
groom et de deux bêtes si bien tenus ; ce garçon me le livra,
et, comme je suis fort intelligent, je l'ai retenu pour t'en
faire part. — A ton tour, que t'est-il arrivé de fortuné ?

Mais comment raconter ces ivresses des amoureux, ces
immenses bonheurs qui se composent de riens : d'un
regard, d'un sourire, d'un ton rose qui avait coloré sa
joue, lorsque, passant rapidement au galop, elle m'avait
croisé dans cette allée où, depuis huit jours, je vais l'attendre chaque matin ? C'étaient là des faveurs bien fugi-
tives pour Stephen, qui, peu rêveur par nature, m'écoutait complaisamment en relevant sa moustache d'un air
négligent. — Un regard, un sourire, un ton rose ! rien
de plus. — Mais le chaste regard s'était fondu dans le
mien avec une expansion ineffable. Pour moi, le sourire
disait : « Il m'attend, » et le ton rose : « Il m'aime. » Un
regard, un sourire, un ton rose ! l'âme n'a point d'autre
langage, c'est l'expression divine, et celle-là ne ment
jamais !

Pour la revoir encore, j'étais allé vite me poster à la
porte du parc ; car je connais sa course accoutumée. Là,
un arbre tombé dans la nuit, en travers sur la route,

avait effrayé son cheval; surpris tout à coup, le sot animal fit un écart terrible.

— *Take care, Mary!* cria le cousin, qui la suivait de près.

Moi, je jetai un cri désespéré qu'elle entendit; elle tourna vers moi son gracieux visage. J'y croyais trouver l'effroi, il rayonnait d'une juvénile ardeur. La voyant si brave, je me rassurai. — Elle prit du champ pour sauter.

— Je ne sais quelle idée folle me traversa l'esprit, je songeai vaguement à un péril dont je l'eusse sauvée. Elle tombait, je me précipitais... Blessé par son cheval, je la recevais dans mes bras : évanouie, mais sauve, et alors... Mais la belle amazone avait rassemblé ses rênes, et, d'un bond de gazelle, l'alezan avait franchi l'obstacle.

Je respirai; car, sous le poids de ma coupable pensée, j'étais tremblant, et mon cœur battait à se rompre.

Comme je traversais l'allée, afin de la suivre plus longtemps des yeux, je vis à terre, près de l'arbre renversé, un objet brillant qui attira mon attention. C'était sa cravache, une coquette cravache à pomme d'argent, fine et flexible comme une branche de lilas, et faite pour une main de jeune fille. Je m'emparai de ce trésor; instinctivement, je le portai à mes lèvres, puis, partant comme un trait, j'entrepris de rattraper les chevaux, que je voyais à cinq cents mètres de moi, mais dont l'allure m'eût mené fort loin s'ils n'eussent rebroussé chemin. Je pressai le pas et j'arrivai tout essoufflé près d'eux au moment où ils revenaient; le groom, qui les devançait,

aperçut dans mes mains l'objet de ses recherches, et
s'approcha pour le reprendre ; j'aurais bien voulu ne pas
voir ce rustre ; j'espérais ne rendre qu'à sa maîtresse
mon heureuse trouvaille ; la discrétion et la timidité me
retinrent ; je m'exécutai, bien que Mary et son cousin se
fussent arrêtés à quelques pas de nous. Ils virent cependant que je rapportais la cravache perdue ; le cousin
m'adressa un salut que je lui rendis d'un air assez confus. J'étais furieux contre cet imbécile obstacle entre
Mary et moi. J'ignore si elle comprit ma tristesse ; mais,
au même instant, je vis reparaître sur ses joues le joli
ton rose, et, d'une voix mal assurée, elle me cria :

— Merci, monsieur !

Et, se courbant gracieusement sur sa selle, elle partit,
me laissant enivré.

C'était la première fois qu'elle me parlait. Quelle voix
divine ! Anges du ciel, vous seuls chantez ainsi ! Et puis,
il y avait dans ce « merci, monsieur ! » dit en français,
une attention délicate et charmante. C'était comme un
souvenir de notre première rencontre qu'elle évoquait
entre nous, un lien repris dans le passé.

— Je ne suis point un inconnu pour elle, me disais-je ;
elle n'a point oublié le village de Baveno.

Je n'osais point encore dire : « Elle m'aime ; » mais je
sentais mon cœur se gonfler d'espérances folles qui me
montaient au cerveau et troublaient ma raison comme
les fumées du haschich ; des songes d'avenir, qu'animait
sa radieuse image, passaient à travers mon esprit ; je
m'efforçais de les dissiper pour savourer la félicité du

présent. Cherchant à ressaisir l'écho de sa voix, je la suivais du regard. Elle allait au pas ; j'admirais le balancement harmonieux de son corps souple et le mouvement gracieux de son col de neige sur lequel flottait une mèche blonde échappée du réseau qui retenait son chignon. Lorsqu'elle eut disparu, je fermai les yeux pour la revoir encore.

De tous les mortels, Stephen était certainement le moins propre à l'emploi de confident d'amour. Riche à pouvoir satisfaire tous ses caprices, ses aspirations les plus vives en fait de sentiment ne franchissaient jamais le cercle du positif et du possible. Esprit hardi, mais cœur prudent, il ne voyait dans l'amour que l'échange de deux fantaisies passagères qui ne doivent pas troubler la vie, ni gêner l'exercice de la liberté. Il s'éprenait, à bon escient, de femmes qu'il savait accessibles ; encore, avant d'aimer, eût-il volontiers demandé des arrhes !

— Grand merci ! disait-il, de ces belles indécises qu'il faudrait dégeler à la chaleur de mes soupirs et poursuivre six mois avec des roucoulements tendres. Je ne me sens point fait pour ce rôle de troubadour attardé ?

Il écouta cependant, sans l'interrompre, la narration minutieuse des événements de ce jour. Je ne lui fis grâce ni d'un mot, ni d'un geste, ni d'une pensée, ni d'une espérance ; il m'encourageait même, et, gagné parfois par mon enthousiasme, semblait partager mes émotions. Il frémit avec moi au moment où Mary franchit l'arbre, et battit des mains lorsqu'il la vit sauvée. Je pouvais suivre sur son visage les mouvements tumultueux de mon âme ; on eût dit que son exaltation dépassait la mienne et que c'était lui qui était l'amoureux.

Quand j'eus fini, il parut demeurer sous le charme ; je le contemplais, je jouissais de mon triomphe ; le souffle de ma passion, en pénétrant dans cet esprit douteur, avait mis les sophismes en déroute comme une volée d'oiseaux de nuit surpris par la lumière.

Après avoir rêvé quelques instants, Stephen se tourna vers moi et me dit d'un air profond :

— Ah ! cher ami, quel dieu que le jeune Éros ! et que les hommes sont injustes de l'avoir relégué dans le lointain de la mythologie ! Je ne veux certes médire d'aucune religion, mais en est-il une dont le culte soit aussi bienfaisant que celui de l'Amour platonique ? Au point de vue psychologique, il est excitant ; au point de vue hygiénique, il est réconfortant. Tu fais deux lieues tous les matins, tu respires les senteurs balsamiques des bois ; les nymphes du bocage, émues et craintives à ton aspect...

— Où diable veux-tu en venir avec ce pathos ? dis-je en l'interrompant d'un air inquiet.

— Je t'énumère les avantages physiques et moraux de ta passion, afin de te prouver que mon cœur n'est point du tout aussi indifférent que tu semblerais le croire au bonheur d'un ami.

— Tu es insupportable avec tes railleries !

— Moi ?... Mais je suis démesurément sérieux, ma parole d'honneur ! — Allons, ne te fâche pas... j'achèterai une carte du Tendre pour te suivre. Que veux-tu de plus ?...

J'achèterai des pipeaux ! — Est-ce que je cherche à flétrir tes illusions ?... Ai-je seulement ridé d'un souffle le lac paisible qui te berce ?... T'ai-je une seule fois demandé sur quelle rive fortunée tu espères que cet amour te conduira ?... Ai-je enfin...?

— Va te promener ! m'écriai-je en fureur.

Et disant cela, je sortis pour y aller moi-même.

II

« Où te conduira cet amour ? » avait dit Stephen. J'avoue que, s'il m'eût fallu répondre, j'aurais répondu que je n'en savais rien. En effet, que m'importait le but? J'aimais pour aimer.

J'avais vingt-trois ans, cet âge qu'on appelle encore vingt ans ; j'étais en Italie ! — Italie, vingt ans ! — Ces deux mots ne semblent-ils pas se répéter comme un écho ? Vingt ans ! printemps fugitif de la vie ! Italie, printemps éternel du monde ! j'étais heureux ! Dans mon cœur, un soleil ; autour de moi, des fleurs ; sur ma tête, l'azur. « Italie, c'est la rime à folie, » a dit Musset ; mais vingt ans, cela rime à tout ce qui est joie, en dépit des dictionnaires de rimes. J'étais heureux de ce bonheur que dore l'espérance, heureux de l'épanouissement de ma vie. J'étais libre comme l'aiglon des montagnes ; j'avais un ami sincère, une amante adorée. C'était tous les jours

fête carillonnée en mon cœur. — Oh! la divine musique qui se chantait au dedans de moi! C'était une telle
symphonie, que, vraiment, je m'étonnais qu'on ne me
suivît pas comme une sérénade. Et ces folles rumeurs
couvraient même de leurs éclats la faible voix qui parfois soupirait dans mon âme, la voix de ma mère qui
n'est plus. — J'étais heureux, je l'oubliais.

Mères, votre souvenir a cela de divin, qu'il n'est guère
évoqué que dans les douleurs. Nous ne le mêlons point
aux fêtes de notre jeunesse! Amie de mon enfance, tu ne
croyais pas ton fils ingrat, et les tendresses enfouies au
fond de mon cœur étaient sans doute pressenties par le
tien. Moi, j'étais heureux! je t'oubliais!

Une des choses dont on a le plus médit depuis trente
ans, c'est certes le bonheur; la mode est à la *désespérance*. Aussi, n'est-ce point sans quelque confusion que
je dévoile ici mon caractère. Dussé-je passer pour un
phénomène, je le confesse en rougissant : je crois à la
jeunesse, à l'amour, à la vertu — bien que j'aie beaucoup lu. — Je suis, sans doute, un esprit malade; car il
paraît que le monde est bien bas; mais il me semble que
le soleil verse toujours à flots ses rayons empourprés;
pour moi, les fleurs ont des parfums, les blés jaunissent
encore en été, la vigne rougit à l'automne, des allées
d'ombre se creusent sous le feuillage épais des bois, je
jurerais que j'y entends les grandes voix de la nature
et les cantiques des oiseaux; mes yeux se perdent
dans l'azur infini... Que dirai-je de plus?... Je crois à
Dieu!...

On le voit, mon infirmité est complète; mais ces hallucinations me sont chères, et je m'afflige quand j'apprends par les livres qu'il n'est plus rien de jeune, que notre siècle est positivement déshérité. Il faut croire que nos pères vivaient de beaucoup plus heureux. Le xviii° siècle était, en effet, fort gai; cela tenait sans doute à la pureté des mœurs, à la richesse de la France et à la force de son gouvernement. — Pauvre peuple, pauvre France d'aujourd'hui! — Déshérités... Triste, triste, triste! en vérité.

Je finirai pourtant bien, un jour, par m'attendrir sur notre décadence.

III

Voici comment je rencontrai Mary :

C'était à Baveno, un petit village enfoui au milieu des magnolias et des lauriers-roses; nul voyageur ne le connaîtrait s'il ne faisait face aux îles Borromée. Coquettement posé à mi-côte, il se déroule et vient baigner ses pieds dans les eaux toujours bleues du lac Majeur; quelques barques, amarrées au rivage et ornées de tendelets aux vives couleurs, lui donnent, en tout temps, un air de fête; des *barcajuoli*, patiemment couchés au soleil, attendent, dans leurs habits du dimanche, les touristes désireux de visiter l'Isola Bella, et les rançonnent avec

la simplicité de l'homme de la nature, en dépit des tarifs
de M. le podestat.

Après avoir consciencieusement payé notre tribut d'admiration aux jardins suspendus, nous errions, Stephen
et moi, sur la rive, attendant, non sans mélancolie,
l'heure du déjeuner, lorsque nous fûmes tout à coup dis-
traits par de frais éclats de rire qui s'envolaient en fusées,
entremêlés de cris mutins et de menaces joyeuses. M'é-
tant approché, je vis, au détour du chemin, une belle
jeune fille assaillie de fleurs que lui jetait une main invisible du haut de la terrasse bordée de rosiers; elle se défendait de son mieux, et les roses s'entre-choquaient dans
l'air. Ma venue la mit en fuite et je me trouvai attaqué
à sa place par l'ennemi mystérieux qui, sans remarquer
la déroute de sa compagne, continuait à faire pleuvoir
les bouquets effeuillés. Cependant, surpris de tant de
silence après tant de cris, l'assiégé, soupçonnant quelque ruse de guerre, écarta les branches avec précaution,
et montra, dans le feuillage... la plus délicieuse tête que
jamais peintre ait rêvée pour Ève la blonde.

— Jolie créature! dit Stephen d'un ton d'amateur et
comme s'il eût parlé d'un objet d'art ou d'une statue
champêtre.

Moi, j'étais cloué sur place; émerveillé de cette apparition charmeresse, j'attendais son retour. Mais Stephen,
à jeun et, par conséquent, cruel, me tira brusquement
de mon rêve. Nous étions à la porte de l'hôtel, il m'y entraîna.

Séparé du lac par la route, l'unique hôtel de Baveno

offre aux voyageurs une unique salle à manger. Nous y
étions depuis cinq minutes quand la porte s'ouvrit; je
me retournai au bruit et je vis sur le seuil les deux jolis
champions de ce combat singulier que j'avais interrompu si malencontreusement. J'avais à peine entrevu la fugitive de la route; mais je reconnus près
d'elle mon apparition de la terrasse. Elles me recon-
nurent de leur côté; un mouvement imperceptible d'hésitation trahit leur embarras; enfin, s'enhardissant à
passer sous le feu de mes regards, elles osèrent répondre par une inclination de tête timide au salut res-
pectueux que je leur adressai. Elles étaient suivies d'un
grand monsieur grisonnant qui semblait être leur père.
A l'arrière-garde marchait une de ces figures majes-
tueuses et couperosées auxquelles on reconnaît d'emblée
la gouvernante anglaise.

La salle n'étant pourvue que d'une table, le déjeuner
devait se faire en commun. Déjà je manœuvrais habilement pour m'asseoir auprès de ma belle inconnue, quand
la gouvernante, qui me regardait d'un air aimable, prit
dans mes mains la chaise que j'avançais, et s'y accom-
moda, me payant d'un sourire et d'un compliment anglais; moi, en bon français, je la vouai mentalement à
tous les diables; mais comme aucun diable n'était là
pour l'emporter, il fallut me contenter de ce voisinage
effarouchant. Je m'assis maugréant et je me promis bien
de laisser mourir de soif un pareil trouble-fête.

En face de moi s'était installé le père, un gentleman
de haute mine, chauve, recueilli, sérieux à réjouir sa

mère Albion; on lisait sur son visage cinquante années
de calme et de gravité; aucune ride de son front poli ne
recelait les orages de la passion; ses yeux vifs et lim-
pides reflétaient une conscience satisfaite, et son teint
reposé témoignait d'un estomac généreux. Son attitude,
quoique un peu roide, avait cette aisance particulière à
l'aristocratie anglaise; la précision de ses gestes annonçait un esprit ordonné. Tout en lui respirait ce bonheur
bien réglé et cette confiance qu'assure le triple don de la
naissance, de la fortune et de la santé.

Si jamais la comparaison surannée d'une fille avec le
printemps a trouvé son emploi, c'est assurément en faveur de la jeune miss que j'avais sous les yeux, assise
au côté du digne gentleman! C'était un éblouissement
de fraîcheur, d'innocence et de grâce; ses cheveux châ-
tains, un peu en désordre, encadraient un visage d'ange
où pétillait le regard le plus mutin; elle avait des gestes
d'une pétulance naïve, des mouvements de biche effarée
qui révélaient l'exubérance de la vie; son assurance
câline trahissait l'enfant gâtée, élevée dans un atmosphère de tendresse; son caractère pouvait s'esquisser
d'un mot : elle avait quinze ans.

Bien qu'elle me parût adorable, j'avais encore dans
l'esprit la figure radieuse entrevue sur la terrasse. En
vain je me penchais pour la revoir, sitôt que je tournais
la tête de son côté, l'implacable gouvernante qui nous
séparait me décochait son implacable sourire et semblait
me remercier de l'attention que je prêtais à son bel appétit; elle en profita pour me faire quelques avances et

me demander à boire. Furieux, je feignis de ne pas comprendre l'anglais, et je lui donnai du sel. Cette gaminerie m'apaisa, mais je m'étais fermé toute possibilité de prendre part à la conversation.

IV

A quoi tient le bonheur! A quoi tiennent les destinées! L'itinéraire de notre voyage, l'état de mon cœur, mes projets d'avenir, ma fortune, ma vie, tout cela fut modifié par cet accès de mauvaise humeur qui me poussa à ne point vouloir comprendre l'anglais! A peine mon ignorance et celle de Stephen, qui m'imita, furent-elles constatées, que les jeunes filles commençaient leur babil. Elles racontèrent à leur père la scène de la terrasse, leur confusion à ma vue, et l'agression involontaire de Mary. Quelques feuilles de roses encore éparses dans mes cheveux excitaient leurs rires; la plus jeune décrivit mon attitude ébahie et celle de Mary au moment où elle se vit tout à coup face à face avec un adversaire inattendu. J'essuyai toutes leurs malices avec le plus beau sang-froid, me promettant de leur rendre la pareille au dessert, en parlant anglais avec Stephen. Je jouissais d'avance de leur consternation, lorsque, le thème railleur étant épuisé, elles se mirent à causer de

leur voyage, de leurs albums, des cadeaux qu'elles vou-
laient rapporter à leurs amis, des coraux, des filigranes,
des mosaïques. L'amie Laury, dont le nom revenait sans
cesse, me paraissait avoir la part du lion dans ces lar-
gesses, aux dépens de Fanny, d'Helena ou de Lucy.

Une grande discussion s'éleva à propos d'un collier
de sequins, toujours destiné à Laury, que Mary prétendait de son lot; elle invoquait les conventions écrites.
A ces mots, la jeune sœur tira de sa poche un petit car-
net d'ivoire et se mit à lire une liste interminable dont
elle articula le total avec une netteté de procureur.

— *Item*, pour Laury, un collier de sequins et un mari
blond! Ah! ceci est clair, je m'imagine!

Mais il paraît que Laury, personne prévoyante, avait
donné ses commissions en double; car Mary répliqua
par une nomenclature exactement pareille, sauf une légère modification :

— Un collier de sequins et un mari châtain foncé! Tu
le vois.

— *By Jove!* exclama le père, où mettrons-nous tout cela?

Cette remarque sérieuse provoqua un nouvel accès de
gaieté. Après quoi, on convint de tirer au sort à qui donnerait le collier; mais le différend devint impossible à
concilier quand il s'agit du dernier article. L'aînée invoquait ses dix-sept ans et demi, sa raison, la confiance
de Laury... La jeune n'admit point de concessions : le
mari blond lui avait été recommandé; et puis il était déraisonnable de prétendre choisir deux maris dans un seul
voyage. Or, Mary avait positivement déclaré l'intention

d'en rapporter un pour son propre usage, ce qui devait suffisamment l'occuper.

Bien que cette conversation fût tenue à demi-voix et de ce ton réservé que gardent en public les gens de bonne compagnie, je ne perdais pas un mot. La discussion était entremêlée des plaisanteries du père et de la gouvernante, qui ne lançait ses traits que lorsqu'elle changeait d'assiette.

Dix fois mon visage faillit trahir l'indiscrétion de mon rôle; mais je me contins, j'éprouvais trop de plaisir à ce charmant caquetage pour le troubler; et puis je commençais à trouver un peu d'indélicatesse dans ma supercherie; je tremblais à l'idée qu'on ne la découvrît et j'en devenais honteux.

L'entrée d'un domestique interrompit un instant cette causerie folâtre et lui donna un cours plus posé. Mais tout à coup une nouvelle espièglerie de la jeune fille me troubla au dernier point : bien qu'elle parlât fort bas à son père, je compris, à des regards furtifs jetés sur nous, que les étrangers étaient en jeu. Puis elle se pencha en riant vers Mary, et je devinai plutôt que je n'entendis ces mots :

— Si je prenais celui-ci pour Laury, puisqu'elle a mis *châtain* sur ta note.

Je ne saisis rien de ce que répondit Mary, mais je sentis qu'elles parlaient de moi; instinctivement, je tendis l'oreille; je ne sais quelle émotion me fit battre le cœur, c'était comme un secret pressentiment de joie mêlée de tristesse, un trouble indéfinissable rempli de charme; il me semblait que je touchais à un moment solennel, et que, de ces lèvres naïves, allait descendre l'arrêt de ma destinée.

Elles chuchotaient, elles riaient ; j'attrapais au hasard quelques mots dont je ne pouvais comprendre que le sens : ils s'appliquaient bien à moi : il était question de grands yeux noirs, ceux de Stephen sont bleus. Enfin, j'entendis distinctement cette phrase :

— Tu veux donc le garder pour toi ?

— Eh bien, oui, répondit Mary, avec une impatience mutine, je veux le garder pour moi ; d'ailleurs, je l'ai assommé avec des fleurs, ajouta-t-elle en riant.

— Papa, dit la jeune espiègle à l'oreille de son père, mais point assez bas pour éviter mon oreille tendue, ma sœur a trouvé son fiancé.

Et elle jeta un regard rapide de mon côté.

— Fort bien ! répondit le père souriant.

— Méchante, s'écria Mary, je ne te confierai plus rien !

A ce moment, le domestique revint dire que la voiture était avancée.

— Ils vont à Milan, nous dit l'hôte en regardant la calèche qui partait au galop.

Voilà pourquoi nous allâmes en Lombardie au lieu d'aller en Suisse.

V

Je dois convenir que notre voyage ne brillait pas par l'ordre de sa marche. Touristes sérieux, nous étions partis pour Genève ; mais, voyant à Lyon un fort beau bateau sur le Rhône, nous y montâmes et « cinglâmes vers Marseille, » comme l'écrivit Stephen à Paris. Il résulta de cette pointe une rage de navigation qui nous entraîna jusqu'à Gênes ; de là, notre course au lac Majeur, frontière du canton du Tessin.

— Les Helvétiens n'ont pas de chance ! me dit Stephen comme je lui proposais de visiter Milan. Nous étions à leur porte ! Mon cher, nous avons peut-être eu tort d'aller en Suisse par mer !

Moi, je ne pensais qu'à Mary. L'aimais-je déjà ? Je l'ignore ; mais il y avait dans cette rencontre je ne sais quel parfum d'aventure qui me ravissait. Cet amour de grand chemin, arrêtant mon cœur au passage, me jetait dans le plus délicieux roman. Jamais chevalier errant n'avait été captivé par plus féerique héroïne. Les quelques mots que j'avais dérobés me revenaient sans cesse à l'esprit. Certes, il eût été insensé d'y lire un aveu, c'était un jeu folâtre entre deux enfants qui né soupçonnaient point ma trahison... Je me disais tout cela, et cependant...

Cependant, je courais sur la route de Milan.

VI

A Milan, les premiers jours, je parcourus la ville en
tous sens ; le soir, je hantais les deux seuls théâtres qui
fussent ouverts ; Stephen se moquait de mon émotion à
chaque robe blanche que je voyais apparaître. Parfois,
je partais d'une course folle à la poursuite de quelque
équipage où j'avais cru reconnaître mon inconnue.
A voir mon anxiété fiévreuse, les Milanais ironiques me
prenaient pour un maniaque.

Le troisième jour, je ne sais quel pressentiment m'illu-
mina. Je sortis convaincu que je la verrais ; je le dis à
Stephen, qui eut l'impertinence d'en douter. Par malice,
il me proposa d'aller à Monza, à une heure de Milan.
J'acceptai : peu m'importait le chemin ; je devais l'y rencontrer.

Pourtant, la journée s'avançait, nous avions visité
l'église, le château ; je n'en avais rien vu, j'étais absorbé
par une pensée autrement intéressante que la couronne
de fer dont un bedeau cicerone nous avait montré l'effi-
gie. Stephen riait sous cape.

— A quelle heure t'a-t-elle donné rendez-vous ? me
disait-il.

Mais ses sarcasmes ne pouvaient altérer ma confiance,
qu'il trouvait impudente. Il s'épuisait en variations sur

ce thème : « Quand on attend sa belle !... » Il me proposait de grimper aux arbres pour voir mon enchanteresse de plus loin.

— Attention, me cria-t-il ! voici le chemin qui poudroie, des cavaliers s'avancent ! — Ils approchent... Bradamante est au milieu !... Mets la main sur ton cœur !

Il parlait encore et le groupe signalé nous touchait presque.

Bradamante, c'était Mary !

Stephen resta béant.

VII

Les jours suivants, je retournai à Monza, et, chaque jour, c'était même fête. Elle montait avec une vaillance adorable un cheval jeune et fougueux que sa petite main maîtrisait avec la précision spontanée d'une amazone 'Angleterre. Elle était parfois accompagnée de son père, toujours de son cousin, charmant jeune homme qui n'était pas sans me porter quelque ombrage. Cet éternel cousin, retrouvé à Milan, troublait l'azur de mon ciel.

Le lendemain du jour fortuné où je ramassai sa cravache, j'osai la saluer au passage. Elle me rendit un signe de tête... J'étais présenté !...

Je racontai ce bonheur à Stephen, qui me proposa d'aller entamer sur-le-champ les négociations matrimoniales; je refusai; il insista et revêtit son habit noir d'un air composé qui me fit rire. Cependant, redoutant quelque entreprise folle:

— Au nom du ciel! m'écriai-je, ne viens pas patauger dans mon lac! pour parler ton langage.

— Patauger est dur! dit-il d'un air pincé. Je te passe ce mot par égard pour ta timide jeunesse; mais, moi, qui suis un homme à résolutions vives, moi, qui suis parti pour la Suisse et qui veux aller en Suisse; moi, qui t'aime enfin, je prétends unir au plus tôt deux amants si bien faits l'un pour l'autre et qui s'envoient de si charmants saluts. Prépare-toi donc à marcher à l'autel d'un pas ferme!

Je ne sais pourquoi nous ne dînâmes point ensemble ce jour-là. Le soir, j'allai à la Scala.

A peine entré, j'avais découvert Mary et sa sœur dans une loge du premier rang. Je m'approchai; car, dans les théâtres d'Italie, un large couloir pratiqué autour des stalles permet au public de se promener durant la représentation. Mais, en passant sous la loge, quel ne fut pas mon effroi quand je vis, derrière les jeunes filles... Stephen causant gravement avec le père!

Je me sentis défaillir. Le malheureux! que faisait-il là? Il me perdait! Par quel trait d'effronterie s'était-il introduit? Il m'aperçut et laissa tomber sur moi un regard majestueux; il avait l'air enchanté de sa belle équipée. Mary était sérieuse et comme émue. Je tournai vers elle mes yeux pleins de détresse, elle ne me remarqua même pas. — Je m'enfuis éperdu, le cœur rempli de rage; j'attendis Stephen à la porte de la loge... il y resta une heure... Quelle attente !

Enfin, il sortit. Sans prononcer un mot, je le pris par le bras, je l'entraînai dans la rue, et, d'une voix étranglée par la colère, je lui demandai raison de son inqualifiable conduite.

Il m'écoutait ahuri comme si j'eusse parlé hottentot, et ses yeux, démesurément ouverts, semblaient chercher ma pensée au delà de mes paroles.

— Quoi ! tu ne comprends pas, lui criai-je, que ces tours de Scapin sont faits pour m'attirer le mépris; que cette grotesque demande en mariage faite en mon nom ?...

A ces mots, Stephen partit d'un éclat de rire prolongé; il se tordait et fut forcé de s'asseoir sur une borne. Quand il put répondre :

— Ah ! Raymon, compagnon introuvable !... Tu remplis mes jours d'allégresse.

— Mais enfin, Stephen !...

— Pardonne-moi !... C'est trop drôle... Cette demande en mariage !... Ha ! ha ! ha ! Milord, j'ai bien l'honneur !... ha ! ha !...

Ici, il se pâma de plus belle et je me demandai lequel de nous deux était insensé. A la fin, il se calma.

— Ah ! fit-il en respirant longuement, que c'est bon d'avoir un ami si gai que toi !

— Stephen, voyons, m'expliqueras-tu comment tu es entré dans cette loge ?

— Mais de la façon la plus naturelle, doux et cher

camarade ; par la porte, correctement posé sur mes deux
pieds, donnant le bras au signor comte Moroni, qui s'y
présentait lui-même en qualité de maître du lieu. Cet
obligeant ami, que je croyais encore à Paris, est de retour depuis hier. Je l'ai rencontré comme j'arrivais au
théâtre ; il est lié avec les Barnet, leur prête sa loge...

De tout cela, je n'entendis que les derniers mots : « Il
est lié avec les Barnet. »

— Tu me présenteras au comte, mon bon Stephen.

— Il part ce soir, après le spectacle, pour sa villa de
Varèse, où il passera la saison.

— Quel malheur !

— Mais non, j'y suis invité... tu l'es aussi. J'ai accepté
pour nous deux ; ce n'est qu'à trois heures de Milan.

— Vas-y seul, dis-je tristement, j'aime mieux rester
ici.

— Tu m'abandonnes, ingrat !... A ton aise. — Ce qui me
console, c'est que je me rapproche de la Suisse.

— Quand pars-tu ?

— Dans deux ou trois jours.

— Resteras-tu longtemps à cette villa ?

— Aussi longtemps que je m'y plairai. Pauvre ami, tu
vas être bien seul ! A propos, si tu as des commissions
pour Mary, prépare-les, tu me les donneras. Ils partent
tous ensemble...

Je ne pus retenir un cri de joie ; je sautai au cou de
Stephen qui, avec une terreur comique, se mit à crier :
« A la garde ! » Après quoi, nous ébauchâmes un pas de
ballet, symbole de notre exaltation en toutes circon-

stances. S'il n'eût fait nuit, on nous aurait certainement arrêtés comme des fous ou des carbonari.

— Cela te contrarierait-il beaucoup si nous partions demain? me demanda Stephen à la porte de ma chambre.

— Stephen, tu es ma providence; je t'aime!...

— Tu me le prouvais bien en voulant me dévorer tout à l'heure!

Je ne dormis point cette nuit-là.

VIII

Le lendemain, à cinq heures du matin, j'entrai tout habillé chez Stephen, il dormait; ce qui me stupéfia. Je ne pouvais comprendre une telle quiétude à l'approche d'un si grand événement, je trouvais ce sommeil grossier; je le respectai, néanmoins, tout en déplorant cet abrutissement de ma providence. Mais je fis réveiller sans pitié l'hôte, sa femme, ses enfants, afin qu'ils eussent à nous procurer la plus belle des voitures et les plus fringants des chevaux. Après quoi, je ne sus plus que faire de mon temps. Mille pensées bourdonnaient dans ma tête comme un essaim d'abeilles dans sa ruche : le départ, l'arrivée, Stephen, le cocher, le bagage, mon amour, le déjeuner; toutes ces idées se pressaient à la fois, voletaient, se cognaient à tous les coins de mon cerveau; je

2

ne savais à laquelle entendre. Mais toutes ces dissonnances se fondaient dans une note mélodieuse, unique, dominante, qui répétait : « Mary ! »

Vers neuf heures, Stephen apparut. Il me sembla soucieux. Il répondait d'un ton distrait aux nombreuses questions que je lui adressais, une teinte de mélancolie assombrissait son visage ordinairement allègre et même un peu railleur. Je lui demandai s'il souffrait.

— Non, je n'ai rien, je suis engourdi d'avoir trop dormi.

— Nous partons ?

— Oui, si tu es toujours décidé, dit-il un peu gravement.

— Comment, toujours décidé ? Mais avec enthousiasme !

— Très-bien, alors !

Nous fîmes nos derniers préparatifs.

Cependant il y avait dans le ton de Stephen quelque chose d'insolite qui me troublait. J'en vins à m'imaginer qu'il s'était peut-être trop avancé en s'offrant à m'introduire chez le comte Moroni. Je lui confiai franchement ce soupçon.

— Moroni est un ami intime, il a demeuré chez mon père, me répondit-il, il serait désolé si nous n'acceptions point son hospitalité !... Ce n'est pas cela qui m'inquiète...

— Et quoi donc ?

— Eh bien, c'est toi.

— Moi ?

— Oui, toi. — Mon cher, disons-le sans fard, tu me parais avoir reçu dans l'aile un plomb dangereux pour un jeune homme doué d'une sentimentalité et d'une ingé- nuité dignes de l'âge d'or. Tu pâtiras plus que tout autre de ce mal endiablé qu'on appelle le mal d'amour. A cette heure, tu n'en es encore qu'à une légère fièvre anodine ; cela peut rester pour toi à l'état d'un joli petit cauche- mar que tu garderas dans ton souvenir niché entre les feuilles de roses religieusement recueillies sur la route de Baveno. Mais, si tu vas à Varèse, tu risques d'attraper une vraie passion avec délire, transports au cerveau, et tous les agréments particuliers à cette infirmité. Si donc tu m'en croyais, nous irions voir la Suisse.

Ce conseil était certainement fort sensé : avec mon caractère, je m'exposais à un danger réel. Mais quel amoureux de vingt-trois ans a jamais bien reçu un con- seil? Je raillai mon sage ami de sa pusillanimité, je fis le brave, je traitai mon amour et Mary même avec une lé- gèreté dont je rougissais tout bas. Enfin, je reniai si vail- lamment mon cœur, que je rassurai Stephen et lui rendis sa gaieté.

— Allons, à la grâce de Dieu ! dit-il en riant; on ne pique pas une tête dans la passion avec une plus belle humeur !

— Je n'aime pas tâter l'eau, comme toi !

— Mais, innocent, tu ne sais pas nager dans cette onde perfide !... ni moi non plus, du reste, ni personne. Les plus forts s'y noient...

Stephen, qu'un père cruel avait forcé de faire son droit, aimait les tropes oratoires. Une fois lancé dans sa métaphore aquatique, il la poussa fort loin, je ne l'écoutais plus; pourtant, tandis que je ramassais mes bagages, je crus entendre qu'il comparait ma passion à une pleine eau sur la cataracte d'un fleuve : dans son image, le mariage était ingénieusement représenté par l'école de natation, et encore concluait-il que, malgré ses digues, cette institution avait aussi ses périls à cause des passades.

En somme, en amour, « il était sage de s'en tenir au petit bain, toutefois en tenant l'œil sur l'échelle. »

Tout cela fut dit de ce ton sentencieux habituel aux faiseurs de paradoxes convaincus.

Comme il achevait sa remarquable péroraison, nous mettions pied dans la cour. Une calèche attendait au bas du perron.

— Oh! la superbe voiture! s'écria-t-il.

— Elle est pour vous, Excellence, dit notre hôte en se rengorgeant modestement, je l'ai choisie moi-même.

— C'est la voiture du sacre! ajouta Stephen avec une admiration bouffonne. Je n'oserai jamais monter dedans!... Elle m'intimide...

Notre équipage était, en effet, aussi intimidant que majestueux, et cette vaste calèche avait dû certainement parader aux galas de la cour du prince Eugène. A peine y fûmes nous installés, qu'elle roula avec un bruit de ferraille qui plongea Stephen dans un véritable délire.

— C'est triomphal! s'écria-t-il.

Et entraîné par la situation, il distribuait de droite et

de gauche des petits coups de tête protecteurs auxquels plus d'un passant naïf rendit un salut respecteux.

Arrivés sur la piazza del Castello, terrain des manœuvres éternelles des soldats autrichiens, le hasard voulut que les tambours battissent aux champs : Stephen ne se connut plus de joie ; et, comme si ces honneurs militaires eussent été à notre adresse, il proposait de haranguer la troupe, d'embrasser le colonel... Mais, au même instant, la musique éclata en fanfares, et nous passions sous l'arc de la Paix pour sortir de Milan.

IX

C'est faiblesse puérile, et je le sais, mais j'avoue que je suis sensible aux présages. A tous les moments solennels de ma vie, je ne puis me défendre de chercher des augures dans tout ce qui m'entoure, et je me suis créé une quantité d'oracles à mon usage particulier. Certes, j'ai trop de volonté dans l'esprit pour dévier d'un dessein parce que mon domestique me donne ma bottine droite avant ma bottine gauche; néanmoins je suis plus confiant dans mon étoile quand il ne me tend pas la droite. Aussi, me fut-il impossible de ne point bénir ces éclatantes fanfares qui saluaient mes premiers pas vers Mary.

2.

La route que nous suivions est assurément fort belle, et je ne manquerais pas d'en faire une mémorable description si je l'avais regardée ; mais j'avais en moi un spectacle plus radieux, des perspectives plus fleuries que les plaines mêmes de la Brienza italienne par un beau jour de mai. Le paysage me fut lettre morte, je ne le vis pas.

Je dois dire aussi que je n'étais point sans émotion à l'idée de ma première entrevue. Je me représentais notre arrivée : quel serait l'accueil de Mary ? que lui dirais-je ? J'avais ri des avertissements de Stephen ; ils me troublaient maintenant, non point que j'en fusse à redouter les tortures d'une passion sans espoir. Je n'attendais point de retour ; j'aimais seul, d'un amour immatériel et pur comme si j'eusse été enamouré d'un ange ; je n'espérais rien ! mais je songeais que le sort eût pu me faire naître plus près d'elle, dans ce monde des heureux qui ne connaît pas l'impuissance ni les âpres résignations des destinées modestes. J'y songeais sans amertume et sans maudire la Providence ; mais j'y songeais, et je me sentais gagner par la mélancolie.

Bien que nous fussions unis d'une amitié fraternelle, Stephen ignorait certain secret de ma vie ; à la rigueur, il pouvait voir en moi un prétendant acceptable pour Mary. A ses nombreuses visites chez ma mère, il avait constaté dans notre maison une sorte de confortable presque luxueux, une aisance élégante, obtenus à force d'ordre ; nous paraissions plus riches que nous ne l'étions réellement ; mais il ignorait surtout, mystère de douleur, que la loi aveugle m'a mis au front, le jour de ma naissance, une tache qui ne s'effacera jamais. — Je suis né d'un mariage légitime devant l'Église, un article du Code m'a dépossédé de mes droits.

Je vénère ton souvenir, ô ma mère chérie, et je suis fier de toi! Quand je t'invoque, je peux, sans rougir, avouer la condition illégale où l'on m'a relégué! le préjugé du monde est moins fort que ma conscience, et je n'échangerais pas ton nom obsur contre le blason armorié de mes aïeux paternels!

Plus qu'un autre, peut-être, j'aurais le droit de joindre ma voix à celle de ces déshérités qui se posent, dans les romans, en victimes de l'inconséquence des lois. J'ai lu leurs protestations émues, ou leurs récriminations amères contre une société injuste qui dénie à l'enfant né hors du mariage civil les droits de l'enfant légitime, et lui fait expier une faute dont il est innocent. Mais je me suis demandé ce que la société, qu'on maudit toujours de confiance, avait à faire là dedans. Je me suis demandé aussi ce qu'il adviendrait de la famille si l'enfant du hasard, de la débauche ou du caprice était, devant la morale et devant la loi, l'égal du fils né du mariage, du devoir et de la vertu.

X

Voici la triste histoire de ma naissance :

Ma famille maternelle, originaire de Bretagne, comptait dans la riche bourgeoisie de Nantes. Mon grand-père, qui s'appelait M. Desgranges, était un de ces hommes à tempérament entier devant qui tout cède ou rompt; il sut si bien courber sa femme sous son joug despotique, que l'infortunée créature, faible et simple d'esprit, en arriva presque à n'oser plus penser sans l'agrément du maître, et qu'il la réduisit à un état voisin de l'imbécillité.

Ma mère, adorable enfant, eût peut-être pu fléchir cette volonté indomptable; mais mon grand-père, orgueilleux comme tous les tyrans, la mit, à huit ans, au couvent du Sacré-Cœur, jaloux de la voir élevée avec les filles de ses nobles voisins. — Pauvre mère! les plus belles années de son enfance furent celles qu'elle passa loin du foyer paternel, livrée à des mains étrangères. Lorsqu'à dix-sept ans elle fut rappelée à Nantes, elle pleura comme si elle partait pour l'exil. Cependant mon grand-père adoucit un peu sa rudesse instinctive pour la jeune fille, en qui l'habitude lui fit bientôt découvrir un esprit ferme et droit. Il la mit à la tête de sa maison, que ma grand'mère était incapable de gouverner. Souvent il la conduisait dans le monde; mais, malgré tant de concessions, il ne pouvait se plier à la tendresse, et la pauvre enfant vivait seule, entre ce père égoïste et cette mère presque hébétée qui semblait à peine la reconnaître. Nature expansive et délicate, elle ne trouvait qu'au dehors ces tendres sympathies, ces épanchements du cœur qui sont le pain quotidien des âmes.

Elle végétait ainsi depuis un an, lorsqu'un jour son père la manda dans son cabinet de travail et, sans préambule, lui annonça qu'il avait promis sa main à un certain baron de Villemort, vieillard de soixante ans, fort riche, mais sordide, avare et laid. C'était un ami de mon grand-père, s'il faut appeler amis ceux que les affaires d'argent ont rapprochés.

Ma mère, atterrée d'une telle communication, supplia son père de renoncer à ce projet; elle exprima sa répulsion invincible pour un homme farouche et presque brutal, qui lui faisait peur, qui avait trois fois son âge. Elle osa plus, elle confessa un autre amour.

Mon grand-père ouvrit de grands yeux devant cette audacieuse discussion de son bon plaisir: c'était la première fois que pareille énormité se commettait dans sa maison. Il en fut si surpris, qu'il oublia de se mettre en colère, et que ma mère eut le temps de plaider sa cause. Il l'écouta jusqu'au bout sans l'interrompre, et, lorsqu'elle se tut:

— Ma fille, répliqua-t-il, nous avons fixé le mariage à un mois; occupez-vous de votre trousseau, et dites-moi la somme qu'il vous faudra.

Sur ce mot, il la congédia.

Le dimanche suivant, à l'église, elle entendit publier ses bans. Elle souffrit tout un mois d'angoisses et de luttes ; espérant, contre la vraisemblance, que son père la prendrait en pitié, qu'il n'oserait pas la traîner à l'au-tel. Elle s'effrayait du courage qu'il lui faudrait amasser pour oser répondre, devant tous, au prêtre ou à l'officier civil, ce : *Non !* qui, seul, pouvait la sauver. Puis son désespoir se doublait du désespoir de celui qu'elle aimait comme on aime au premier amour. Les semaines s'écou-lèrent et l'espérance s'enfuit. La veille du jour fatal, elle risqua une démarche suprême : son père répondit que le contrat était arrêté, les fonds engagés, les frais dus. Les effusions de sa prière n'avaient rien pu contre ce vieil-lard de bronze ; elle se sentit perdue. L'isolement avait mûri sa raison ; sans rien savoir de la vie, elle avait sou-vent réfléchi sur le sort de sa mère ; elle le craignit pour elle et voulut s'y soustraire. Une vieille servante, seul être qui lui témoignât quelque affection dans cette fa-mille désolée par l'égoïsme et la folie, lui conseilla la fuite et offrit de l'accompagner. — Le soir même, elle abandonnait la maison paternelle.

Trois jours après, dans un village d'Espagne, un prêtre mariait mon père et ma mère. Ils se réfugièrent à Paris. Ils y vécurent six mois heureux ; ils s'adoraient !

Mon père appartenait à la plus antique noblesse de Nantes ; mais il n'avait point encore de fortune propre ; ses ressources épuisées, il dut recourir à ses parents. Il partit pour le château qu'ils habitaient, laissant à sa jeune femme l'espoir qu'elle le rejoindrait dès qu'il aurait pré-

aré les siens à la recevoir. Cette absence ne devait du-
er qu'une semaine; elle se prolongea. Ma mère était
assurée par des lettres pleines de tendresse et de sollicitude; mais les lettres cessèrent brusquement, et bientôt arriva un papier timbré signifiant à la délaissée que
a famille de mon père avait fait prononcer. la nullité
d'un mariage contracté à l'étranger.

Tout d'abord ma mère ne put comprendre son malheur : il fallut lui expliquer que ce mariage était sans
valeur, parce que le mari n'avait juré sa foi que devant
Dieu. Lorsqu'on l'eut éclairée, elle tomba frappée de la
oudre; elle resta huit jours sans connaissance, et quand
elle reprit le sentiment de ses misères, elle trouva à ses
côtés un mandataire des nobles parents qui lui offraient
une pension. Elle apprit que le cher objet de ses sacri-
fices n'avait pas su lutter pour leur bonheur commun et
qu'il s'était laissé emmener par son père aux colonies,
dans les vastes propriétés de sa maison. Elle faillit devenir folle; son énergie la sauva, d'ailleurs elle avait confiance. Dans quelques mois, elle allait être mère; ce titre
saint devait suffire à la préserver de l'abandon... Elle
rejeta avec mépris la rançon de son malheur, et elle attendit, dévorant ses larmes. Au bout de quelque temps,
arriva une lettre de mon père, lettre où se peignait un
cœur faible accablé par le chagrin, un esprit sans force
contre la pauvreté, une âme incapable de se couvrir des
saintes armes de la volonté et du travail. C'étaient des
larmes et des serments d'amour, des promesses de retour prochain et de réhabilitation dès qu'il posséderait

sa fortune... Il croyait, au reste, assuré le sort de sa
femme et de son enfant.

Ma pauvre mère ne comprit dans cette lettre que les
éloquences d'une passion qui n'était pas morte, et elle
se reprit à espérer. Mais il fallait vivre jusqu'au jour du
bonheur. Elle savait l'inflexible dureté de son père, elle
était trop fière pour tendre la main à la vaniteuse famille qui la rejetait. Elle vendit quelques bijoux, derniers débris de ses saisons heureuses, et résolut de travailler.

Les premières années de mon enfance m'ont laissé de
tristes images. Du plus loin que je me la rappelle, je
vois ma mère dans une pauvre chambre mansardée,
assise à l'angle d'une fenêtre à jour douteux et penchée
sans relâche sur des ouvrages de broderie, labeur mal
rétribué dont nous vivions. Une scène de ce temps passe
souvent dans ma mémoire et me navre. Je me vois couché près de ma mère, il fait nuit, c'est en hiver, je me
réveille, j'ouvre les yeux : elle est assise dans son lit,
elle travaille ; une chandelle posée presque sur ses genoux l'éclaire d'une lueur vacillante ; ses épaules sont
couvertes de ses vêtements, qui la garantissent mal, et
ses mains sont rouges de froid.

— Tu ne dors donc pas, maman? lui dis-je.

— Chut! fait-elle avec un sourire et mettant le doigt
sur ses lèvres, il n'est pas l'heure, nous venons de nous
coucher; rendors-toi, mon petit!

Mais cette lumière dont elle ne pouvait préserver mes
yeux m'éveilla bien souvent, si souvent, qu'une nuit,

après avoir reçu la réponse et le baiser accoutumés, en portant mes regards vers la fenêtre, je remarquai que l'aube blanchissait les vitres. Ma mère me dit que c'était la lune, mais je ne me rendormis pas et je vis bien que c'était le jour. Alors je compris tout, j'avais six ans. Je ne dis rien, respectant son pieux mensonge, et je me mis à pleurer silencieusement, en cachant ma figure pour qu'elle ne s'affligeât pas de mes larmes ; quand à mon lever je baisai ses pauvres yeux rougis par tant de nuits passées sans sommeil, je fus obligé de me détourner ; mon cœur trop gros se gonflait à m'étouffer.

Le malheur rend les enfants précoces. A partir de ce jour, je devins assidu à mes devoirs ; trois mois après je savais lire. Je me sentais un courage que mes forces trahissaient souvent, je voulais faire au logis tous les travaux de notre pauvre ménage. Je n'étais préoccupé que d'une idée : aider ma mère.

Nous demeurions alors rue du Cherche-Midi, et, sur le boulevard Montparnasse, je m'en souviens, il y avait un cordier. Chaque matin, en allant à l'école, je m'arrêtais devant le patient ouvrier ; il faisait tourner sa roue par un enfant qui n'avait pas plus que mon âge, et il lui reprochait sans cesse d'être paresseux. Il me vint un jour à l'esprit de demander à cet homme combien il me donnerait si je remplaçais l'enfant pendant les heures de la récréation.

— Veux-tu t'en aller, petit fainéant ! me cria-t-il.

Hélas ! pour la soutenir dans ses dures épreuves, ma mère, à cette époque, n'entrevoyait même plus l'espé-

3

rance. Pendant six mois, elle avait écrit à mon père, ses lettres étaient restées sans réponse ; leur correspondance avait été sans doute interceptée. Elle attendit un an, deux ans, trois ans, espérant toujours. Après une année encore, elle apprit que mon père avait épousé une créole — mais devant la loi cette fois ! — Heureusement qu'alors ma mère se sentait au cœur un autre amour qui la sauva : elle m'embrassa et ne souffrit que pour moi. Il est des gens plongés si profondément dans le malheur, que toutes les nouvelles infortunes passent au-dessus de leur tête sans les toucher.

Vers le même temps ma grand'mère mourut, après avoir fait donation à son mari de tout ce qu'elle possédait. Eh bien, au milieu de ces ruines, la courageuse déshéritée ne se laissa jamais abattre ; elle trouvait la force de me cacher ses pleurs, elle chantait et jouait avec moi, elle riait.... Il fallait bien me rendre gai ! Les enfants chagrins deviennent maladifs. — Pauvre mère, quelle gaieté !

Enfin, un jour, son courage la trahit, elle pleura, mais c'était de joie ; je me mis à pleurer aussi : alors elle me prit par le cou, m'embrassa, riant au milieu de ses larmes pour me rassurer.

— Tu es riche, me criait-elle, tu es riche !

Et elle me montrait un papier qu'elle venait de recevoir. C'était une lettre d'un notaire de Nantes, qui la cherchait depuis six mois ; il lui annonçait que sa mère ayant, par contrat de mariage, déjà abandonné à son époux la moitié de ses biens, la donation postérieure sé trouvait contraire à la loi, sans valeur et de nul effet. En un mot, nous héritions d'environ douze mille livres de rente.

Étrange destinée que la nôtre ! Un article du Code avait annulé le mariage de ma mère et m'avait fait enfant naturel ; un article du Code annulait un testament et nous tirait de l'indigence.

Nous allâmes passer deux jours à Nantes pour recueillir notre trésor. Mon grand-père, furieux d'être contraint à une restitution, refusa de nous voir. Il commença dès lors à dénaturer ses biens, puis il se remaria et mourut peu de temps après, laissant tout à sa nouvelle épousée.

Quels jours que ceux qui suivirent, et quelles joies nous avons goûtées après ce brusque revirement de fortune ! Ma pauvre mère ne connaissait de la maternité que les transes, les inquiétudes mortelles ; son cœur saignait sans cesse des privations qu'elle devait m'imposer ; privations, cependant, dont je n'eus jamais conscience. L'enfant né dans le malheur se familiarise avec la misère et il s'en fait un jeu. Je ne compris vraiment notre détresse que par comparaison, lorsque l'on m'initia à tous les bonheurs de l'enfance opulente que je ne pressentais même pas.

Notre plus grande félicité fut de pouvoir vivre ensemble, sans jamais nous quitter ; je ne retournai plus à l'école, et ma mère fit mon éducation jusqu'au jour où, grand garçon, je pus entrer comme externe au collége.

Jamais enfance ne fut mieux dotée que la mienne ; il

y avait, entre ma mère et moi, une tendresse que ne peut rendre aucun mot, une sensibilité magnétique, qui avertissait l'un du mal de l'autre : elle se réveillait la nuit quand je faisais un mauvais rêve. Jamais l'un de nous n'a confessé une souffrance de peur d'inquiéter l'autre; mais, quoi que nous fissions, nous feignions seulement de nous croire; nous ne nous trompions pas.

Cependant, au milieu de ces allégresses, — hélas ! je les croyais intarissables ! — je travaillais avec ardeur. Le malheur passé avait bronzé mon âme; je voulais que ma mère fût fière de moi; je voulais me faire un nom, puisque je n'en avais pas, j'étais élevé dans cette idée que l'exercice d'un état était un devoir.

Consumant ma jeunesse dans des travaux arides, rebuté parfois par l'amère pâture de la science, dans les lassitudes de mon esprit, j'étais soutenu par mon cœur; je voulais que la pauvre abandonnée, complice un jour de mon triomphe, pût dire à cette famille qui l'avait dédaignée : « Voilà le fils que j'ai élevé. Jugez ce que je vaux ! » Quelle force que l'amour ! l'homme n'est vraiment puissant que lorsqu'il aime !

Je me destinais à l'École polytechnique. J'eusse pu concourir à dix-sept ans, je ne me présentai qu'à dix-huit; j'aurais eu trop peur d'un échec pour ma mère. Je fus reçu premier.

— Ah ! nous sommes trop heureux ! s'écria-t-elle lorsque je lui annonçai cette nouvelle; notre bonheur m'effraye !

Ce cri traversa mon cœur comme une lame acérée, je

fus un instant saisi par un pressentiment fatal; mais je m'y arrachai.

— Bah! lui dis-je, mère craintive, nous avons un fonds de malheurs qui nous garantit. Notre dette est payée!

Mais l'ange de la mort avait passé sur nous; ce pressentiment, c'était l'ombre de ses ailes, et l'ombre s'épaissit, s'étendit jour à jour. Le visage de ma mère s'altérait peu à peu; et nous nous regardions, terrifiés par la même pensée; et nous nous devinions sans rien dire. Elle dissimulait la faiblesse qui l'envahissait; elle lutta longtemps : mais la maladie la courba sous sa main cruelle. — Quels jours et quelles nuits, mon Dieu! — Elle languit trois semaines, et puis...

Non! non! je n'écrirai jamais ce mot! Mon cœur se brise. Je ne pourrai jamais retracer ce tableau... quand je vivrais cent ans!

. . . .

. . . .

Lorsque je me retrouvai seul, je crus que le monde allait finir.

Pendant un mois, je demeurai plongé dans une stupeur morne. Je me croyais sous le poids d'un rêve effrayant. Immobile et taciturne, mes yeux perdus dans le vide semblaient ne plus regarder que chez les morts et suivre une âme qui s'éloignait, s'éloignait toujours. Autour de moi, j'entendais Stephen qui ne me quittait pas.

Un ordre vint me rappeler que j'étais admis à l'École et qu'il était temps de m'y rendre. Je l'avais oublié. Je voulus d'abord donner ma démission; mais Stephen

m'en dissuada : il comprit que là seulement je trouverais
un remède à ma désolation ; là, mon esprit, incessamment surmené par l'étude, ne s'absorberait plus dans
une idée unique. Puis j'avais encore dans l'oreille les
dernières paroles de ma mère :

— Pense à moi, travaille et sois un homme!...

J'obéis à ce dernier vœu.

Science, âpre nourrice, tu m'as bercé rudement, mais
tu as endormi ma douleur! Que de fois, penché sur ces
livres obscurs où tu caches tes secrets, que de fois j'ai
senti des larmes voiler mes yeux! Ma pensée s'enfuyait
avec leur flot amer ; mais, d'un effort de ma volonté, je
la rappelais par la puissance de ces mots : « Pense à
moi, travaille et sois un homme! »

J'ai souvent gémi sous le joug de fer de la discipline
et sous les durs travaux qui m'écrasaient ; mais je ne les
ai jamais maudits. J'ai souvent pleuré ; mais, confiant
en Dieu, je ne me suis jamais abandonné. Le chagrin ne
dévore que les cœurs lâches et les esprits étroits. Soutien des âmes vaillantes, le travail est un refuge promis
à tous les désespoirs, et il ne connaît point l'éternité du
deuil.

Trois années s'écoulèrent. — Temps inexorable, faut-
il t'accuser de tout effacer? — J'ai senti peu à peu se
fermer ma blessure ; l'image vivante de ma mère s'est
lentement évanouie et s'est fondue dans un doux souvenir dont la mélancolie trouble encore mon âme, mais
qui ne me fait plus souffrir. Ma, pensée, se reportant
vers celle qui m'a tant aimé, la confond avec Dieu ; elle

est ma providence, et je sens son esprit qui m'enveloppe
et me garde.

En sortant de l'École polytechnique, j'entrai à l'École
des mines; puis, mes études achevées, pour reposer ma
tête obstruée de faits et de chiffres, j'entrepris avec
Stephen ce voyage en Suisse qui nous a conduits en
Italie.

XI

— Excellences, nous dit le cocher, ce château que vous
voyez-là bas, c'est la villa du comte Moroni!

Nous étions au haut de la côte qui domine Varèse, et
le panorama que nous avions sous les yeux nous trans-
porta d'admiration : la ville, assise au fond d'une vallée, est entourée de collines peuplée de villas et de jardins splendides. Par une échappée, le lac de Varèse; à
l'horizon, les Alpes couvertes de neige. Je ne pouvais
rêver un plus beau nid à mes amours.

— Saisissons nos pinceaux! s'écria Stephen, qui ne
manquait jamais de railler son propre enthousiasme.

Une demi-heure après, notre voiture s'arrêtait sous le
patio de la magnifique demeure des Moroni. Le comte
me tendit la main comme à un ami déjà cher, avec cette
courtoisie italienne qui vous gagne le cœur et vous sauve
les embarrassantes formalités d'une présentation. Suivi

de trois ou quatre domestiques, il nous conduisit lui-
même, à travers des enfilades de galeries dallées de
marbre et de mosaïques, à deux appartements contigus
dont la somptuosité était presque intimidante. C'était un
palais que cette villa, et je me crus un instant transporté
dans le domaine de la féerie, en contemplant mon immense salon où des colonnes de Carrare soutenaient une
coupole peinte à fresque par quelque Watteau vénitien;
l'ameublement, dans le goût le plus pur du dix-huitième
siècle, avait cette coquetterie un peu froide, naturelle
aux habitations de ce temps. Le reste de mon logis, composé de quatre pièces, était à l'avenant. Cela me rappelait Trianon.

Nous fîmes à la hâte la toilette de rigueur après le
voyage, et nous descendîmes au salon. J'y entrai sans
trop d'émotion; la simplicité du comte avait été si en-
courageante, que déjà je ne me sentais plus étranger
sous son toit; et puis, du premier regard, à travers la
fenêtre, j'avais aperçu Mary dans le jardin. Ce fut donc
armé de tous mes moyens que je m'approchai de la comtesse, et je lui fis un compliment dont je ne me tirai
point trop mal.

Elle m'accueillit avec un sourire qui me prouva qu'on
lui avait parlé de moi et que j'avais à l'avance conquis
sa sympathie. Près d'elle était la jeune sœur de Mary,
dont j'appris alors le nom délicieux : elle s'appelait Mabel. Le cousin, sir Harry Staunton, était aussi là : il me
reconnut et me rappela courtoisement notre rencontre de
Monza, le jour où j'avais ramassé la cravache perdue, ce

qu'il voulut bien considérer comme un service. En vérité, j'aurais eu grand'peine à combiner mon arrivée
d'une façon plus aimable; on eût dit qu'une fée me conduisait par la main, écartant devant moi tout ce qui eût
pu me troubler. J'ai une peur affreuse des solennités de
l'étiquette et je redoutais beaucoup le moment de mon
entrée; j'étais certain de perdre la tête, de me montrer
gauche, de me laisser intimider par la présence de Mary.
Mais ma bonne étoile m'assistait : je ne rencontrai que
des sourires, même sur des visages anglais.

Cependant la comtesse remarqua bientôt les coups
d'œil furtifs que je jetais vers le jardin; elle me proposa
de visiter ses parterres, et, prenant mon bras avec une
grâce charmante, elle m'y emmena. Je dois convenir
qu'en ce moment mon cœur battit plus vite, et que mon
sang-froid courut des risques; je crois même que je fis
quelques bévues en admirant des fleurs dont j'embrouil-
lais les noms d'une façon déplorable; mais je n'y pouvais rien : Mary était assise à cinquante pas de nous sous
une charmille. La comtesse riait tout bas de mes distrac-
tions.

— On m'a prévenue que vous êtes très-savant, me dit-
elle avec malice.

— Je le suis effectivement, madame, répondis-je sans
savoir ce que je disais.

A cette réponse outrecuidante, la comtesse n'y tint
plus; elle me rit au nez, et je m'aperçus de ma sottise;
je la regardai tout effaré.

— Allons, vous n'êtes pas dans votre jour, ajouta-t-elle

3.

gaiement; laissons la botanique; c'est ce grand soleil qui
vous trouble, sans doute. Pour vous remettre, venez,
que je vous présente à cette belle demoiselle que je vois
là-bas.

Je crus deviner, dans le ton dont elle prononça ces
mots, je ne sais quoi de finement moqueur qui me donna
à penser que Stephen avait livré mon secret; j'en fus
presque content : un amoureux timide trouve toujours
grâce devant les femmes; folles ou sages, rien ne les
amuse autant que les naïfs manéges de l'amour naissant
dans deux jeunes cœurs; c'est le souvenir pour elles... ou
l'espérance. A l'air de protection avec lequel elle reprit
mon bras, je compris que j'aurais peut-être une alliée secrète.

— Êtes-vous musicien, quoique savant? me dit-elle
comme nous nous dirigions vers la charmille.

— Hélas! madame, je n'ose plus répondre oui!

— Nous le verrons bien!

A notre approche, Mary s'était levée pour venir au-
devant de la comtesse. Elle ne parut point étonnée de
ma présence, et le regard qu'elle laissa tomber sur moi
semblait dire un peu qu'elle m'attendait. Cependant un
sourire qui se dessina sur ses lèvres, et que je surpris,
nous donnait presque dans cette rencontre un air de connivence. Elle s'en douta peut-être; elle rougit. Quant à
moi, je serais certainement resté muet si la comtesse ne
m'eût sauvé.

— Ma chère Mary, dit-elle, M. Raymon Desgranges,

que je vous présente; un dilettante passionné, et qui va compléter notre quartetto de voix.

Mon introduction, faite sur ce ton, n'avait plus rien d'embarrassant. La musique est un aimable thème de conversation toujours propice aux gens qui ne savent que dire.

— Aimez-vous Verdi? me demanda brusquement la comtesse.

— Je ne le crains pas, madame, fis-je en parodiant un mot royal; mais je lui préfère Meyerbeer, Mendelssohn et Gounod.

— Fort bien ; moi, je l'adore. Nous sommes ennemis, passez dans le camp anglais! ajouta-t-elle en désignant Mary.

Nous fûmes bientôt en discussion réglée sur cette grave question, et je retrouvai ma liberté. Ma mère, ex-cellente musicienne, m'avait bercé avec les chefs-d'œuvre des maîtres allemands. J'étais tout glorieux de faire briller mon érudition et de montrer à Mary que son champion ne serait point à dédaigner.

Pour la première fois, je pouvais contempler à loisir celle que j'aimais. Je ne l'avais jamais vue qu'animée par la course et emportée par son cheval dans les allées de Monza. Recueillie, elle me parut mille fois plus adorable; je découvris dans sa beauté une sorte de sérénité un peu sérieuse que je n'avais pas soupçonnée; ses grands yeux bruns avaient cette profondeur d'expression qui révèle les âmes aimantes; son front pur, où se jouait sans cesse quelque mèche blonde rebelle, était suavement dessiné et semblait contenir une volonté naissante; elle le portait légèrement penché en avant, et cette attitude réfléchie lui donnait je ne sais quel air rêveur d'une douceur infinie; on eût dit un voile enveloppant sa grâce.

Elle apportait à notre tournoi une imagination enthousiaste; je l'écoutais avec ravissement, tout surpris de trouver dans ce jeune esprit une si nette empreinte du beau; rebelle au pédantisme de la science, elle jugeait d'après son impression et n'admirait point de confiance le fatras classique du passé, le chaos romantique de l'avenir.

Il fallait pourtant, au moins par convenance, rappeler à Mary que je l'avais déjà rencontrée. Je lui parlai de notre déjeuner au lac Majeur.

— Je vous ai bien reconnu, me répondit-elle en riant, mais j'espérais que vous l'auriez oublié.

— Comment! fit la comtesse avec un étonnement qui me parut très-naturel, vous vous connaissiez déjà?

— Je le crois bien, reprit Mary; imaginez-vous, comtesse, que j'ai attaqué M. Desgranges, en plein jour, sur la route de Baveno.

— Mais c'est effrayant! Vous avez dû avoir bien peur, monsieur!

— Hélas! madame, j'en suis encore ému!

Je fis cette réponse d'un ton si sincère, que la comtesse se reprit à sourire; Mary, un peu confuse, raconta l'épisode de la terrasse.

A ce moment, nous fûmes rejoints par le comte, accompagné de sir George Barnet et de Stephen, qui donnait le bras à Mabel.

— Allons, allons, me dit mon ami me prenant à l'écart, je vois que tu ne t'ennuies point trop ici. Tu es rayonnant.

— Avoue, Stephen, qu'elle est adorable !

— J'en conviens volontiers; mais tu flamboies comme une comète. Éteins-toi, mon cher, éteins-toi ! quand ce ne serait que pour ne pas m'humilier près des dames qui vont me trouver terne et fade par comparaison... A propos, ajouta-t-il après un instant, j'ai interrogé Moroni sur la situation du cousin : tu n'as rien à craindre. Ce bon jeune homme qui doit un jour, par parenthèse, hériter de la pairie, est à peu près le fiancé de mademoiselle Mabel.

— Sir Harry, pair d'Angleterre ?

— Oui, mon cher, ni plus ni moins. Oh ! ta belle est de race ! Les Barnet datent de 900, et ils remontent à je ne sais plus quel roi d'Écosse; ils possèdent encore dans les Highlands des fiefs et châteaux à donjons crénelés, avec fossés tout autour où l'on pêche, à ce que dit Moroni, des truites d'un goût réjouissant. — Si tu as des fils, nous en ferons des petits bardes !

Là-dessus, il me quitta pour courir à la comtesse, qui l'appelait.

XII

La villa Moroni, célèbre par ses constructions grandioses, occupe presque tout ce coteau enserré dans la ville qu'on nomme Biumo Superiore. Ses jardins magnifiques, étagés en gradins, forment une succession d'immenses terrasses reliées par des escaliers d'un aspect monumental. Les allées, pleines de calme et d'ombre, sont peuplées de statues; des ifs, taillés capricieusement, s'alignent au bord des pelouses dans des attitudes solennelles; des jets d'eaux vives, jaillissant des bassins de marbre, tranchent sur le feuillage sombre des arbres séculaires et remplissent de leurs murmures cette retraite embaumée où l'oranger fleurit en pleine terre. — Au sommet, de la terrasse du château, l'œil embrasse une perspective splendide. A droite, une succession de collines qui courent vers les Alpes, élèvent fièrement leurs pics de roches dénudées; à gauche, au fond de la vallée, le lac de Varèse, coupé çà et là par les méandres de la route, anime un paysage fertile où l'Abondance a vidé sa corne. Des bois de mûriers ombragent des champs de maïs et soutiennent les vignes grimpantes; c'est un pêle-mêle fougueux et charmant de verdure et de fleurs, placé là tout exprès pour contraster à la sauvage âpreté des montagnes.

Le comte et la comtesse Moroni faisaient les honneurs de leur superbe demeure avec cette simplicité fastueuse dont nos ancêtres avaient le secret et qui se perd depuis que, par l'abolition du droit d'aînesse, — un petit mal pour un grand bien — la représentation seigneuriale s'est amoindrie en se divisant. Tous les matins, un écuyer venait prendre nos ordres, et, quoique nous nous en servissions rarement, nous avions chacun nos chevaux, ce qui me ravissait, car, jusque-là, je n'avais monté que les rossinantes de l'école.

Bientôt je fus comme de la famille : tout le monde m'aimait; sir Harry, le cousin autrefois redouté, devint mon compagnon. Il n'était pas jusqu'à sir George Barnet qui ne me témoignât une affection marquée. Je la lui rendais certes bien, il était le père de Mary! C'était, du reste, une de ces natures humoristiques dont le pays d'outre-Manche semble s'être réservé la spécialité. Sans être Shandien, il avait cependant un dada fort amusant et qu'il enfourchait toujours volontiers. A ses yeux, l'espèce humaine n'était intéressante qu'à l'état collectif, et il affectait un mépris souverain pour tous ces petits errements du cœur qui sont, disait-il, les broussailles de la vie, et nous gênent et nous piquent à chaque pas que nous tentons vers les grandes entreprises. Érudit et profond, il portait toujours dans ses idées l'attrait d'une sagesse empruntant volontiers le masque du paradoxe, et nous nous perdions tous deux dans des discussions philosophiques auxquelles je me prêtais avec d'autant plus de bonne grâce que j'y trouvais le plus délicat plaisir.

Cette vie de famille, si nouvelle pour moi, me possédait comme un enchantement, et, pour compléter le
charme, j'avais le cœur plein d'amour.

Jours heureux, riante insouciance! Mon bonheur était
si radieux, que j'en étais ébloui. Je vivais près de Mary,
sous le même toit, je la voyais à toute heure! Je ne me
demandais point quelle serait l'issue de cette partie où
j'engageais mon cœur et ma vie; fermant les yeux sur
l'avenir, je ne formais aucun vœu. Seul, sans fortune et
sans nom, je ne me berçais point de l'illusion d'une alliance avec l'héritière d'une famille illustre dans le pays
le plus aristocratique du monde; je vivais près d'elle,
c'était assez pour moi. Lorsque, parfois, la pensée
d'une séparation surgissait en mon esprit, je m'étourdissais avec mes rêves; et, savourant ce que je pouvais de
la félicité présente, je me disais qu'il serait toujours bien
temps de souffrir.

Mary, cependant, me traitait avec une sympathie marquée. Mais n'était-ce point par ce sentiment de compassion naturel à toute femme qui se sent aimée? Ce culte
muet, inspiré sur le grand chemin, n'était sans doute à
ses yeux qu'un épisode romanesque de son voyage, assez
original pour prendre place dans son album entre le lac
Majeur et le dôme de Milan. Elle se livrait innocemment
à ce jeu de coquetterie naïve qui est une des grâces de la
jeunesse... Mais de là à l'amour il y avait loin!

Et pourtant, parfois je me rattachais à un fantôme
d'espoir. Elle m'avait nommé son *cavaliere serrente*, à la
mode italienne, et je lui rendais, á ce titre, ces soins

charmants qui font de la galanterie une dévotion. Les
priviléges de ce joli servage me permettaient de l'accompagner partout; c'était toujours moi qu'elle appelait au
moindre embarras, et l'on eût dit même qu'elle oubliait
à dessein son ombrelle ou ses gants à la seule fin d'occuper son serviteur. Souvent nous errions seuls dans les
allées du parc, son bras posé sur le mien, et ce bonheur
mystérieux était pour moi comme une possession imma-
térielle de cet être adoré. Nous parlions presque à voix
basse, ou nous nous perdions dans ces silences harmonieux de deux amants qui s'entendent par l'âme; et,
quand nos regards se rencontraient, ils semblaient se
fondre l'un dans l'autre avec une mollesse enivrante. On
eût dit qu'elle m'aimait et qu'elle attendait mon aveu.

Stephen ne comprenait rien à cet amour sans désirs et
sans but.

— Ma parole d'honneur, on te croirait entêté d'une
étoile! Que diable manigances-tu? me disait-il, tu tournes
au don Quichotte! Attends-tu que cette jeune personne
te dévoile son ardeur et te couronne de myrte, un beau
matin, à ton réveil? Risque enfin ta déclaration, fais-toi
aimer... ou fais-toi mettre à la porte! Mais, corbleu! fais
quelque chose! Quand je te dis qu'elle t'adore! me
crois-tu?

Il finissait par me convaincre de l'excès de ma timidité;
je formais à l'instant des projets hardis... puis je réflé-
chissais à ma situation : je ne tenais à rien dans le
monde. Irais-je comme un aventurier tenter une séduction indigne? N'aurais-je point l'air d'un pourchasseur

de dots aux yeux de cette riche famille que j'avais suivie pas à pas de Baveno jusqu'ici? Mary m'aimât-elle, on me refuserait sa main! — L'homme qui essaye de troubler un cœur auquel il ne peut prétendre est un malhonnête homme. Moi, je voulais rester pur à ses yeux! Et combattu par de telles pensées, je gardais le silence.

D'autres fois, je me disais qu'après tout je pouvais m'élever jusqu'à elle; à quoi donc servirait un amour vrai s'il ne donnait pas ce courage et ces enthousiasmes qui font les triomphateurs? Puisqu'il fallait la conquérir, eh bien! je la conquerrais! — Alors, je prenais la résolution de parler... et puis, quand j'étais près d'elle... je n'osais plus.

XIII

J'en étais là de mes amours lorsqu'un matin, au déjeuner, Stephen me dit tout bas :

— Va vite m'attendre chez moi, en quittant la table; j'ai une nouvelle à t'annoncer.

J'avais compris qu'il s'agissait de Mary. Le repas me parut sans fin; dévoré d'impatience, j'observais Stephen pour savoir si je devais me réjouir ou m'attrister; mais il était impénétrable : il causait avec Mabel et ils se querellaient, selon leur coutume, pour le simple plaisir de se quereller. Mabel, avec sa petite tête exaltée

et son espièglerie native, devait faire la conquête de mon
excentrique et flegmatique ami. D'après l'éternelle loi
des contrastes, ils s'étaient pris l'un pour l'autre d'une
belle amitié et ils ne se quittaient pas. Vive comme un
oiseau, il n'était sorte de taquinerie qu'elle n'inventât
contre le sempiternel railleur; mais le sang-froid de Stephen, peu facile à émouvoir, lui assurait constamment
l'avantage dans ces escarmouches d'esprit, où il n'était
point gêné par son trop d'innocence.

— Si tu as quelque sentiment de ta dignité virile, me
dit-il quand nous fûmes chez lui, tu vas aujourd'hui
même signifier ta flamme à ta bergère, ou tu n'es qu'un
mouton bêlant, et je te renie pour mon ami.

— Passe ton exorde, au nom du ciel, passe ton
exorde!

— J'y consens. — Depuis quinze jours, reprit-il sur un
mode oratoire, je te répète que tu es aimé; je te l'ai dit
sur tous les tons; mais, nouvelle Cassandre...

— Tais-toi, malheureux, ou je te siffle!

— C'est bien, soupira-t-il d'un air piqué, si la période
n'est plus libre..., je n'ai qu'à me taire.

— Allons, parle comme tu voudras, crucifie-moi, bour-
reau!

— Ingrat! Quand je viens t'apporter une preuve décisive au dernier chef.

— Vraiment?

— Mais oui. Ecoute-moi, et admire mon dévouement
au lieu d'y insulter! Voici deux semaines que je me livre
avec Mabel à un travail de procureur général pour sur-

prendre le secret qui t'intéresse; chaque jour ajoute à ma conviction, et tu ne crois à rien. Dis-moi, je te prie, ce que dénonce le colloque que je viens d'avoir avec ce Puck enjuponné?

— Raconte.

« — Monsieur Stephen, me dit-elle, — remarque comme j'entre du coup en matière; — monsieur Stephen, voulez-vous venir avec moi donner à manger aux poissons?

« — De tout mon cœur, mademoiselle, répondis-je: à condition seulement que nous nous mettrons à l'ombre.

« — Je n'accepte aucune condition; nous nous mettrons où il me plaira, venez.

« — C'est au mieux, partons; »

« Et je lui donnai mon bras.

« Arrivés au bassin, elle se planta naturellement en plein soleil; moi, j'allai du côté opposé.

« — Eh bien, me cria-t-elle, vous me laissez toute seule! C'est poli!

« — Mademoiselle, j'ai des craintes pour mon teint; d'ailleurs, je ne suis qu'à cinq pas de votre gracieuse personne, et si un des poissons faisait mine de vous attaquer, croyez que je braverais tout pour vous défendre. Rien, du reste, ne nous empêche de causer à distance. A moins que vous n'ayez quelque secret à me confier...

« — Oh! je choisirais un meilleur confident!

« — Il n'en existe pas, mademoiselle.

« — Vous êtes aussi modeste qu'aimable!

« — Mille grâces pour ces épithètes bienveillantes. »

— Ne crois pas, mon ami, reprit-il en me voyant manifester quelque impatience, que j'aie pour but, en te racontant ces minuties, de faire briller mon talent de narrateur; mais tous les détails de cette scène ont leur importance, et tu vas bien le voir.

— Continue, lui dis-je avec résignation.

Il poursuivit.

— Me voyant décidé à me camper à l'ombre, Mabel affecta une petite pose digne et froide et ne m'adressa plus la parole; je restai coi. Au bout d'un instant pourtant, elle se rapprocha, vint s'asseoir près de moi, et finit par reprendre son babil, dont je passe les bourdonnements préliminaires par égard pour ton anxiété. Cependant, je dois te le dire, je lui trouvais je ne sais quelle allure diplomatique qui m'intriguait : elle semblait tourner autour d'un sujet difficile à aborder. Je e tins sur mes gardes, et je te laisse à penser si la naïve avait beau jeu avec un pandour de mon espèce... Enfin, elle parut avoir découvert une petite ouverture pour y faufiler sa petite idée. Ignorant que cela pût t'intéresser, je m'amusai d'abord à la dérouter.

« — Est-il bien vrai, reprit-elle, que ces poissons-là vivent cent ans ?

« — On l'affirme, mademoiselle, et j'ai même été forcé, sur ce fait d'histoire naturelle, d'apprendre un vers de M. Delille, qui est fort joli; je vais vous le réciter. Et je déclamai :

Un long âge blanchit la carpe centenaire.

. . . .

« — Avouez que la poésie est une belle chose ! ajoutai-je.

« — Une superbe chose, dit-elle. »

« Mais elle tenait à son poisson.

« — Est-ce drôle, continua-t-elle, que des bêtes si petites vivent beaucoup plus que nous ! C'est humiliant ! Au
surplus, rien n'est ridicule comme les questions d'âge;
on n'est jamais content de celui qu'on a : moi j'ai quinze
ans et demi; — elle se vieillissait de six mois! — je
voudrais en avoir dix-huit; ma tante Staunton, qui en a
quarante, voudrait en avoir vingt; je ne comprends pas
Laury, qui se rajeunit, et qui n'est que d'un an plus
vieille que moi... »

« ... Je la laissai s'empêtrer dans sa période sans venir
à son secours. Enfin elle en sortit en me disant à brûle-
pourpoint :

« — Et vous, quel âge avez-vous?

« — *Teneo lupum auribus !* me dis-je. C'est là qu'elle
en voulait venir. Voudrait-elle m'épouser?

« — Mademoiselle, j'ai eu vingt-quatre ans aux fraises,
répondis-je en m'inclinant.

« — Aux fraises? Tiens, c'est gentil! Je les aime
beaucoup.

« — Permettez-moi de m'en réjouir.

« — Et M. Raymon?... insinua-t-elle, après un silence.

« A ce mot, je compris que j'étais roulé par cette innocente : c'était de toi qu'il s'agissait !

« — Je pense qu'il les aime aussi, mademoiselle, répliquai-je gravement; car il en mange volontiers.

« — Mais non, s'écria la rieuse; je vous demande son âge.

« — Ah!... Pardon.... Juste un an de moins que moi.

« — Aux fraises! dit-elle à son tour d'un ton moqueur.

« — Oui, mademoiselle... Je les aime beaucoup aussi.

« — Vous avez été à l'École polytechnique?

« — Non, mademoiselle; mais on peut aimer les fraises sans cela.

« — Alors c'est M. Raymon qui y a été?...

« — Oui, pendant deux ans.

« — Ah! — A-t-il des cousines? reprit-elle avec un peu d'hésitation.

« — Non, mademoiselle; on n'en exige point à l'École!

« Elle partit d'un éclat de rire comme je rompais ce dernier bâton de notre conversation. Je ne démordis pas du sérieux que tu connais; mais je me préparai, puisqu'elle voulait me faire causer sur toi, à la mener par un chemin auquel elle ne s'attendait pas. — Ha! ha! Cela commence à t'intéresser, mon gaillard!

— Tu racontes comme un ange, Stephen!

— Merci!

Il poursuivit.

« — Avouez, reprit Mabel, lorsqu'elle eut assez ri, que rien n'est plus baroque que votre conversation.

« — Je réponds avec ingénuité, mademoiselle. Vous m'interrogez à la fois sur les poissons et sur mon âge,

sur les fraises et sur Raymon, sans compter l'École polytechnique et les cousines. Il est permis de s'y méprendre... Mais nous en étions aux cousines : oserais-je vous
demander ce que vous comptiez faire de celles de mon
ami ?

« — Puisqu'il n'en a pas.

« — C'est que, moi, j'en ai quatre, et je vous les
offrirais...

« — Quatre?... Ah! pauvre jeune homme!

« — Vous me plaignez?

« — Oui. Quand je songe à Harry, qui n'en a que
deux, et qui est si occupé!

« — Oh! moi, c'est différent, dis-je d'un air dégagé;
je ne dois en épouser aucune.

« — Sont-elles jolies?

« — Oui, une surtout est fort belle : celle que je
comptais marier à Raymon.

« A ce mot, mon cher, tu aurais pu voir à la naïve
Mabel un air aussi effaré que si j'eusse renversé d'un
souffle son plus haut château de cartes.

« — M. Raymon est fiancé! s'écria-t-elle vraiment
troublée.

« — Hélas! non, mademoiselle, et je crois même que
le pauvre garçon... ne le sera jamais!.. »

Disant cela, je levais les yeux au ciel.

« — Pourquoi donc?

« — Ah! c'est que depuis notre voyage en Italie...

« — Eh bien?

« — Eh bien, répondis-je mélancoliquement, depuis notre voyage... »

« Ici j'eus l'air de m'éveiller d'un songe.

« — Mais non, je ne dois pas vous révéler ce mystère, mademoiselle ! c'est son secret, et vous êtes presque la dernière personne à qui je l'oserais confier. »

Stephen fit une pause.

— Je t'assure, mon ami, reprit-il, que c'est très-amusant, de jouer de ce petit être. Ses yeux pétillaient pendant que je débitais mes phrases de roman... Souviens-toi qu'avec les filles de quinze à dix-sept ans, le langage naturel est un solécisme ; elles ont toutes plus ou moins fureté dans les livres pour apprendre comment se cueille le fruit défendu ; elles s'y sont formé un idéal, et ta passion leur paraîtrait fausse si tu t'exprimais autrement que Galaor ; soit dit en passant pour ton instruction.

« Mabel était aux anges en voyant défiler ces rengaines amoureuses ; elle se voyait élevée au rang de confidente d'une passion cachée ; elle jouait enfin avec ce feu auquel toute fille d'Ève est impatiente de se brûler les doigts, même pour le compte de sa voisine. Moi, j'avais l'air candide d'un bon jeune homme entortillé dans le filet des astuces féminines. Elle m'arracha l'aveu de ta passion pour une jeune fille étrangère, rencontrée par hasard dans notre voyage, mais dont j'ai juré de taire le nom. J'ai décrit les combats et les tortures de ton âme, ta modestie de violette et ta tendresse de sensitive. Je n'ai jamais pu me rappeler le nom de l'emblême végétal de la fidélité ; j'ai failli m'égarer dans le règne zoologi-

4

que... j'ai pensé au caniche... Rassure-toi, ami, je l'ai passé sous silence. La petite m'écoutait avec le ravissement d'une chatte qui boit du lait, et, sans y toucher, elle me tira toute sorte de renseignements sur toi, sur tes projets, sur ta famille. Bref, je me suis laissé faire avec tant d'innocence, qu'elle te connaissait depuis A jusqu'à Z avant qu'on sonnât la cloche du déjeuner. Je t'ai dit de venir m'attendre ici pour éviter tout soupçon de connivence. Mais, si tu n'es pas devenu aveugle, tu as remarqué que Mabel, en quittant la table, a emmené sa sœur en grand mystère : ce qui veut dire qu'à cette heure elles tiennent le même entretien que nous et sur le même sujet.

Ce récit de Stephen me jeta dans les agitations les plus cruelles, et, tandis qu'il parlait, la sueur me perlait au front. J'étais à la fois joyeux et désolé de cette violence à ma timidité. Tantôt j'avais envie d'envoyer au diable l'officieux négociateur, tantôt je lui en voulais de n'avoir pas brûlé mes vaisseaux en livrant le nom de Mary.

Ennuyé de mes tergiversations, Stephen se fâcha.

— Ma foi! arrange-toi comme tu voudras! me dit-il d'un ton rogue; après tout, je ne t'ai point engagé, je n'ai nommé personne. Il y a plus d'une fille en Italie!... je dirai à Mabel que tu languis pour la Pepina, cette beauté peu farouche que tu as courtisée trois jours à Gênes.

— Garde-t'en bien, au nom du ciel!

— Alors, mon ami, laisse-toi faire! Aimes-tu ou n'aimes-tu pas?

— Ah ! Stephen, plus...

— Plus que ta vie ! c'est entendu, je connais ce mot, je l'ai entendu diverses fois. Eh bien, si tu aimes, le grand mal, dis-moi, de voir partager ton ardeur !

A ce moment j'aperçus par la fenêtre Mabel et Mary qui causaient dans le jardin.

— Les voici ! m'écriai-je.

— Ne te montre pas, malheureux ! qu'elles ne devinent pas notre entente ! Tiens, viens ici, derrière la persienne.

— Ho ! ho ! dit-il, la conférence est sérieuse ! Regarde un peu la jeune Mabel, quel feu ! quelle animation dans le regard !... Elle trahit les secrets qu'elle m'a arrachés... Et Mary, comme elle écoute avec une moelleuse langueur !.. Ce n'est pas toi, animal, qui ferais à mon éloquence l'honneur d'une si flatteuse pantomime !

XIV

Quelques minutes après, un valet de pied vint nous appeler. Nous devions ce jour-là faire une excursion à la Madonna del Monte ; lorsque nous descendîmes, tout le monde était déjà en voiture, et l'on nous attendait. Mary et Mabel, en vraies Anglaises, étaient juchées sur le siège, derrière la calèche ; dedans était la comtesse avec sir George Barnet dans le fond, et nous sur le devant; le comte, à son côté sir Harry, conduisait à grandes guides quatre magnifiques chevaux bai-bruns, arrivés de Londres peu de jours auparavant; deux domestiques suivaient à cheval.

— Mes petits grooms sont bien?... elles ont leurs ombrelles? fit le comte en s'adressant aux jeunes filles.

— Oui, oui, répondirent-elles d'une voix.

— *All right !*

Et nous partîmes.

Le récit de Stephen et la déduction qu'il en avait tirée m'avaient si fort troublé, que je ne me retrouvai pas sans angoisse auprès de Mary. Elle était en face de moi, et je restai quelques secondes avant d'oser la regarder. Après la confidence de mon ami, je tremblais de la trouver courroucée ou dédaigneuse. Je ne sais si Stephen comprit mes perplexités, mais il se pencha vers moi et me dit à mi-voix :

— Ah çà, regarde-la donc, mon cher, elle est étincelante! Elle a des ailes, et, si tu ne l'attaches pas avec un fil, elle va s'envoler !

Je levai les yeux. Il disait vrai! Le visage de Mary rayonnait d'une allégresse indicible; elle rendait au dieu du printemps et de l'amour une extatique action de grâces; elle déchirait les voiles de l'avenir, et l'avenir souriait. Je ne l'avais jamais vue si belle. Son regard, rencontrant le mien, s'y reposa presque longuement, et j'y lus une tendre pitié qui me pénétra jusqu'à l'âme. Je fus obligé de me détourner pour cacher les pleurs de

joie qui noyèrent mes yeux. — Je me sentis aimé et je
ne doutai plus! — Ah! dans ce regard j'ai puisé du
bonheur pour tout le temps de ma vie!

Ce fut un tel transport, que j'eus peur un instant de
ne pouvoir le cacher, et, pour y parvenir, je me mis à
parler à tort et à travers sur tout ce qui nous entourait;
j'apostrophais les paysannes, qui, toutes, connaissaient
la comtesse et multipliaient les révérences; je répondais
par des *Ciao*[1] sonores aux saluts des hommes. Cet accès
de délire ressembla assez bien à un accès de gaieté. Nous
étions, du reste, à l'ordinaire, si bruyants et si libres
dans ces promenades, que ma conduite n'avait rien
d'insolite. Le comte, adoré dans le pays, arrêtait souvent
sa voiture pour causer avec des paysans qui l'avaient vu
enfant et dont la familiarité nous amusait.

— Vous avez là deux beaux petits domestiques, *cior
conte,* lui cria un vieux qui passait.

— Je te les cède pour cueillir tes cerises, Pedrino.

— Ah! *Dio santo!* elles sauraient mieux les manger,
cior conte! Si vous le permettez, je leur en porterai
demain un panier.

— Apporte, mon vieux, tu seras le bienvenu.

Les jeunes filles riaient comme des folles, et répon-
daient à ces propos en essayant les idiotismes si expres-
sifs du patois milanais. Rien n'était gracieux comme
leur babil. Coiffées de petits chapeaux à la hongroise
ornés d'une aigrette blanche, elles avaient un petit air

---

1. *Ciao,* salut milanais; corruption de *schiavo.*

4.

tapageur d'une mutinerie adorable. Pendant la route, nous traversâmes une allée d'acacias en fleur; elles se mirent à cueillir au vol toutes les branches à portée de la main, et elles les égrenèrent sur nous, enchantées de cette malice. Cela ressemblait si bien à notre première entrevue que la même pensée nous vint, aux jeunes filles et à moi.

— Nous sommes à Baveno, cria Mabel.

Et elles dirigeaient sur moi tout ce qu'elles ramassaient, en criant :

— Tue! tue! Rendez-vous!

Mais, cette fois, je me défendis, et ce fut un combat terrible qui ne cessa que lorsque nous fûmes à bout de munitions.

Nous donnions de telles secousses à la voiture, que le comte, feignant une grande colère, s'écria :

— Holà! holà! grooms, quelle est cette conduite? Je vous chasse!

— Ça nous est égal! disaient-elles; nous entrerons au service de la comtesse.

— Oui, oui, je vous prends, répondit celle-ci; continuez!

— A la rigueur, nous leur offrirons bien une condition, me dit tout bas Stephen d'un ton jésuitique.

— Mais c'est une révolution, reprit le comte. Nous allons verser, sir George!

— Je n'y puis rien, mon cher, s'écria en riant celui-ci; elles m'aveuglent, je ne sais plus où trouver mon autorité paternelle!

Heureusement, nous arrivions au bout de l'allée.

Cette scène charmante, en me reportant au jour de notre rencontre, me plongea dans des pensées enivrantes. Que d'événements depuis lors! Quel espoir réalisé! Quel changement en moi surtout! J'errais sans but dans ce monde, mes aspirations confuses s'exhalaient dans le vide, mes désirs impuissants embrassaient des rêves, et je ne savais qu'aimer!...

Je suis amoureux d'une étoile, a dit Stephen; le nom me plaît pour Mary, je le lui garde. « Eh bien, oui, chère étoile, je t'aime! et, les yeux fixés sur tes doux rayons, je marcherai dans la vie confiant et sûr! J'aurai peut-être à lutter, à souffrir pour arriver jusqu'à toi, mais tu guériras mes blessures, tu ranimeras mes défaillances. L'amour est la source divine de toute croyance et de toute vérité, j'y puiserai le courage et la force. Qu'ai-je à craindre désormais? Je ne puis plus m'égarer, j'ai mon étoile, je sais où me guider. »

Que de gens seraient devenus de grands hommes s'il ne leur avait manqué une étoile!

— Je m'imagine que le roi n'est pas ton cousin, murmura Stephen à mon oreille.

— Ah! pauvres rois! répondis-je avec un dédain sublime.

XV

Nous arrivâmes au mont, et nous mîmes pied à terre
pour le gravir et visiter les stations échelonnées jusqu'à
l'église, plantée au sommet. Je dois avouer que j'accomplis ce pèlerinage avec une médiocre dévotion dans la
forme ; mais l'hymne d'amour qui s'exhalait de mon
cœur n'était-il pas pour Dieu la plus belle des prières ?

Nous fûmes reçus sous le porche de l'église par le bon
vieux curé, que l'on avait averti de la venue du comte;
c'était lui qui l'avait baptisé. Il était assisté du bedeau,
petit vieillard souriant, cassé, flageolant sur ses jambes,
et qui, pour marcher, donnait sans façon le bras à son
curé avec une simplicité tout évangélique.

— Hé! *ciao*, dom Mosé! exclama le comte, nous ne
vous voyons plus. Vous oubliez donc vos amis ?

— Ah! Madonna! répondit le prêtre, comment ferais-
je pour y parvenir, signor conte? Vous vous rappelez à
moi et à mon pauvre monde tous les jours de l'année!
Mais Bucéphale est mort.

— Votre âne?

— Hélas! *cior conte*, dit ingénument le bedeau, le
Seigneur l'a rappelé à lui il y a quinze jours.

— Dans le paradis des ânes, s'entend, dit le bon curé

en souriant; tu devrais ajouter cela, Angiolino, par respect pour le signor conte.

— Bah! bah! fit le comte, Angiolino n'y regarde pas
de si près! Mais vous, dom Mosé, je vous en veux de ne
pas m'avoir averti. Demain, je vous enverrai un autre
Bucéphale.

— Ah! merci, *cior conte!* s'écria le bedeau s'attribuant
tout naïvement le cadeau.

Nous dûmes aller d'abord au presbytère pour nous reposer et goûter le vin blanc de la dernière récolte.

— Angiolino, dit le curé, va vite dire à la Marietta de
mettre la table.

— J'y cours, répondit le bedeau ; conduis-moi.

— C'est ainsi qu'il le sert, nous dit le comte en riant,
pendant qu'ils s'éloignaient ensemble à travers le jardin,
hélant la Marietta. Ce sont deux enfants du village, et
ils ont toujours vécu ainsi depuis qu'Angiolino est revenu des guerres de Napoléon. La seule marque de déférence que le bedeau donne à son curé, c'est qu'il l'appelle dom Mosé, mais en le tutoyant. Quand les petits
garçons sont pris par la vendange, rien n'est plus amusant qu'Angiolino servant la messe : comme il perd un
peu la mémoire, il met parfois la patience du pauvre
prêtre à de rudes épreuves. « Qu'est-ce que tu dis? »
fait-il à chaque instant en l'interrompant. Et le curé re-
prend les derniers mots du verset. « Qu'est-ce qu'il
« faut que je te réponde à cela?» Et l'autre le souffle mot
à mot. Quelquefois Angiolino, à genoux, ne peut plus
se redresser; alors il appelle son ami, qui vient le sou-

soulever par le bras en continuant ses prières. Et la
messe n'en va pas plus mal.. Rien de plus touchant
que ce sacrifice divin, célébré chaque matin par ces
deux vieillards pour une ou deux vieilles infirmes
que leur âge empêche d'aller aux champs. Cependant
il arrive que dom Mosé se fâche; car Angiolino, très-
distrait, se met à lui parler tranquillement de ses
affaires pendant qu'il officie; dans ce cas, le prêtre s'in-
terrompt pour admonester l'irrévérencieux. Ou bien
parfois le servant refuse de lui verser du vin, sous prétexte qu'il est malade ce jour-là et que le vin lui fait mal
à jeun; le curé n'ose pas discuter et finit par obtenir
une goutte.

« — Heureusement, dit dom Mosé, que le bon Dieu
nous comprend tout de même : mais Angiolino m'em-
brouille bien souvent! »

Les deux amis revinrent sans avoir trouvé la Marietta,
et ils durent eux-mêmes servir leurs hôtes.

— Angiolino! les verres!... dit le curé.

— Là, sur la planche, répondit l'autre paisiblement
assis, pendant que dom Mosé apportait lui-même ce qu'il
avait demandé.

— Bien : maintenant donne-moi une serviette, que je
les essuie.

Et le curé la lui apporta.

Angiolino fit tout le service avec le même zèle.

La joie qui débordait de ces deux cœurs simples était
si franche, que nous n'osâmes point la troubler en refu-
sant une collation. On comprenait que la venue du comte

était une aventure fortunée dont il serait question pendant une semaine, et nous dûmes fêter le vin blanc du presbytère avec une libéralité fort dangereuse pour nos têtes. Nous nous levâmes enfin pour aller visiter l'église. Le curé, enchanté d'apprendre que les jeunes filles, qu'il croyait protestantes parce qu'elles parlaient anglais, étaient catholiques, tira avec empressement du fond d'un tiroir quelques précieuses reliques qu'il les pria d'accepter en souvenir de la Madonna del Monte.

— Vous savez, leur dit-il, que notre sainte donne des maris! On accourt lui en demander de vingt lieues à la ronde, et toutes les filles qui l'implorent en trouvent un dans l'année..., sinon plus tard, ajouta-t-il ingénument.

A ces mots, Mabel regarda Mary, et Mary baissa les yeux, un peu troublée. Stephen, qui ne respecte rien, me poussa le coude d'un air malin. Je lui lançai un coup d'œil indigné... Sa jovialité me semblait une profanation.

XVI

En entrant dans l'église, la comtesse courut vers le bénitier avec le comte, et ils nous rapportèrent l'eau bénite à leurs doigts, à l'espagnole. Je me promis bien, à la sortie, de les remplacer près de Mary.

Les jeunes filles et la comtesse s'agenouillèrent un instant, puis nous visitâmes les chapelles. Pendant que nous admirions une fresque savamment naïve de quelque maître inconnu, j'entendis Mabel dire en anglais à l'oreille de sa sœur :

— Vois-tu, c'est cette madone que tu dois prier !

— Moqueuse ! répondit Mary.

— Ecoute, reprit Mabel après un moment et comme s'il lui fût venu une merveilleuse idée : si c'est lui.qui t'offre l'eau bénite en sortant, il sera ton mari.

Ces mots, que j'étais censé ne point comprendre, me jetèrent dans un grand émoi : je n'osais plus mettre à exécution le projet que j'avais formé; j'attachais une sorte d'impiété à ce subterfuge, fort innocent d'abord, mais qui me semblait maintenant criminel. C'était jouer avec la foi, et il me répugnait de faire servir l'eau bénite à cette tromperie au profit de mon amour. Je me disais bien que l'intention préexistait aux paroles de Mabel; mais n'était-ce point là un argument de casuiste intéressé? Je ne pouvais me dissimuler qu'en feignant d'ignorer l'anglais je surprenais leur confiance; il me paraissait odieux d'aller plus loin, de rendre le signe de la croix complice d'une fourberie. Cependant l'augure était décisif; le mauvais démon me tentait, et je crois que j'eusse succombé si un incident fort simple ne m'eût sauvé de ses griffes. Au lieu de redescendre vers le porche, le curé nous fit entrer dans la sacristie; elle ouvrait sur son jardin, et la sortie nous serait, disait-il, plus commode. Ainsi délivré de mes agitations, je me pris à les regretter; j'étais désolé de ne plus pouvoir présenter l'eau bénite : n'était-ce pas un mauvais présage?

Dom Mosé, aidé d'Angiolino, nous montra avec un naturel orgueil ses plus belles chasubles, ses étoles les plus brodées, et il tira des coffres les vases massifs enrichis de cailloux du Rhin, qu'il prenait tout bonnement pour des joyaux du plus grand prix. Après quoi, nous nous préparâmes à regagner notre voiture.

Le curé nous ouvrit la porte de son potager; comme j'étais près de lui, je m'effaçais pour laisser passer les dames, quand la comtesse fit un geste de la main.

— Le bénitier est derrière le signor Raymon, dit le curé. Voulez-vous être assez bon pour tendre l'eau bénite à ces dames? ajouta-t-il s'adressant à moi.

Ma foi, je faillis perdre la tête. Je plongeai ma main jusqu'au poignet, et, machinalement, je l'avançai vers la comtesse... Mary l'effleura du bout de ses doigts un peu tremblants... Moi, je restai immobile à mon poste, ébloui, stupéfié.

— Il n'y a plus personne, me dit d'une voix goguenarde Stephen, qui venait le dernier.

Ce mot me réveilla.

— Diable! mon béat ami, tu es sensible au toucher, toi! reprit-il; ou bien, aurais-tu gagné vocation pour l'état de bedeau?

Les deux vieillards nous accompagnèrent jusqu'à la calèche, en nous souhaitant mille bénédictions du ciel.

Le retour fut assez silencieux. La fatigue avait pris la compagnie, et je m'abandonnai au charme de mes pen-

sées. Cependant mon bonheur m'effrayait; ce concours
de circonstances propices arrivait au surnaturel; il me
fallut invoquer toutes les arguties de la logique pour repousser les craintes qui m'envahissaient. Dégagée de
quelques incidents à peine romanesques, ma situation
était, après tout, celle de tout amoureux... J'aimais,
j'étais aimé, ce qui, depuis Adam, est dans l'ordre le plus
naturel des choses de la vie... Néanmoins je ne me dissimulais pas que je touchais à une heure sérieuse. L'amour
de Mary m'imposait un devoir d'honnête homme : je ne
pouvais plus garder le silence et me retirer dans ma modestie ou dans ma timidité; fallût-il subir une humilia-
tion, je devais une réparation morale à ce cœur innocemment troublé par moi : il y allait de ma loyauté. Je
lui révèlerais mon isolement dans le monde, ma pauvreté, ma naissance entachée. Je la garderais d'illusions
chimériques, mais je lui dirais aussi que je me sentais
au cœur la volonté et le courage de m'élever jusqu'à
elle; que je lui dévouais mon âme, qu'elle serait le but
de ma vie, présente ou loin de moi.

Je m'affermis dans ma résolution en voyant l'expression confiante de ses yeux; j'y lisais maintenant comme
à livre ouvert, et je m'étonnais d'être demeuré si longtemps aveugle. Mille menues preuves de tendresse me
revenaient ensemble à l'esprit, auxquelles mon anxieuse
timidité n'avait point osé croire. Je me reprochais d'a-
voir contenu mon aveu, je tremblais qu'elle ne m'accusât d'indifférence.

De retour au château, la pauvre petite Mabel, dont la

tête blonde bravait avec trop d'entrain les baisers du soleil, se trouva prise d'une si grande migraine, qu'elle
dut se mettre au lit. Mary resta près d'elle, je la revis à
peine dans la soirée. Je regrettai ce contre-temps, et
force me fut d'attendre vingt-quatre heures mon arrêt.

XVI

Le lendemain, Mabel se releva fraîche et alerte.

Ce jour-là fut pour moi plein d'émotions et d'angoisses.

Grâce aux libertés de l'éducation anglaise, les deux
misses nous accompagnaient souvent dans les excursions
parfois lointaines que nous entreprenions, Harry, Stephen et moi. Nous allions droit devant nous, sans souci
du but ou du chemin, et elles se divertissaient fort à ces
promenades qu'elles appelaient leurs fugues de garçons.
Mabel, humiliée de son indisposition de la veille, voulut s'aventurer dans une de ces courses buissonnières.
On ne pouvait jamais lui résister : nous nous échappâmes
avant le déjeuner.

De telles parties étaient à l'ordinaire de grandes fêtes
pour moi; mais, cette fois, j'aurais préféré rester seul avec
Mary. Je me résignai néanmoins sans trop de peine, car
ma qualité de *cavaliere servente* m'assurait, chemin faisant, mille félicités d'amoureux : je la soutenais quand

le sentier était âpre, j'écartais les broussailles, je l'aidais
à gravir les roches. Stephen protégeait Mabel. Des rires
d'enfants recommençaient à chaque obstacle de cette
course au clocher à travers un pays hérissé de collines.
Nous revenions chargés de bouquets de fleurs sauvages,
que nous n'allions pas toujours cueillir sans péril; et ce
même jour, attiré par la pourpre d'un cyclamen qui s'é-
panouissait dans une fente de rocher, je grimpai à l'é-
tourdie pour l'atteindre; mais, arrivé là, je m'aperçus
que le retour était fort hasardeux. Je ne retrouvais plus
sous mes pieds les crevasses qui avaient favorisé mon
ascension; j'eusse été honteux d'appeler à l'aide, je me
sentais ridicule en restant collé comme un lézard au flanc
de la montagne : j'entrepris bravement la descente ardue, non sans risquer dix fois de me précipiter.

En touchant le sol, je revis Mary pâle de terreur;
j'eus à peine le temps de la retenir dans mes bras; elle
chancelait. Elle resta quelques secondes la tête appuyée
sur mon épaule, murmurant d'une voix brisée :

— Ce n'est rien, ce n'est rien; ne vous inquiétez pas!

Ce mot m'émut jusqu'à l'âme, et des pleurs me mon-
tèrent aux yeux. Je me détestais de lui avoir causé une
telle douleur.

— Pardon! pardon! m'écriai-je.

Et une de mes larmes tomba brûlante sur sa joue.

Je la sentis tressaillir; elle se redressa vivement, me
regarda en face, et, comme entraînée par un mouvement
instinctif, elle essuya mes yeux.

Il y avait tant de grâce innocente dans ce témoignage

de pitié que nous ne pensâmes même point à ce qu'il révélait de tendresse. La pudeur a parfois des audaces, qui font sourire les anges, mais ne les troublent pas.

— Cela est passé! disait-elle, voyez, je suis tout à fait bien.

J'allais tomber à ses genoux, si nos compagnons n'eussent été sur nos pas.

— Quelle peur nous avons eue! dit-elle en souriant. Oh! jurez-moi que vous ne vous exposerez plus ainsi.

— Ah! je vous le jure!

— Et pour une fleur, encore! reprit-elle.

— Vous l'aviez trouvée jolie.

— La belle raison! Je les trouverai toutes laides à ce prix! Enfin, donnez-la moi au moins, ajouta-t-elle, elle nous coûte assez cher!

Nous fûmes rejoints par nos amis, et nous gardâmes le silence sur le bienheureux péril que j'avais un instant couru.

Nous revînmes pensifs au château. Mary, penchée à mon bras, semblait encore sous le poids de sa frayeur. Quant à moi, je me perdais dans le bleu de mes rêves. « Donnez-moi cette fleur, avait-elle dit, elle nous coûte assez cher. » Ce *nous* n'avait-il pas l'éloquence d'un chaste aveu? Des mouvements d'orgueil gonflaient mon cœur, tandis qu'essayant de retrouver les inflexions de sa voix je me répétais cet adorable mot.

XVII

Le soir de cette délicieuse journée, nous étions, Mary, Mabel et moi, dans le salon de musique, qui n'était séparé que par une porte du salon de réception où se tenait tout le monde.

— Voulez-vous jouer la sonate de Weber à quatre mains? me dit Mabel.

— Volontiers.

Nous nous assîmes au piano.

Mais nous n'étions pas arrivés à l'*andante*, qu'il passa par la tête de Mabel l'idée de repousser ma main droite chaque fois que sa partie se rapprochait de la mienne sur le clavier : c'était, disait-elle, un charivari destiné à troubler les whists du salon voisin. Nous entendîmes bientôt les plaintes de nos victimes. A chaque fausse note, des cris s'élevaient, mêlés à des bravos ironiquement sérieux et qui demandaient grâce. Mabel s'acharnait; elle ne voulut cesser que sur la menace de Stephen proposant de chanter un grand air ; menace terrifiante pour qui avait entendu une fois mon estimable ami.

Afin de ramener l'harmonie, Mary joua un air écossais ravissant sous ses doigts.

J'étais debout devant elle, appuyé sur le piano, l'écoutant des yeux et du cœur autant que des oreilles, lorsque mon regard fut captivé par un léger reflet pourpre qui transparaissait imperceptiblement sous la mousseline blanche de son corsage, et je reconnus le cyclamen que j'avais été cueillir dans le creux du rocher. A cette vue, l'attendrissement s'empara de moi; Mabel suivait mon regard, elle devina tout.

— Il reconnaît la fleur, tu l'as mal cachée ! dit-elle en anglais, presque bas, à sa sœur.

Mary rougit un peu et répondit du même ton en souriant :

— Bah ! il sait bien que je l'aime, et puisqu'il sera mon mari!...

J'ignore si, cette fois, j'eusse réussi à ne point me trahir; mais Mabel, voulant tourner la page du cahier de musique, avança son bras si près de la bougie que la flamme toucha presque le tulle de sa manche.

— Prenez garde! m'écriai-je, vous allez vous brûler!

La foudre tombant au milieu de nous n'eût pas causé plus d'effroi que ma très-simple phrase. Mary s'arrêta brusquement, Mabel fit un geste de stupeur, puis une pensée me traversa l'esprit et me terrifia moi-même...

Je venais de parler anglais avec l'accent le plus pur.

XVIII

Nous restâmes muets un instant, remplis d'une inexprimable confusion; la honte m'écrasait. Tout à coup, Mary fondit en larmes et s'enfuit dans le jardin. Mabel la suivit, je demeurai seul...

Je ne saurais dire si l'anéantissement de tout mon être dura longtemps : je n'avais plus conscience de ce qui se passait autour de moi; je ne sentais que mon désespoir, mes remords. Mon bonheur écroulé me couvrait de ses ruines, et je ne concevais même pas l'espoir d'un pardon. Mabel rentra pourtant, les yeux courroucés, les lèvres frémissantes, et elle me dit :

— Vous êtes un méchant de nous avoir trompées ainsi; je ne vous aime plus, et Mary est inconsolable!

— Par grâce, ne m'accablez pas! balbutiai-je en baissant la tête.

— Oui, rougissez!... Elle veut vous parler, vous dire qu'elle vous déteste à présent, qu'elle ne peut plus supporter votre présence. Elle est trop humiliée.

— Où est-elle?

— Près du banc de Diane...

Je m'élançai hors du salon comme un fou, me heurtant aux arbres et foulant aux pieds les fleurs. Une ombre blanche était assise au pied d'un oranger : je reconnus Mary à ses sanglots, qui me déchiraient. Je me précipitai à ses genoux ; dans le désordre de mes pensées, je ne songeais pas à me justifier, je ne voyais que ses larmes...

— Mary ! Mary ! lui criai-je d'une voix brisée, ne pleurez pas, ne pleurez pas, je vous en supplie !

Mon délire ne trouvait pas d'autre expression.

Elle, pourpre de honte, se voilait le visage de son mouchoir, son sein s'agitait avec des sursauts convulsifs, sa désolation était effrayante.

— Pardon, pardon ! lui disais-je. Je partirai, vous ne me verrez plus ! Je suis un méchant et je me maudis... Par pitié, écoutez-moi, ne pleurez plus !... Mary, je vous aime ; je vous aime et je mourrai de votre peine si je ne la console pas !

Et au milieu de ces supplications incohérentes, sans y songer, je l'entourais de mes bras, j'essayais d'écarter ses mains crispées sur sa figure ; j'y réussis enfin et je la vis noyée de pleurs.

— Qu'allez-vous penser de moi maintenant ? murmura-t-elle en détournant les yeux.

— Que vous êtes un ange, Mary, et que je suis indigne de vous !... Mais regardez-moi donc ! Ne suis-je point à vos pieds repentant et navré ?

— Ainsi, vous entendiez tout ce que je disais à Mabel ! Vous avez tendu un piége à notre bonne foi !... Vous, Raymon, vous ! ajouta-t-elle en sanglotant et avec un accent de reproche si doux que j'aurais voulu que la terre m'engloutît.

5.

Nous étions tellement émus, que nous ne nous apercevions même pas de ce langage si nouveau entre nous : elle m'appelait Raymon et je l'appelais Mary ; je lui parlais de mon amour ses deux mains dans les miennes, et elle ne me repoussait pas ; nos ennuis confondus nous faisaient tout oublier, et nos âmes s'étaient si intimement comprises qu'elles n'avaient plus besoin d'un aveu.

Elle se laissa enfin toucher à mes remords et je la consolai d'avoir confessé tout haut, devant moi, le sentiment qu'elle confiait à Mabel avec l'abandon d'une sœur.

— Je suis bien coupable, lui dis-je lorsque j'eus réussi à la calmer ; mais, Mary, que pouvais-je faire ? j'avais peur de perdre votre estime. Je vous avais trompée alors que je ne vous connaissais pas ; je croyais ne plus vous revoir, je ne savais pas que je vous aimais déjà ; et j'étais lié par ma première faute...

— Mais depuis, Raymon, pourquoi ne m'avoir pas tout avoué ? Je vous aurais pardonné, vous le savez bien, puisque... je vous pardonne..., ajouta-t-elle d'une voix si basse, qu'à peine je l'entendis.

— Mary, soyez bénie pour ce pardon ! J'ai tant souffert moi-même à la pensée que je vous trompais, vous, mon bon ange !

— Eh bien, si je suis votre bon ange, dites-moi tout. Voyons, Raymon, vous aviez bien deviné... Enfin... vous lisiez dans mon cœur, comme... je lisais dans le vôtre?... dit-elle en hésitant un peu avec une délicieuse innocence.

— Oh! oui, je vous aime! m'écriai-je en l'interrompant.

— Alors, qui vous empêchait de me tout dire? J'ai cru comprendre que vous aviez une raison plus forte que votre amour... Raymon, un engagement peut-être !

— Sur ma mère, Mary, je n'ai point d'engagement ! mais...

— Confiez-moi tout, je le veux... et votre tristesse m'inquiète, ajouta-t-elle doucement en voyant mon hésitation.

— Ah! Mary, mon âme n'aura rien de secret pour vous ! Enfant, qui craigniez que j'aie pu en aimer une autre !... Si je n'ai point parlé, c'est que je me défiais de mon bonheur... Que vous dirai-je? je vous adorais de loin sans oser me croire digne de vous; je vous encadrais dans le paradis de mes rêves; depuis hier seulement la lumière s'est faite en mon esprit, et, depuis hier aussi, j'attends le moment de vous dévouer ma vie. La destinée ne m'a pas fait votre égal, Mary; je suis sans famille, ma médiocrité rougissait devant votre richesse. Je connais les jugements d'un monde qui ne sait rien des cœurs, et je n'osais prétendre à votre main. Je me serais tu toujours, je serais allé cacher dans la solitude les regrets d'un bonheur dont je n'étais pas digne, si votre amour ne m'avait fait un devoir de parler. — Maintenant, Mary, j'ose vous dire que je vous aime, me croyez-vous?

— Je vous crois, Raymon.

— Et vous me pardonnez?

— Ah ! soupira-t-elle en me livrant sa main, faut-il
que je le dise ?

Non, l'homme qui n'a point ressenti de telles ivresses
n'a pas vécu ! Celui qui n'a pas pieusement abrité dans
son cœur un chaste amour dont le souvenir l'émeut et
parfume encore sa pensée après des années de souffrances, celui-là traversa la vie comme un vagabond de
l'exil, mais il n'a pas vécu !

Je révélai à Mary le malheur de ma naissance, je lui
racontai notre triste histoire, et mon enfance, et notre
misère. Elle écoutait suspendue à mes lèvres, la pitié
dans les yeux ; et, quand j'en vins à la mort de ma mère,
elle prit ma main avec un mouvement de tendresse
ineffable, comme si elle eût voulu me défendre contre
une si amère souvenance.

— Vous voyez, Mary, lui dis-je en finissant, à quels
combats j'étais livré. Tant de barrières s'élevaient entre
nous ! J'eusse regardé comme un crime de troubler la
paix de votre jeune existence. Mais, si vous m'aimez, je
me consacrerai, je vous le jure, à cet amour qui m'élève
et me purifie, je travaillerai sans relâche à conquérir un
nom glorieux qui me rapproche de vous. A cette heure,
vous savez tout, Mary. Je vous donne ma vie : l'acceptez-vous ?

Elle répondit d'une voix si faible, qu'à peine j'entendis le *oui* qu'elle prononça ; mais elle détacha de son cou
une petite médaille de la Madonna del Monte qu'elle avait
reçue la veille, et elle me la donna.

— Ce bon curé ! dit-elle, il l'avait bien prédit !

A ce moment, Mabel arrivait; elle passa près de moi sans m'adresser un regard et parut surprise de ne point me trouver foudroyé. — Mary la saisit dans ses bras et la couvrit de baisers.

Mabel se méprit à cet épanchement; elle crut à une rechute de désespoir.

— Pauvre sœur! murmura-t-elle attendrie, tu l'oublieras! Le lui as-tu dit?

— Oui, oui, je lui ai dit que je ne l'aime pas, répondit Mary avec un sourire radieux. Mais toi, aime-le bien pour moi, n'est-ce pas?

— Comment?... tu lui as pardonné!

— Ne ferez-vous pas comme elle? repris-je à mon tour d'un ton soumis, et refuserez-vous de m'aimer comme elle vous en prie?

Mabel ouvrait ses grands yeux, ne pouvant concevoir une si lâche faiblesse. Mary prit sa main, qu'elle mit dans la mienne en signe de réconciliation.

— Je le veux bien, dit Mabel vaincue... Mais c'est égal, ce qu'il a fait c'est très-mal! Car enfin, ajouta-t-elle avec un petit ton de fatuité superbe, j'aurais pu te confier aussi mes secrets!

Bien qu'il nous arrivât souvent de rester fort tard dans le jardin, nous rentrâmes au salon, de peur qu'on ne remarquât trop notre absence ce jour-là; il y avait maintenant un mystère entre nous : nous devenions craintifs.

Mary n'osa pas se montrer, et dut gagner son appar-

tement à cause de ses yeux rougis, qui eussent trahi les
émotions de la soirée.

— Adieu! me dit-elle ; et elle me tendit la main avec
une familiarité sérieuse qui semblait ajouter : « Nous
sommes liés l'un à l'autre et j'ai confiance en vous. »

Certaines joies sont si profondes qu'elles échappent à
l'ivresse des transports vulgaires. Absorbé, silencieux,
je me sentais en quelque sorte dégagé des liens terres-
tres, et mon âme s'élevait dans les régions de l'éternelle
bonté, de l'éternel amour; je sentais fermenter en même
temps en moi toutes les ardeurs du bien, du vrai, du
beau. L'amour, n'est-ce pas le souffle divin qui passe
dans nos cœurs? Je me reprochais les souillures de ma
jeunesse et j'eusse voulu apporter à ma bien-aimée un
cœur vierge comme le sien. Des pensées graves et douces
enveloppaient mon esprit : je ne m'appartenais plus désormais, j'avais charge d'âme : une enfant me confiait
son bonheur et j'en étais responsable devant Dieu.

Jeunesse, amour! êtes-vous réellement morts et en-
terrés, comme on le répète si hautement chez nous en
prose gonflée et en petits vers? Est-il donc vrai que la
nature appauvrie ne sache plus créer que des cœurs
corrompus?

Je m'imagine parfois que ce dénigrement général est
un caprice de mode littéraire, et, qui plus est, un caprice
éminemment français, car l'Allemagne et l'Angleterre
ont rompu avec ces errements. Théoriciens de l'infini,
les Allemands proclament les conquêtes de l'esprit sur la
matière et la réunion finale de l'homme avec Dieu. Les

Anglais, spéculateurs comme nous, positifs encore plus que nous, n'ont pas du moins abjuré les mâles et tranquilles vertus qui font les grands peuples; leurs livres n'accusent ni le temps, ni les mœurs publiques; la famille semble, en cet heureux pays, n'avoir rien perdu de sa majesté sereine; l'amour, rien de sa grâce. Dans le roman même, le crime n'est qu'un accessoire, ou l'ombre nécessaire au relief de la vertu. Ces gens pacifiques et réfléchis préservent de l'attaque des pessimistes le trésor de leur prospérité croissante, et chez eux, Byron, un joli sceptique pourtant, n'a pas réussi à faire école de *désespérance*. — Ce peuple est vraiment fort excentrique!

XIX

Le lendemain, lorsque je retrouvai Mary, je crus la voir soucieuse, et déjà je tremblais pour mon amour; mais elle me rassura d'un sourire. Sir George discutait avec le comte l'itinéraire de son voyage : il était question de Rome, de Naples et de Palerme. Je ne m'effrayai pas trop, je savais déjà que le départ était fixé à huit jours, et j'étais, du reste, décidé à suivre Mary. Je lui fis part de ma résolution dès que nous fûmes seuls; elle m'en remercia. — Bonté divine! me remercier de ce que je suivais mon âme! — Après avoir combiné mille

et mille doux projets pour ce voyage, nous parlâmes sérieusement de notre avenir, et je hasardai mes craintes
sur le consentement de sir George à notre mariage.

— Ne vous effrayez pas, me dit-elle ; mon père est un
esprit droit qui juge sainement les choses et les hommes.
Mon mariage et celui de ma sœur sont les grandes préoccupations de sa vie ; il n'a point voulu engager sa parole avant que j'eusse vingt ans, et il exige que je voie
le monde avant de troquer, dit-il irrévérencieusement,
ma poupée contre un mari.

— Mais, lui dis-je, voudra-t-il jamais vous donner à
un étranger ?

— Vous n'êtes point un étranger pour nous, Raymon.
Ma mère était Française.

— Vraiment ?

— Oui, et mon père est un philosophe. Vous savez
bien, d'ailleurs, indiscret, ajouta-t-elle en souriant, que
je venais en Italie chercher un mari.

— Et même deux, ajoutai-je ; car il vous en faut un
pour votre amie Laury.

— Vous savez aussi cela ?

— Mon Dieu oui, répondis-je en baissant la tête, honteux de mon ancien méfait.

— Une confidence... Est-ce que, à Baveno, vous avez
entendu toute notre conversation ?

— Hélas ! oui.

— Oh ! fit-elle consternée ; avouez que vous m'avez
prise pour une fille bien hardie en m'entendant déclarer
si follement que je vous trouvais très-gentil ?

— Je n'avais pas entendu cela.

— Oh! méchant! Vous me le faites dire! s'exclama-t-elle avec une moue de confusion adorable.

— Pardon! m'écriai-je en riant à mon tour; j'ai cru que vous alliez confesser autre chose!

— Enfin... il faut bien que je vous pardonne, puisque vous êtes ce mari que je cherchais.

— Chère Mary, Dieu vous entende! dis-je du fond du cœur. Ah! quel malheur que vous soyez si riche!

— Oui, c'est vrai. Mais ce n'est pas ma faute, ajouta-t-elle d'un petit air triste.

— Dois-je avouer à sir George que je vous aime?

— Non, plus tard; il faut agir de ruse. Vous connaissez ses théories spartiates; il ne prendrait pas au sérieux notre...

— Notre amour, Mary! insinuai-je en voyant qu'elle n'osait dire le mot.

— Oui, notre amour, répéta-t-elle bravement; nous devons l'y préparer. Il fait grand cas de votre esprit et vous aime déjà infiniment; au retour de Palerme, nous irons passer l'hiver à Paris, il vous connaîtra encore mieux; alors nous lui dirons tout: il est si bon! Et puis il a confiance en ma raison. — Car, monsieur, je suis fort raisonnable, sans qu'il y paraisse beaucoup!

— Ah! Mary, je vous crois toutes les perfections.

— C'est trop! Prenez garde de me croire trop parfaite! Vous ne m'aimeriez plus en découvrant mes défauts.

Remplis de foi dans l'avenir, nous nous abandonnâmes

à nos espérances et, comme deux enfants, nous nous reprîmes à parcourir sur l'aile du rêve toutes les stations de ce pèlerinage d'amour à travers l'Italie.

Nous vivions dans les délices de l'idéal : encore un moment, et la Providence allait me mettre aux prises avec les réalités de la vie.

XX

Stephen devina sans peine, à ma sérénité subite, qu'une explication décisive était intervenue entre Mary et moi.

— Nous avons donc triomphé? me dit-il. A quand la noce?

Et il m'interrogea sur ce qui s'était passé. Mais je devins avare de confidences. Bien qu'il fût pour moi presque un frère, j'eusse regardé comme une profanation de dévoiler à ses yeux le cœur de ma bien-aimée.

— Pardonne-moi, cher Stephen, de garder un secret pour toi, lui répondis-je. Mary m'aime, tu le sais ; elle est maintenant ma fiancée. C'est là tout ce que je puis découvrir, même à ton amitié : ne m'en demande pas davantage.

Il avait trop de délicatesse dans l'esprit pour ne point comprendre ma réserve : il n'insista pas.

J'étais discret en paroles ; mais, hélas ! les yeux de Mary et les miens étaient bavards. Depuis qu'il existait un mystère entre nous, nous affections une réserve inaccoutumée ; mais « nous embaumions l'amour! » comme l'a dit quelque part Henry Murger avec cette heureuse invention de langage, reflet nuancé d'un sentiment sincère. Notre secret même nous trahit.

Nous étions, un soir, réunis sur la terrasse, après dîner, lorsque sir George s'approcha de moi, passa son bras sous le mien et m'emmena, tout en devisant, vers un boulingrin solitaire dont il aimait le point de vue, et que Stephen appelait le jardin d'Académus, à cause des discussions transcendantes dont il était le théâtre. J'étais toujours ravi de me prêter au penchant du digne baronnet pour les problèmes ardus de la science, et jamais plus que ce jour-là je n'avais été désireux de lui faire ma cour.

Nous fîmes plusieurs tours, poursuivant l'entretien commencé ; puis, notre thème étant épuisé, sir George continua tranquillement et sans transition :

— J'ai quelque chose à vous dire, mon ami, à propos de ma fille Mary.

A ce début, un frisson me passa par tout le corps.

— J'ai pour vous une grande estime, reprit-il, et je vous tiens pour un homme de bien ; vous avez un esprit très-sérieux, pour un Français ; vous me plaisez beaucoup, et je regrette vraiment de ne pouvoir vous choisir pour gendre ! — Il est loin de ma pensée de vous faire le moindre reproche. Vous vous êtes laissé tenter par cette diablerie sentimentale à laquelle les jeunes gens s'amusent volontiers. Ce n'est pas même un péché, c'est une infirmité humaine qu'on ne peut pas plus éviter que la rougeole. J'ai eu votre âge, et je m'en souviens, quoique, dans cette circonstance, j'ai failli laisser rouiller mon analyse.

— Ah ! monsieur, si vous saviez...

— Parbleu ! je sais tout ! j'ai tout vu sans lunettes... en prenant mon temps. Ma fille est votre complice...

— Oh ! ne l'accusez pas, c'est un ange !

— Un ange, c'est vrai ! Et encore, mon cher, vous ne la connaissez pas : si vous l'aviez vue toute petite !... Et sa mère, donc ! un des esprits les plus spéculatifs que j'aie rencontré chez une femme !... Mais il ne s'agit point d'elle. — Quant à Mary, rassurez-vous, mon ami, je ne lui dirai pas un mot : je n'ignore point que cela ne ferait qu'empirer les choses ; l'amour s'irrite dès qu'on le contrarie, et il meurt de langueur avec le temps, comme ces plantes de luxe auxquelles on ne demande que la floraison d'un matin. J'ai, d'ailleurs, vous le savez, des principes tout particuliers sur l'éducation. Mes filles apprendront la vie par elles-mêmes ; je n'admets point que l'expérience se donne ; elle s'acquiert. J'aurais beau dire : « N'aimez pas ! » l'effet serait tout aussi victorieux que si je disais : « Domptez la fièvre ! » — Tiens, voici un cactus fort original ! je ne l'avais pas encore remarqué. Est-il de la famille des cactées ou de celle des nopalées ? Voyez donc, mon cher.

— C'est un nopal, répondis-je abasourdi.

— Il est d'une belle venue ! — Non, reprit-il, je ne dirai rien à Mary. Le propre des passions, c'est d'obs-

curcir le raisonnement ; l'esprit va d'un côté, le cœur de
l'autre, d'où cette bifurcation déplorable dans les actions
de l'homme : il est à la fois sage et fou. Ma fille ne me
comprendrait pas ; mais avec vous je puis parler sérieusement. Voyons, ne serait-il point absurde que vous per-
dissiez un avenir utile à vos semblables?... La science
vous réclame... Comprenez donc...

— Ah ! monsieur, je suis hors d'état de vous comprendre ! L'avenir pour moi, c'était Mary !

— Ho ! ho ! fit-il en me regardant d'un air de commisération ; êtes-vous donc si bas ? — *By Jove !* mon jeune
ami, ne vous laissez point amollir, vous me désolez ! Je
vous croyais plus de virilité... Une amourette d'un
mois !... Je vous adjure au nom de la raison : réfléchissez ;
tout vous condamne ; vous n'avez pas le droit de renier vos
facultés les plus précieuses. Que diable ! vous avez rêvé
une folie ; car enfin, vous m'intéressez beaucoup, mais
venons-en même à ce côté positif qu'il faut voir en toutes
choses : Si vous étiez à ma place, conseilleriez-vous ce
mariage à votre fille, hein ?

— Que vous dirai-je, monsieur ?... j'aime !

— Bien, bien, *concedo*, j'apprécie cet argument ! Mais
si les passions sont diverses, la raison est une, comme
disent les Chinois. Je vous prends pour juge dans votre
propre cause, répondez en homme : Si vous étiez à ma place,
donneriez-vous votre fille à M. Raymon Desgranges ?

A cette question si nettement posée je ne sus que dire.
Sir George, tout en poursuivant ses théories, me parlait
d'un ton si paternel, que j'étais désarmé. Il me mettait

face à face avec cette terrible réalité que depuis un mois
j'écartais de mon esprit. Ecrasé par l'inflexible fatalité
de ma pauvreté et de ma naissance, j'allais abandonner
mon amour, mais je ne sais quelle loi du cœur protesta.

— Monsieur, répondis-je avec exaltation, si l'homme ne
vaut vraiment que par le nom de son père et par le chif-
fre de ses rentes, je me condamne. Mais s'il est vrai que
Dieu nous juge autrement, si l'amour du bien, si les aspirations généreuses ont quelque prix dans le monde, si
le dévouement, la tendresse et la foi peuvent compter auprès des richesses, je suis peut-être digne de vous; et,
j'ose le dire, monsieur, au risque de paraître ambitieux
ou cupide, je le sens là, j'aurais fait le bonheur de Mary
et elle eût été fière de moi !

J'exprimais des vérités qui me semblaient éclatantes
comme la lumière du jour. Cependant je dus faire un
effort de courage inouï pour oser proclamer ces principes. La fortune de Mary m'épouvantait; l'or a souillé
tant de choses, que partout où il intervient, le plus pur
sentiment est mal à l'aise.

Sir George me regarda un instant comme s'il scrutait
ma pensée; je ne pus m'empêcher de rougir.

— Ah! jeunesse, reprit-il, jeunesse naïve qui croit
que le monde peut suivre impunément la loi du cœur;
qui croit que la famille peut briser sans péril la chaîne
de la tradition et secouer le joug d'un nom!... Vous m'a-
vez fort mal compris, mon cher, si vous croyez devoir
vous défendre de n'être point riche. Je l'étais moins que
vous à votre âge, car j'étais cadet et mon héritage ne va-

lait pas le vôtre. Niaiseries que tout cela! Pour moi, le
nom vaut l'homme. Mais, fussiez-vous même prince ou
duc, vous n'avez que vingt-trois ans, vous n'avez point
encore appris la vie, vous quittez à peine les bancs de
l'école, vous n'avez encore rien fait, rien vu! La société
exige d'un homme autre chose que les rudiments de la
sensation. Confierais-je ma fille à votre inexpérience?
Vous seriez tous deux sans défense contre le moindre
revers. Vous entreriez certainement avec nous dans les
salons de notre aristocratie : qu'y seriez-vous? — Je
vous parle le langage de la raison, ajouta-t-il en me
voyant faire un geste de découragement; mais l'amour
ne remplit pas toute l'existence; le bonheur ne con-
siste pas uniquement dans un échange fugitif de tendresses; il faut qu'un mari protège sa femme et non
qu'il en soit protégé. L'orgueil de ma fille ne souffrirait-
il pas autant que le vôtre, lorsque le monde ne verrait en
vous qu'un favori de l'amour?...*By Jove!* mon jeune ami,
vous valez mieux que cela!

Je demeurai atterré devant ces arguments de froide
sagesse; je m'étais préparé à un combat où le cœur sou-
tiendrait ses droits, et je me trouvais sans armes contre
un humoriste qui me refusait sa fille par intérêt pour
moi. Sir George traitait sans passion une thèse philosophique qui ne le touchait pas; je m'étais accoutumé à
ne prévoir d'obstacles que dans l'inique irrégularité de
ma condition, et sans qu'il en fût même question je me
voyais éconduit par une dialectique abstraite et sans
réplique. Pour m'achever, comme je gardais le silence,

sir George continua ainsi avec son flegme implacable :

— Une lettre, que j'ai reçue il y a une heure, nous rappelle demain à Milan. J'espère, mon cher Raymon, que vous conserverez un bon souvenir de nous. Je vous fais ici mes adieux, nous ne nous reverrons peut-être plus, mais croyez que je n'oublierai pas nos bonnes causeries. Votre caractère m'a plu ; vous êtes enthousiaste ; ne perdez pas cette ferveur de tempérament, c'est la source des grandes œuvres, et je suis certain qu'un jour j'entendrai parler de vous comme d'un homme.

— Ah ! monsieur, répondis-je tristement en prenant la main qu'il me tendait, je n'ai plus de but à ma vie !

— Bon ! bon ! c'est la bifurcation ! un moment à passer. Vous le voyez, une douleur vous abat ! Mais j'ai bonne opinion de votre trempe, vous vous relèverez plus fort de cette épreuve. — L'homme qui n'a pas souffert n'est jamais qu'un enfant ; quand viennent les grandes luttes, il manque de ressort.

— Ah ! si du moins vous me laissiez un espoir, monsieur, je justifierais la trop bonne opinion que vous avez de moi...

— L'espoir ?... mais ça se trouve en nous-mêmes. Ne comptez que sur vous, mon cher, et vous serez plus rarement déçu. Les illusions et la jeunesse sont des défauts qui se perdent vite, je le sais ; je ne puis vous en reprocher d'autres. Mais, quand je vous assurerais que ma fille vous attendra, me croiriez-vous ? Quand elle vous en assurerait elle-même, l'accuseriez-vous si, plus tard, le temps modifiait son caprice ? Nous avons un proverbe anglais qui dit : *Promises and pie crusts are made to be broken* [1], proverbe plus humoristique qu'honnête, mais trop juste en amour. L'avenir n'est à personne ! J'ignore moi-même en vous tenant ce langage si vous ne serez pas un jour mon gendre; mais, *By Jove !* convenez que je serais un grand fou de donner mon consentement aujourd'hui !

Là-dessus, considérant que nous avions tout dit, il me ramena sur la terrasse, toujours calme, et comme si nous avions toujours parlé botanique pendant notre promenade. Quant à moi, j'étais navré : je comprenais bien qu'en partant à l'improviste pour Milan, sir George prétendait surtout me séparer sans retard de Mary; il préviendrait sans doute un suprême entretien. Elle n'était déjà plus là !

— Je ne la verrai plus ! me disais-je.

Ce mot résumait pour moi toutes les désolations, et je sentais se creuser dans mon cœur le vide des immenses infortunes.

XXII

Je m'enfonçai sous les ombrages du parc pour cacher ma douleur. A chaque pas, je retrouvais des rappels de notre amour : sur ce banc, nous avions rêvé un avenir

1. Promesses et croûtes de pâté sont faites pour être brisées.

de tendresses; là, elle m'avait raconté son enfance, afin
que je la connusse depuis plus longtemps, disait-elle;
dans cette allée, elle m'avait querellé parce que, en plai-
santant, je prétendais l'aimer plus qu'elle ne m'aimait.
Les arbres, les fleurs et les statues muettes, tout me parlait de Mary, et je l'avais perdue! et, pour la seconde
fois j'étais seul au monde, sans but, sans force, l'âme
brisée !

Abîmé, je m'oubliais, sans songer que l'on pût remarquer mon absence; la nuit était venue; j'entendais vaguement des fragments de mélodies que jouait Mabel au
piano. — Là-bas, les joies de la famille, me disais-je,
l'amitié d'une sœur, l'amour d'une femme, l'affection
d'un père! Ici, la solitude, l'abandon! Et des larmes gonflaient ma poitrine à cet image de ma vie.

— O ma mère! tu avais un enfant du moins à presser
sur ton cœur; lorsque tu gémissais comme moi dans l'i-
solement, ton regard trouvait une caresse dans un regard
chéri!... Moi je n'ai rien, je suis seul!...

Tout à coup, je vis paraître dans l'obscurité une forme
blanche. Avant d'avoir pu distinguer ses traits, j'avais
reconnu Mary : je me précipitai à sa rencontre.

— Je vous cherchais, me dit-elle, et j'étais inquiète.

— Mary! Mary! m'écriai-je, ne savez-vous donc rien?

— Rien, Raymon; mais vous m'effrayez... qu'est-il
arrivé?

— Vous partez!... Notre amour, notre bonheur, notre
avenir, tout est perdu!...

A ces mots, elle trembla comme moi; elle me prit les

mains, essayant de me rendre le courage et de dissimuler ses angoisses.

Je lui racontai ma conversation avec sir George ; elle m'écoutait anxieuse. Pour bien comprendre, elle dut me faire recommencer plusieurs fois ; je retrouvais jusqu'au moindre mot de la scène qui avait anéanti mes espérances ; elle les commentait et leur donnait un sens précis que je n'y avais pas su voir. Lorsque j'eus fini, elle se recueillit un instant, puis elle me dit :

— Je connais mon père, Raymon, et je ne crois point à l'indifférence qu'il témoigne pour les chagrins du cœur : il a adoré ma mère, et dans sa tendresse pour nous se mêle encore le culte de l'adorée.

— Mais il nous sépare ! m'écriai-je.

— Oui, mais nous nous aimons, dit-elle.

— Et s'il veut vous marier à un autre?...

— Non, non, Raymon, mon père ne contraindra jamais ma volonté ; je suis sûre de cela du moins.

— Qui sait? ripostai-je avec avec amertume.

— Oh! vous êtes injuste envers lui!.., et vous l'êtes aussi, peut-être envers moi, mon ami, en parlant ainsi, ajouta-t-elle avec simplicité.

— Pardon, Mary, pardon!... Je deviens fou à l'idée de ne plus vous voir. Votre père me ravit jusqu'à l'espoir!

— Mais cet espoir je vous le laisse, moi, Raymon! murmura-t-elle avec un triste sourire de reproche.

— Mary! ah! soyez bénie pour cette parole! Oui, j'ai tort de douter lorsque vous m'aimez ; je veux croire. — Mary, je vous le jure ici, ma vie est à vous, je l'emploie-

rai à vous mériter, et je n'aurai point une pensée qui ne
vous soit consacrée.

— Et moi, Raymon, je vous jure de toujours vous
aimer. Je vous attendrai. Jamais je ne désobéirai à mon
père, mais j'espère le fléchir quand il verra ce que vous
avez fait pour m'obtenir. Quelque chose me dit qu'il a
raison et que vous devez prétendre à de grandes destinées. — J'ai confiance en vous. A partir de cet instant,
mon ami, notre vie est dans vos mains; ayez du courage,
j'en aurai.

Tandis qu'elle prononçait ces mots, son regard brillait
d'une tendre expression et son accent était empreint
d'une telle solennité qu'un doute m'eût paru sacrilége.

Le cœur a un don de persuasion que ne gagneront jamais les sophismes de l'esprit : c'est Dieu qui le mène.
Voyant Mary si brave, je rougis de ma faiblesse et je
trouvai même une sorte de volupté dans l'épreuve impo-
sée à mon amour; j'étais fier en songeant que j'allais
lutter afin de conquérir ma fiancée. Je ne devrais plus
mon bonheur aux faveurs du hasard, je l'aurais payé par
mon travail et par ma volonté !

Nous réédifiâmes sur un nouveau plan le château de
nos illusions. Mary, respectant la prudence et la sagesse
de son père, ne lui parlerait pas de moi jusqu'au jour où
je serais digne de me représenter avec l'ascendant d'une
célébrité que je ne pouvais manquer d'acquérir. Nous
aurions certes à souffrir de notre séparation; mais elle
me combla de joie en m'assurant que nous pourrions
nous écrire. — Sir George, fidèle à son système, ne l'in-

terrogeait jamais sur ses correspondances. C'est là, du reste, on le sait, une des libertés que l'éducation anglaise accorde assez communément aux jeunes filles. Je ne vivrais donc pas seul.

Hélas! tous ces projets étaient bien naïfs, et plus d'un esprit fort rira de la candeur avec laquelle nous bercions notre chimère. Mais nous avions la foi, cette foi perdue, dit-on, que plus d'un cœur cependant retrouverait encore au souvenir de son premier amour.

Nos adieux furent émus, mais graves et sans faiblesse. Confiants dans la sainteté de nos serments, nous nous quittâmes comme deux fiancés que l'éloignement ne saurait désunir; et le lendemain, lorsque nous nous serrâmes la main au moment du départ, j'étonnai sir George même par ma sérénité.

— Très-bien, me dit-il à l'oreille; vous êtes un homme, je le vois avec plaisir.

Pourtant, malgré les compensations de mes ennuis, quand je les vis en voiture, je sentis en moi un déchirement douloureux comme s'ils emportaient avec eux une part de mon cœur.

— *Forget me not!* s'écria sir George comme ils partaient.

— *Forget me not!* répéta Mary.

Et son regard attendri tomba sur le mien. Mes yeux s'emplirent de larmes; elle ne les vit pas; — heureusement! elle eût pleuré aussi.

Quelques jours plus tard, Stephen et moi, nous prîmes congé du comte et de la comtesse.

6.

Impatient de commencer ma lutte, j'abandonnai mon compagnon de voyage, qui tourna vers la Suisse. Sans perdre une heure, je revins à Paris, plein d'enthousiasme et consolé par la pensée que Mary devait y passer l'hiver.

———————

DEUXIÈME PARTIE

I

Mon entrée à Paris ne fut signalée par aucune émotion populaire, et nul ne se douta qu'armé du levier de l'Amour, je venais déterrer une couronne.

En prenant, envers Mary et envers moi, l'engagement solennel de devenir un grand homme, je n'étais certes point aveuglé par une confiance outrecuidante dans mes hautes facultés. J'avais apporté trop d'ardeur à mes études pour n'en point retirer de beaux fruits. J'étais réellement très-savant; si savant, que j'aurais pu donner exactement la mesure de mon ignorance en long, en large, aussi bien qu'en profondeur, et chiffrer sans difficulté la somme des sciences que je ne possédais pas.

On dira peut-être que je manque un peu de modestie; mais je dis ce qui est. Je n'ignore point que Humboldt prétendait qu'il n'existe pas une académie renfermant dans son sein dix savants capables d'arpenter les cases vides de leurs propres cerveaux; je pourrais citer moi-

même des gens très-érudits qui n'ont seulement pas
conscience de ce qu'il leur faudrait apprendre avant de
pouvoir constater qu'ils en sont à l'*A b c* des connaissances humaines. Mais cela prouve tout uniment que je
suis plus avancé que ces gens-là.

J'étais donc très-instruit malgré ma grande jeunesse.
— Maudite jeunesse, va! — Il était temps d'appliquer
mon génie, d'éblouir mes concitoyens, et de répandre
sur eux des bienfaits qu'ils me payeraient en renommée,
en richesses. Je me mis à l'œuvre avec rage, et tirai des
rayons de ma bibliothèque une montagne de livres à
faire pâlir deux bénédictins : histoire, algèbre, philosophie, métaphysique, chimie, physique, astronomie...
il y avait de quoi reconstruire un monde tout neuf si le
nôtre se fût écroulé, et raccommoder les rouages de la
machine céleste si par hasard elle se fût détraquée. Je
voulais me retremper aux sources, afin de descendre,
lutteur frotté d'huile, dans cette arène où se heurtent et
se meurtrissent les ambitions et les cupidités. J'allais
affronter de grands hasards : le champ clos de la gloire
civile est occupé par des tenants formidables au choc
desquels les plus aventureux se sont brisés. Là, le vaincu
ne meurt pas avec honneur comme le soldat frappé dans
les batailles : il tombe au milieu des risées, et comme
un sot qui s'en est fait accroire. Après tout, c'est justice!
Il est si simple de rester bon jeune homme, bon père,
bon époux, sans provoquer la caresse des Muses peu
faciles.

Mais quoi, l'homme est un animal bruyant : en dépit

des théories et des formules, l'atmosphère de l'égalité
pèse aux égalitaires qui se croient les plus convaincus;
chacun veut captiver les regards de la foule; l'un, par
ses équipages, ses maîtresses et son dandysme; l'autre,
par ses ridicules, ses vices ou ses haillons. L'attrait de
l'uniforme a enfanté des héros. Que de gens, dédaigneux
de la capote du fantassin, ont brigué l'avantage de se
faire tuer dans un habit de hussard! Le carnaval recrute
partout ses masques, c'est une question de pudeur ou de
moyens; la gentry comme les arts a ses bohèmes : le
sport brille au Jockey-Club, le réalisme à la brasserie.

II

Au moment d'engager mon duel avec la vie, je m'étais
recueilli. L'immensité de ma tâche éveillait en moi
d'enivrantes ardeurs. J'étais seul, face à face avec le
monde du « chacun pour soi » qui n'élève que ceux
qu'il ne peut pas abattre. C'était effrayant, je visais trop
haut pour que ma chute ne fût pas honteuse et je ne me
dissimulais point le péril. J'avais à risquer plus que
ma vie, plus que mon orgueil, dans ce combat sans
merci; je risquais mon bonheur et la fierté de Mary!...

Je m'enfermai tout un mois, ruminant avec patience
l'amère pâture dont les écoles m'avaient nourri. L'image

de ma bien-aimée m'assistait, ravivait mon courage et
remplissait mes rêves. Quels obstacles ne surmonterais-
je pas pour arriver à ce but qu'elle m'avait montré du
doigt! La foi qui transporte des montagnes me prêterait
ses ailes! A la foi, ne joignais-je pas l'amour, le plus
énergique ressort des entreprises humaines?

Par malheur, l'aveugle fils de Cythérée n'a point fait ses
études à l'École polytechnique, et je m'aperçus bientôt qu'il
était incapable de me guider lorsque, quittant les livres
et les rêves, j'en voulus venir à l'action. Mes diplômes
m'assuraient un rang distingué dans l'armée ou dans
l'administration. Mais, sous la tente comme dans le cabinet, je ne pouvais trouver, après bien des lenteurs,
qu'un succès de dignité et de satisfaction du devoir
accompli. — Je n'avais pas le temps d'attendre ; il me
fallait violenter la célébrité par quelque œuvre éclatante
ou renoncer à Mary.

L'alternative était sinistre, et, pour la première fois,
j'envisageais la hauteur de cette barrière qui parque le
commun des mortels dans le pré de la vulgarité et sépare
les bergers du troupeau. Je ne savais que tenter. Je
consumais mes jours et mes nuits à la recherche d'une
idée.

— Une idée! m'écriai-je, une idée et je suis sauvé;
ma volonté fera le reste, fallut-il !...

J'allais encore ajouter quelque grosse hyperbole, mais
je m'arrêtai. Les amoureux les plus sincères ont, aux
heures du transport, des formules stéréotypées dont la
hardiesse est désespérante. « Aimé par vous, je soulè-

verai le monde ! » avais-je dit à Mary. Hélas ! arrivé au pied du mur, malgré ma grande envie, je ne savais comment m'y prendre.

L'homme heureux qui, dans le pré que je nommais plus haut, broute l'herbe menue qui suffit à sa petite existence, ne comprendra point mon désespoir. Mais vous tous, mes frères, ambitieux amoureux de la gloire, vous me plaindrez, vous qui savez le prix d'une idée ! Une idée, *rara avis !* A peine tous les dix ans, il en éclot une ; elle voltige dans l'air, incorporelle, presque invisible ; des milliers de chasseurs la sentent passer, la poursuivent. Elle ne fait qu'un heureux !

Je me désolais de mon impuissance, et j'entrai bientôt dans une phase de découragement que les adorables lettres de Mary rendaient plus cruelle encore. Sa confiance naïve rêvait toujours pour moi les hautes destinées. Elle s'était, disait-elle, prise d'une grande passion pour les journaux français qui devaient bientôt lui porter mon nom victorieux. — Enfermé dans mon obscurité comme dans une prison, je me rongeais les poings de honte et de rage.

Tourmenté par l'incessante tension de mon esprit vers un but qui fuyait devant moi, je serais devenu fou si je ne me fusse arraché à ma solitude ; l'inertie me révoltait, la réflexion me tuait. Armé d'une grande résolution, j'allai trouver un ancien camarade de l'École devenu directeur d'une Revue scientifique, et je lui proposai ma collaboration ; il l'accepta, et son empressement m'eût donné une très-haute idée de ma valeur en tout autre

moment; mais je venais de faire le tour de moi-même,
et j'avais reconnu ma petitesse. Il me demanda une série
d'articles sur des sujets transcendants qui devaient me
faire le plus grand honneur. Je me mis à l'œuvre avec
fureur: en quinze jours je fis le travail d'un mois.

III

Mon succès fut immense; cent lecteurs, ou peu s'en
faut, me comprirent en France et en Allemagne : je
reçus un billet de félicitation d'un académicien qui avait
été jadis mon professeur, et tout fut dit.

L'écho resta sourd à mon nom, et, après quelques articles fort vantés au journal, je commençais à me convaincre du peu de retentissement que produisent dans
le monde ces nobles travaux des savants que les savants
seuls peuvent apprécier, lorsque le retour subit de Stephen vint opérer une heureuse diversion à mes soucis
dévorants.

On ne ressent aucune peine sans éprouver le besoin
de la partager charitablement avec un ami : en revoyant
le mien, mon fardeau me parut plus léger. Aussi lui
reprochai-je d'être resté si longtemps en Suisse.

— En Suisse ?... Je n'en viens pas! s'écria-t-il.

— Comment ?

— Non; il paraît que le destin s'y oppose. Mais j'ai bien failli y entrer !... Seulement, à Mogadino, je rencontrai Ernest Capelle et Stradfort; ils allaient chasser en Sardaigne ; je m'ennuyais tout seul, je les ai suivis. Montagnes pour montagnes, cela m'était égal ! Stradfort avait son yacht qui l'attendait à Gênes. Nous courûmes nous y embarquer.

— Ah? tu reviens de Sardaigne?... il paraît qu'il y a de belles chasses sur le Gennar-Gentù.

— Ce n'est pas moi qui te renseignerai, nous n'avons fait qu'y toucher terre. Figure-toi qu'en débarquant à Cagliari, nous cherchons nos cigares... Oubliés à Gênes!... toute la provision!...

— C'est affreux !

— Chez les marchands du pays, d'horribles manilles ou des virginies exécrables! — Tu entends d'ici nos cris et nos gémissements. — Par bonheur, Stradfort connaît un honnête négociant qui vend de purs havanes sur la place de l'Église, à Malte. Il nous propose d'aller les prendre à sa boutique. Nous nous rembarquons, et quatre jours après... Mon cher, goûte-moi ça...

Et il me présenta un cigare.

— Vous êtes allés à Malte ?

— Mon Dieu, oui, dit Stephen d'un air dégagé, je ne dirai pas que nous avons eu beau temps; car il soufflait une certaine brise ouê-ouê nord-ouê qui nous força de courir des bordées et de nous mettre en ralingue...

— Ah çà ! tu parles comme un forban !

— L'habitude des mers, mon ami ! Bâbord ! tribord !

7

sabord ! hublot !... Mais je ne veux pas t'humilier par ma supériorité nautique. — Enfin, en quittant Malte, nous faisions voile pour Constantinople...

— Allons, la Turquie à présent !... m'écriai-je.

— Oui. — L'homme aux cigares m'avait vendu du *yeni-djé* exquis, blond, fin ; une chevelure, un écheveau de soie !... Il me fallait une pipe pour le fumer : le Maltais nous donna l'adresse du marchand qui fournit le sérail du sultan... Enfin, nous faisions voile pour Constantinople, avec le dessein de revenir en côtoyant l'Afrique, de Beyrouth à Tunis, lorsque Stradfort se rappela une invitation à déjeuner pour cette semaine aux Provençaux ; nous virâmes de bord, et nous voilà ! — Et toi, comment as-tu navigué ?

Mon voyage n'était pas long. Stephen redevint sérieux dès qu'il vit mon chagrin. Je lui racontai mes infructueuses recherches à la conquête d'une idée, mon découragement, et mes essais d'articles...

— Des articles de journaux ! s'écria-t-il, mon cher, mais tu t'empêtres dans cette voie déplorable ! Je sais bien qu'elle peut te conduire à l'Institut, ce Capitole des savants ; en piochant tu y arriveras, vers la cinquantaine... ne fût-ce que pour le sauver. Mais il faudrait alors que Mary t'attendît vingt-sept ans ; c'est peut-être beaucoup demander à une jeune fille !...

— Hélas ! je le sais trop, et c'est ce qui me désole !

— Invente une mécanique, imagine un pavage, jette des ponts, subodore une comète ; voilà des idées ! Je te les prête.

Stephen en prenait fort à son aise. Parbleu, je n'aurais pas demandé mieux que d'inventer une machine ou même une comète !

Me voyant en ce désarroi, mon ami insista pour me distraire et m'emmena dîner chez son père ; puis, les jours suivants, toujours pour me distraire, il m'entraîna dans ce courant de plaisirs mondains où se noient les plus fermes volontés. Au bout d'une semaine, j'en arrivai à me distraire avec tant de zèle que je ne travaillais plus. Par ces compromis de conscience qui nous mènent si loin une fois que nous avons bronché dans le droit sentier, je me justifiais avec le sophisme ordinaire ; je me disais que l'occasion ne viendrait point me chercher et qu'il fallait courir à sa rencontre. Cependant le soir, seul, chez moi, livré à mes réflexions amères, je me maudissais de ma fainéantise, je me promettais de reprendre mes travaux le lendemain ; mais à mon lever j'étais repris moi-même par quelqu'une des obligations que la veille m'avait créées et je remettais à un autre lendemain l'exécution de ma promesse.

O lendemain ! fatal lendemain, abîme où s'engouffrent les résolutions chancelantes, leurre décevant, ami de la paresse ! N'es-tu pas le complice de toutes les fautes, toi qu'on attend toujours pour s'amender ? Dans sa souffrance, il n'est point d'infortuné qui ne maudisse le passé, et il ne songe pas que son passé ne se compose que de lendemains mal remplis. Le pécheur tenté compte sur le lendemain pour sa contrition, et chaque jour il pactise avec le tentateur ! — *Encore un moment de folie, et nous*

serons sages demain, dit une chanson. C'est l'image de
notre vie : nous serons sages demain ! de là toutes nos
erreurs, l'impuissance, le dégoût du travail et les écarts
de la vertu ; de là les existences fourvoyées, déclassées,
les génies stériles et les conceptions avortées.

Sur cette pente du lendemain j'étais perdu; mais
« j'avais mon étoile. » Une lettre de Mary me fît honte
de cet abandon de moi-même. Sa parole confiante m'arracha d'un coup à cette Circé maudite qui s'appelle *l'Oi-*
siveté, et qui nous change en bêtes par des charmes
aussi sûrs que les philtres de l'antique enchanteresse :
je repris mes études. Mais, cette fois, éclairé par les succès de savants qui, pour moi, avaient été un échec, au
lieu de regarder dans les livres, je regardai le monde.

IV

Ma nouvelle tactique paraîtra sans doute bien pré-
somptueuse. Hé quoi! juger le monde à vingt-trois ans !
diront les esprits superficiels avec un sourire de pitié;
pénétrer les secrets d'une société vieillie, corrompue,
dégradée; chercher la lumière où les philosophes ne
trouvent que les ténèbres ! — Parbleu, j'ai dit, en com-
mençant cette histoire, que je crois à la jeunesse, à
l'amour, à la vertu : après cet aveu, rien de moi ne doit

plus surprendre !... Je m'imagine que les enthousiasmes
de la jeunesse, ses audaces, l'élévation de ses sentiments,
sa foi, ne sont point des illusions, comme on veut bien
le dire, mais des qualités natives, des souvenirs d'en
haut que n'a point encore faussés la sagesse menteuse
des rhéteurs. Pour juger l'humanité, la naïveté pour moi
vaut plus que la subtilité.

J'ai été trop loin pour reculer, et, ma foi, dût-on, après
cette déclaration, me montrer pour de l'argent comme
une curiosité vivante, dussé-je, après ma mort, être
empaillé pour être classé dans le musée des idéologues à
la section des embryons, je veux dire ici mon sentiment :
JE NE CROIS PAS A LA CORRUPTION PROFONDE DE MON
SIÈCLE !

Le gros mot est lâché !

J'ai secoué toute pudeur et j'ai brûlé bravement mes
vaisseaux ; j'ai contre moi l'armée des ironiques et des
misanthropes. Je me croirais perdu si, pour avocat et
pour complice, je ne me réclamais de la Nature ; c'est
d'elle que me vient mon erreur. On dit que les dieux
s'en vont. Il paraît qu'elle l'ignore, la bonne femme, car
je la vois toujours souriante, toujours sereine, toujours
libérale, toujours les mains pleines, et je me demande
pourquoi l'homme a la prétention d'être dégénéré, lorsque la grande mère ne s'est point encore appauvrie.

L'homme devient méchant par l'éducation ; — je lui
accorde cette heureuse faculté ; — il gagne le vice
comme on gagne la lèpre, par le contact ; mais il naît
pur et sain, et, quant à moi, je n'admettrai sa déchéance

progressive que le jour où je verrai les fleurs naître
fanées, le soleil nous verser des pâleurs de lune et les
folles étoiles dévier de leur cours immuable !

S'il est un philosophe sceptique qui puisse argumenter
contre ma doctrine, qu'il se lève ; je lui donnerai mes
lunettes et mon bonnet !

On le voit, je ne marchande pas mes principes. Au
risque de prêter à rire, je dévoile ma faiblesse : — Je ne
crois pas que Dieu vieillit ; content de mon siècle, je
n'envie rien au temps passé, et je ne regrette pas l'horizon de nos pères.

Ce qu'il y a de plus surprenant, c'est que ma bizarre
croyance n'est point du tout chez moi un effet de la
grâce, comme on pourrait le croire ; j'ai travaillé sans
relâche à me désillusionner ; mais, étrange résultat,
mes essais de scepticisme ont affermi ma foi.

Près de ma mère, presque dans la solitude, ou dans la
claustration de l'École, je n'avais qu'entrevu le monde ;
la littérature de notre temps m'avait seule renseigné, et
nos moralistes me donnaient tout d'abord une médiocre
idée de mes contemporains. Leurs tableaux me repré-
sentaient notre société en proie à une dépravation profonde : le vice partout ; l'adultère dans les ménages, la
fraude, la ruse, le vol légal dans les affaires, le respect de
la famille foulé aux pieds, des pères compagnons de débauche de leurs fils, des courtisanes réhabilitées, posées
en victimes de la passion, poétisées. Paris n'était qu'une
Sodome et n'attendait que le nitre et le soufre. C'était
l'abomination de la désolation !

Mais je ne sais quel instinct protestait en moi contre ces jérémiades à la mode.

Qu'on me passe ce travers, je suis enragé de logique, je n'accepte pour vrai que ce qu'elle me démontre vrai. En apprenant par les livres que nous n'avons plus de croyances, j'avais tout d'abord tremblé pour ma patrie, je croyais déjà voir des nuages menaçants s'amonceler sur la France.

— Nous sommes perdus, s'écriait ma logique, car la vigueur d'un peuple et ses vertus guerrières ne sauraient résister à une telle dépravation, et si nous avions la guerre nous serions inévitablement battus ! Quand l'honneur est mort, la bravoure ne lui survit pas !

Et je gémissais de confiance sur les ruines d'un si bel empire.

Cependant, depuis ce temps, nous avions traversé les campagnes de Crimée et d'Italie, et nos victoires m'avaient donné des doutes sur la rectitude des nihilistes. Malgré mon grand respect pour tout ce qui est imprimé, je commençai à me figurer que le monde n'est peut-être point aussi dénué qu'on le proclame. Cinq cent mille hommes de tout âge, de toute classe, pris au hasard dans cette vieille race gauloise si abâtardie, à dire d'experts, venaient d'inscrire sur les champs de bataille une protestation héroïque : « On ne croit pas à la patrie, à l'honneur, au drapeau, sans croire à quelque chose de plus ! l'honneur est la limite lumineuse de toutes les beautés morales... » Qu'on me pardonne ma naïveté, c'était toujours la logique qui parlait ! .

— Une société, me disait l'implacable ergotéuse, se juge par ses œuvres; le fumier d'un peuple en décadence ne saurait faire éclore les fleurs de la civilisation. Vois où en sont les arts, les sciences, l'industrie; suppute les richesses de ton pays et compare le présent au passé. Veux-tu peser la somme du bien et du mal répartis chez les individus, arrête les comptes de la communauté.

Que répondre à des axiomes de cette force? Les philosophes les plus hérissés, païens ou chrétiens, sont tous d'accord sur ce point que, sous tous les cieux, dans tous les siècles des faits et gestes des nations, l'historien peut donner exactement le degré de la moralité domestique. Une fois le Romain corrompu, Rome vit décroître ses conquêtes... Et ma foi, toute réflexion faite, j'avouerai encore cette faiblesse : Je suis fier d'être Français !

Ce penchant à décrier les contemporains au profit des ancêtres ne date pas d'aujourd'hui; il n'est presque pas un auteur qui ne s'y soit livré avec amour : dès les bancs de l'école, on nous forme à ce mépris, et les petits garçons balbutient gravement : « Que n'altère point le temps destructeur! Nos pères étaient pires que leurs aïeux, nous sommes plus corrompus que nos pères, et nous laisserons des fils plus dégradés que nous [1]. » (HORACE.)

Deux mille ans se sont écoulés, et, en relisant un si

---

1.   Damnosa quid non imminuit dies?
       Ætas parentum pejor avis tulit
       Nos nequiores, mox daturos
       Progeniem vitiosiorem.

grand prophète, on s'étonne que nous ne marchions pas
à quatre pattes, ou que tout au moins nous ne soyons pas
des singes. — C'est la pensée qui me vint dès que je pus
assembler deux idées. — J'étais bien jeune! mais la logique tourmentait déjà mon adolescence; j'étais en rhé-
torique, on m'enseignait le syllogisme, la cause et
l'effet, le sorite et le dilemme, l'exemple et l'induction.
Naïf enfant, j'essayais mes petites dents en mordant le
sein de ma nourrice. Quand je fus plus grand, je m'expliquai le succès des satires.

Le public aime qu'on l'outrage, cela le chatouille
agréablement; et, lorsqu'on lui lance de grosses injures
à la tête, chacun les applique à son voisin. Jamais plus
que de nos jours les auteurs n'ont exercé cette flatterie
collective; ils y gagnent gloire ou profit, et de plus, en
flagellant leur prochain, ils conçoivent d'eux-mêmes une
meilleure idée. Les plus beaux esprits, entêtés de leur
paradoxe, n'ont même pas dédaigné parfois de donner
une entorse à la raison pour soutenir leur thèse; mais
n'est-il pas étrange de voir des gens sensés admettre sans
contrôle des théorèmes de ce genre : « *Le signe de la
corruption des mœurs dans un État, c'est la multiplicité
des lois.* »

Je présente mes compliments et mes respects aux mâ-
nes de M. le duc François de La Rochefoucauld, prince
de Marsillac; sa sentence est ronflante et philosophique;
mais, dans le royaume de vérité qu'il habite, ne trouve-
t-il pas comme moi qu'il faudrait prononcer : *Le signe
de la* DÉLICATESSE *des mœurs dans un État, c'est la mul-*

7.

tiplicité des lois? Cela ne change qu'un mot et rend la proposition juste, car ce qui n'est pas délit dans une société sauvage devient délit dans une société policée. C'est évident comme la lumière du jour! M. de La Rochefoucauld ne saurait prétendre que le code Napoléon est une œuvre de barbarie qui nous range au-dessous de l'heureux habitant des îles de la Sonde, qu'aucune loi ne trouble s'il lui prend fantaisie d'écorcher sa femme et ses enfants, ou bien si, n'écoutant que sa candeur naturelle, il conçoit le désir de manger son ami.

D'après ces quelques aperçus, on comprendra de reste d'où provient le travers de mon esprit, et par quelle étrangeté il se trouve sur terre un être surprenant qui croit encore au bien quand tous ne croient qu'au mal.

Il ne s'ensuit pas cependant que je proclame le règne absolu de la vertu parmi mes estimables contemporains. Je prie donc qu'on ne me confonde pas avec le docteur Pangloss. Je ne m'inscris en faux que contre la décadence fatale de l'humanité. Que chaque particulier justifie, suivant sa mesure, l'aimable prétention d'être parfois plus coquin que ses ancêtres. Je ne suis point l'ennemi du progrès; il ne faut décourager personne! Je nie, en considérant notre civilisation, qu'elle puisse avoir pour cause la corruption privée, voilà tout. Il y a longtemps qu'on a comparé l'humanité à un grand fleuve où les vices et les passions versent leurs immondices; bien des gens trouvent l'eau sale; cela vient peut-être de ce que ceux-là vivent près des égouts. Aujourd'hui, tout homme peut aspirer à tout; au début de la vie, le premier venu

peut tenter le détroit de la fortune, de la célébrité ; quelques heureux arrivent, ceux qui sombrent en route
n'accusent jamais leur impuissance ou leur nullité. Il
est si simple d'en accuser la société ! C'est pourquoi, je
l'imagine, le monde est réputé mauvais par la majorité
des mortels.

On voit par quels écarts j'en suis venu à ma singulière
croyance : je fais de la logique sans passion ; c'est prendre
à rebrousse-poil les doctrines de nos moralistes, je le
sais, et je leur en fais mes excuses, me retranchant,
d'ailleurs, derrière mon ignorance et mon ingénuité.

V

« Il n'y a pas de hasards ! » a dit Beaumarchais. Je m'en
rapporte à Bartholo ; cependant une aventure très-bizarre
qui me sembla puérile au quart d'heure où elle m'arriva,
mais qui devait plus tard exercer une grande influence
sur ma destinée, décida ma rupture avec la vie de savant.

Dans un restaurant du boulevard, j'avais fait la rencontre d'un vieux monsieur de cinquante ans environ ;
tout un mois, j'avais dîné à une table voisine de la
sienne, nous avions échangé des regards, et la civilité
m'ordonnait de lui rendre un salut. Il semblait brûler

d'envie de faire ma connaissance et me poursuivait de marques d'intérêt sans nombre.

Bien que mon amitié ne soit pas formaliste, j'aime néanmoins qu'on se fasse présenter à moi avant de me séduire. Toute démonstration d'obséquiosité me froisse, surtout lorsque j'en suis l'objet; l'exquise courtoisie de ce monsieur me donnait sur les nerfs; malgré tout mon désir de rester dans les bornes d'une déférence que me commandait son âge, j'étais irrité de ses obsessions gracieuses. — Demandais-je un journal, il en cessait la lecture pour me l'offrir, m'en signalait les passages curieux, et tâchait d'engager une conversation à laquelle je m'empressais invariablement de me soustraire. Ses manières étaient cependant si discrètes et si polies, qu'il était impossible, sans grossièreté, de lui rompre en visière. Ses allures trahissaient un gentilhomme parfait; sa physionomie franche, ouverte, marquée du sceau de l'intelligence, était illuminée par un sourire jeune et candide qui eût désarmé ma mauvaise humeur si je n'en fusse arrivé à un agacement dont j'avais peine à me rendre compte, et cet agacement prit de si ridicules proportions, que je me déterminai à changer de restaurant.

Je me croyais délivré, lorsqu'un jour, en ouvrant ma fenêtre, je me trouvai nez à nez avec mon cauchemar, qui m'envoya son salut empressé à travers la cour. — Il avait loué un appartement vacant sur mon palier : il était mon voisin!

Je ne saurais dire quelle fut ma déconvenue à l'aspect de cet homme. Je lui ripostai par un signe de tête sec

qui frisait de très-près l'impolitesse. Il sourit comme s'il
eût été charmé de ma fierté. — Je fermai mes persiennes
avec rage et défendis à mon domestique de jamais les
rouvrir. Ce mouvement d'humeur me soulagea.

Rien n'était plus simple pourtant que ce rapprochement; notre voisinage pouvait fort bien n'être qu'un effet
du hasard, et en vérité je ne sais pourquoi j'en conçus
une telle irritation. Cet inconnu n'avait fait aucune démarche pour forcer ma porte, il était déraisonnable
que je le prisse en grippe parce qu'il avait essayé d'être
aimable avec moi; mais je sentais vaguement qu'il envahissait ma vie; malgré moi, son regard m'attirait
comme par fascination, j'y devinais une sorte de tendresse que rien ne pouvait justifier; je voulais ignorer
jusqu'à son nom, et cependant il m'inspirait une curiosité indéfinissable. Quoi qu'il en soit, il me tourmenta au
point que je fis le serment de fuir ses persécutions
comme si j'en eusse été menacé.

Une semaine passa sur ma colère puérile, et je dois
rendre cette justice à mon voisin qu'il ne fit pas mine de
vouloir envahir mon sanctuaire. Je ne songeais plus à
lui, lorsqu'un jour Stephen, qui regrettait ma compagnie

autrefois quotidienne, se fit annoncer chez moi. Je m'é-
tonnai de ces formes discrètes, inaccoutumées entre
nous. Enfin, sur le *faites entrer* traditionnel, mon ami
passa la moitié du corps par la porte entr'ouverte.

— Entre tout entier, m'écriai-je.

— Je ne te dérange pas?

— Me déranger, toi? Quelle idée !

Sur cette assurance, il se décida à pénétrer, mais avec
une réserve étrange. Il ne marchait pas, il glissait comme
une ombre et me regardait comme s'il eût craint de
m'effaroucher.

— D'où te vient cet accès de timidité? lui dis-je.

— C'est ici le séjour de la Méditation et du Travail, je
tremble à l'aspect du dieu. S'il allait me saisir !

— Oh ! ne crains rien, répliquai-je en riant, il est déjà
assez embarrassé de ma personne.

— Mon cher, je viens te prier à dîner pour demain.

— Impossible !

— Comment, impossible? Aurais-tu projeté quelque
débauche? dit-il d'un ton scandalisé.

— Non, et c'est précisément pour n'en point faire que
e refuse...

— Rassure-toi, pudique ami, reprit-il, tu te méprends.
Je ne veux pas t'entraîner dans les plaisirs et les débor-
dements ; au contraire : il s'agit d'une agape de famille,
en l'hôtel de M. Devillars mon père, auguste vieillard
que j'oserai qualifier de pontife du décorum. Tu connais
son salon, c'est le temple des convenances ; les personnes austères n'y courent aucun péril — pas plus, du

reste, que les esprits légers — car, pour moi, je n'y éprouve qu'une tentation... une perpétuelle envie de m'en aller.

— Ah ! c'est chez ton père...?

— Oui, accepte, mon cher. Vrai, tu t'ennuieras, ajouta-t-il d'un air insinuant; tu sais que je ne voudrais pas te tromper !

J'acceptai en riant de son ton onctueux.

— Eh bien, à demain ! conclua-t-il en reprenant son chapeau et en parlant toujours à voix basse, comme dans la chambre d'un malade.

— Comment, tu t'en vas? m'écriai-je; je ne t'ai pas vu depuis huit jours...

— Chut!... mystère... retraite... amour... le génie du travail plane ici, j'ai peur de le faire envoler !...

Et il marchait à pas de loup vers le seuil.

— Attends donc ! repris-je égayé par sa pantomime révérencieuse.

Au moment de sortir il s'arrêta.

— Hon ! fit-il, c'est délicieux! et il allongeait le nez, et il pivotait sa tête en flairant l'air. — Quelle suave odeur d'innocence!... un mélange de benjoin... de vertu... de tarte à la crème...

— Quel fou !

— Chut!... à demain... Sois bien sage ! ajouta-t-il le doigt sur ses lèvres.

Puis, sans écouter mes instances et affectant des précautions inouïes pour ouvrir la porte sans bruit, il me souffla un adieu et partit.

M. Devillars, le père de Stephen, que son fils décorait
du nom d'auguste vieillard, avait quarante-huit ans sans
plus. Ancien représentant du Gard, orateur remarqué à
la Chambre, c'était un de ces hommes de génie modestes
que leurs facultés élevées prédestinent aux grands em-
plois politiques. Travailleur infatigable, il avait dépensé
sa vie à acquérir les connaissances encyclopédiques que
doit s'assimiler un homme d'État : sciences, arts, philosophie ; il avait tout approfondi, et sa vaste intelligence
avait tout absorbé. Jurisconsulte érudit, nul ne savait
mieux que lui jeter la lumière sur tant de questions ar-
dues et minutieuses où s'engage chaque jour le conflit de
la légalité et du progrès. Il avait étudié le mécanisme de
toutes les hautes industries, il en savait les besoins comme
si lui-même avait mis la main à l'œuvre dans vingt
usines ; et dans les concours régionaux, ses fermes mo-
dèles le plaçaient au rang des agronomes les plus en-
tendus.

Frappé brusquement par un inconsolable chagrin à la
mort de sa femme qu'il adorait, la santé épuisée par des
travaux excessifs, il dut, jeune encore, renoncer à la poli-
tique. Mais son salon était resté le centre d'un monde où
brillaient les illustrations de l'époque : orateurs, hommes
d'État, écrivains, artistes, tous se pressaient autour de
cette grande intelligence que rehaussaient encore un caractère enjoué, un esprit fin et charmant. Il avait la simplicité de manières des gens de véritable race ; mince,
svelte, dégagé, lorsqu'il ne souffrait pas, il portait avec
élégance un de ces fronts qui attirent le regard comme

s'ils étaient irradiés d'une auréole. Ses traits nobles, légèrement amaigris, son teint un peu pâle, ses yeux noirs,
vifs et doux, gardaient l'empreinte d'une vague douleur
que semblait souligner son sourire, où l'on sentait la con-
cession d'une belle âme qui, cachant sa peine, n'en veut
point attrister ceux qu'elle aime. Sa ressemblance avec
Stephen était extraordinaire; malgré ses cheveux préma-
turément blanchis, on eût pris M. Devillars pour le frère
aîné de son fils, tant il y avait de jeunesse dans l'expression de ce visage. Impression étrange et charmante, on
ne savait si c'était un vieillard épargné par le temps ou
un jeune homme vieilli par les soucis et par les veilles.

Il m'honorait d'une amitié particulière et me traitait
comme un second fils. Moi, je l'aimais et le vénérais
comme un père.

Tel est le portrait de l'auguste vieillard qui me conviait
à dîner. Riche à dix ou douze millions, Stephen ne les
comptait pas — ni celui qui écrit cette histoire non plus
— il habitait un de ces hôtels fastueux de la rue de Va-
rennes dont nos neveux ne connaîtront pas les splen-
deurs, et dont les jardins suffiront à des quartiers nouveaux.

VII

J'arrivai de bonne heure selon ma coutume, afin de causer avec le cher et vieil ami. Il était encore dans son cabinet de toilette. Le valet m'introduisit sans annonce comme un familier de la maison. Stephen était avec son père.

— Ah! mon cher Raymon, dit M. Devillars en me tendant la main. Enfin, vous voilà, ingrat enfant! Je ne vous ai pas vu de la semaine, vous me négligez, vous ne m'aimez plus!

— Oh! répondis-je en protestant, c'est précisément parce que je vous aime que vous ne me voyez pas; je travaille pour que vous soyez content de moi.

— Hum!... fit-il en souriant finement, il y a bien aussi la pensée d'une autre personne au fond de ce grand travail... N'importe, je n'en suis pas jaloux, mon enfant! — Puisque vous m'avez confié votre secret, puis-je vous demander si vous avez de bonnes nouvelles?

— D'excellentes.

— Alors, papa, dit Stephen, reprenant un entretien que j'avais interrompu, tu tiens absolument à payer les huit mille francs que je dois à ce bijoutier?

— Mais certainement, j'y tiens très-fort!

— C'est désolant! soupira Stephen, tu me laisses sans un sou de dettes! Quelle figure cela a-t-il? Tu m'opprimes, et, si j'étais ton père, je ne me conduirais pas ainsi avec toi.

— Ne te plains pas, répondit M. Devillars; si j'étais ton fils, je te ferais des économies.

— Voyons, si tu ne payes pas, je te promets de renoncer à mon yacht.

— Pas si bête! riposta le père, tu y renonceras malgré le payement.

— Pour cela non, par exemple! s'écria Stephen; donnant donnant.

— Bon! tu sais que tu me désolerais. Je croirais toujours te voir noyé. Je te tiens par l'affection, lâchement.

— Tu abuses de ma faiblesse. Mais enfin, réfléchis un peu, si j'achetais un yacht, je me ferais cadeau d'un créancier.

— Et de quelle façon, je te prie?

— J'achèterais mon bateau à crédit, ha!

— Ha! reprit le père en l'imitant; mais je le payerais, ha! — c'est mon droit!

— Tu m'opprimes!

En jetant ce cri de liberté, Stephen courba la tête d'un air désolé et se rencogna de côté dans son fauteuil; ses jambes pendaient mélancoliquement par-dessus les bras du siége.

— A propos, Raymon, me dit tout à coup M. Devillars, vous savez que je la connais.

— Qui? répondis-je en hésitant.

— Qui?... celle qu'on ne nomme pas, ingénu! — Votre rougeur vous trahit. — Quand Stephen m'a appris qu'elle est nièce de lady Staunton, je me la suis rappelée; je l'ai vue chez sa tante, à Londres; mais ce n'était alors qu'un chérubin d'enfant portant des pantalons brodés sous sa jupe courte. Elle avait une petite sœur...

— Oui, mademoiselle Mabel.

— Dis donc, papa... insinua Stephen allongeant timidement la tête derrière l'oreillette de son fauteuil.

— Quoi? fit le père.

— Si je souscrivais une lettre de change!... il serait tout de même payé, cet homme, et, du moins, cela me poserait un peu sur la place.

— Niais! ton bijoutier porterait ta lettre de change chez mon banquier, qui l'escompterait à la minute et sur simple présentation.

— Tu m'opprimes!

Et Stephen se rencogna de plus belle.

M. Devillars, avec sa délicatesse de cœur, savait le bonheur qu'on éprouve à parler de la femme aimée; il me ramena ingénieusement vers le sujet éternel, vers l'amour. Je lui avais confié mes rêves comme je l'aurais fait à un père. Sans me bercer d'un espoir douteux, il relevait du moins mon courage.

— Il est toujours beau d'aimer, disait-il, en dût-on souffrir et peut-être même *parce que* l'on en doit souffrir. La souffrance est le creuset où s'épurent nos âmes; et souffrances d'amour sont souffrances sublimes, on en peut ressortir dieu!

Avec une discrétion touchante, il semblait s'abandonner à des théories platoniques plutôt qu'à l'examen de ma situation : ne prenant de mes confidences que ce que je lui en donnais, il ne m'interrogeait jamais; mais, dès que je me livrais, il témoignait un intérêt à ces mille futilités d'amoureux que savent seuls comprendre ceux qui ont aimé. — A mes craintes sur l'avenir, il répondait :

— Hé, qu'importe ! les forces que vous amassez dans les heures de passion, ces énergies puisées dans le cœur, elles vous resteront !

En l'écoutant, vraiment, j'étais fier d'aimer comme si j'eusse pratiqué une vertu !

Un domestique vint annoncer l'arrivée au salon d'un *premier invité*, dont il présenta la carte sur un plateau d'argent. M. Devillars y jeta les yeux.

— Ah ! M. Odary ! s'écria-t-il, j'ai oublié de vous prénir, Raymon, un de vos admirateurs passionnés. Il paraît qu'il connaît vos travaux. J'ai promis de vous présenter à lui. C'est un homme d'une grande valeur, que lord Palmerston m'a très-particulièrement recommandé, et dont vous serez ravi comme moi d'avoir fait la rencontre.

— Il me connaît ? dis-je assez intrigué.

— De nom seulement. Mais ne le faisons point attendre.

Nous nous rendîmes au salon, et ma présentation eut lieu.

Monsieur Odary... c'était mon cauchemar !

VIII

Je fus d'une amabilité charmante... Mais j'enrageais, et je me promis bien que nous en resterions à ces relations forcées, au commerce d'amitié d'un soir. Par vengeance, pourtant, après le dîner, où je l'avais eu pour voisin, je mis une sorte de coquetterie à séduire pleinement mon endiablé persécuteur, afin de lui laisser des regrets plus amers. Je convoquai le ban et l'arrière-ban de mes grâces morales et intellectuelles ; j'essayai de me montrer tour à tour savant, profond, badin, spirituel, affectueux... et ce fut une conquête des plus glorieuses.

Pour être juste, je dois convenir que ce coquin d'homme, de son côté, était presque aussi séduisant que moi. Si jamais mortel respira la franchise, c'était bien celui-là : la loyauté était inscrite dans ses yeux, qui, comme des yeux d'enfant, nageaient dans un fluide limpide ; son regard était innocent, on y lisait une vie sans tache, une âme pure, un sens droit que le cœur régit. Introduit qu'il était chez M. Devillars par lord Palmerston, je l'avais cru Anglais ; il parlait le français comme moi. Son esprit était d'une variété éblouissante : il avait tout vu, les hommes, les contrées, les mers : il avait dormi sous le wigwam des Sioux, sous la hutte du Malabar

et sous les lambris de santal des nababs de l'Inde. Il
excitait ma curiosité quoique j'en eusse, et ce n'était pas
le moindre de mes mécontentements que de sentir l'intérêt qu'il éveillait en moi. Mais je me roidissais obstinément, car j'avais juré par mon grand serment qu'il en
serait pour ses frais de sympathie, et il eût été honteux
d'être pris à son premier traquenard.

C'était révoltant! En dépit de mes œuvres de défense
et de circonvallation, cet homme voulait m'aimer! —
Qu'est-ce que je lui avait fait?

Sa persécution odieuse eut recours à toutes les armes; il
me complimenta même sur mes articles de la Revue. Je
crus un instant le tenir... Mais non, il les avait lus! Je
ne me laissai pas décourager; les matières que j'avais
traitées étaient de dure compréhension; je le poussai à
les discuter... Le misérable suborneur!... il les avait
comprises!...

Ce fut le dernier coup! Ma vanité d'auteur allait me
perdre; mon terrible ami avait décidément barre sur
moi; un mot de plus, je me rendais à merci. Il me faisait
entrevoir la belle carrière que j'étais appelé à parcourir
dans la science; la noblesse de ce rôle de bienfaiteur du
monde, souvent méconnu de la foule, à peine deviné
par quelques témoins dispersés, et qui, cependant, tenu
avec courage, garantit le respect et le culte des temps à
venir. — La glace était rompue... Je fondais... Mais tout
à coup, dans un mouvement de révolte suprême, il me
vint l'idée de lui payer d'une gaminerie toutes ses dépenses de courtoisie. Je le laissai calculer à son aise les

trésors qui m'attendaient dans le chemin des Newton et
des Arago, et, lorsqu'il eut fini :

— Monsieur, lui dis-je d'un ton dégagé, je compte
abandonner cette carrière, qui ne convient point à mes
goûts !

Patatra!... Il resta abasourdi sous ma tuile! Moi, je
jubilais. Je me lançai alors dans le bleu de la fantaisie :
« Je voulais jouir de ma verte jeunesse, quitter la solitude et les bouquins poudreux, épancher les séves de la
vie, effeuiller les roses du plaisir... » *Proh pudor!* Je
me déshonorai par ces poncifs exaspérés ; et je couronnai
le tout par ce beau trait :

« L'amour n'a qu'un temps! »

M. Odary me contemplait avec l'ébahissement d'une
mère devant son enfant changé en nourrice. Je me gri-
sais de mon triomphe, et j'en vins à plaider ma thèse
avec tant de chaleur, qu'à une objection soulevée timidement par mon ami forcené à propos de l'oisiveté toujours
pesante aux gens rompus dès longtemps au travail, je
m'improvisai une vocation pour les lettres et la poésie —
on a toujours une pudeur dans quelque coin. — Puis, pour
justifier ce beau desscin, j'invoquai au hasard l'exemple
d'un jeune auteur, nommé Fulbert, qui causait à trois
pas de nous, et qui, du premier coup, avec son premier
livre, venait de conquérir une grande renommée.

A quoi tiennent nos résolutions? Je ne voulais qu'être
désagréable à mon ami, et, tandis que je parlais il arriva
que je me convainquis moi-même. Un peu pareil à ces
écoliers qui s'affolent des amoureuses qu'ils inventent,

j'exécutai de si étincelantes variations sur mon thème, qu'à la fin du discours ce caprice de causerie était devenu une idée sérieuse. Mon interlocuteur eut l'imprudence de me rappeler le danger d'abandonner le certain pour l'incertain... Mon goût se changea en passion. Cette profession tant cherchée, je la tenais enfin ! De tous les agents donnés à l'homme pour escalader la célébrité j'avais trouvé le plus prompt — la littérature ! Il n'y faut que du génie ou du talent, qualités latentes parfois pendant des années chez les mieux doués ; Belles-au-Bois dormant assoupies jusqu'au jour où le rameau d'or de l'enthousiasme les éveille dans notre cœur et dans notre cerveau. Fulbert n'avait commencé à écrire qu'à l'âge de trente-quatre ans ; inconnu la veille, il avait été fameux le lendemain... Je m'excitai.., je m'enflammai...

Bref, je quittai M. Odary pour aller réfléchir à l'œuvre importante qui devait m'illustrer ; et, pour la première fois, depuis deux mois, je revins au logis l'esprit léger. Ma confiance dans l'avenir s'était raffermie, je retrouvais mon étoile.

— Chère étoile qui veilles sur moi, tu t'appelles Mary ! c'est toi qui m'as envoyé cette inspiration céleste, cette révélation ! Comment n'aurais-je pas de talent ? Je t'aime, j'écrirai ce que tu as gravé dans mon cœur !

Comme j'entrais chez moi, mon domestique me remit une lettre portant le timbre de Palerme ; elle était ainsi conçue :

8

« Palerme, 4 septembre.

« Deux mots à la hâte. Papa vient de décider notre départ subit. Je serai à Paris trois jours après ma lettre. Depuis cette nouvelle j'ai perdu la tête, et je danse de joie avec cette folle de Mabel. Quel bonheur! et que je suis heureuse de... devinez de quoi?

« MARY RAYMON BARNET. »

Et, plus bas, d'une autre écriture fine et nette :

« Bien que certaines personnes me traitent de folle, j'irai à la messe à l'église de Chaillot, le lendemain de mon arrivée.

« Ciel ! si je n'avais pas de la tête pour deux !

« Sœur MABEL (seize ans
moins quatre mois).

« *P. S.* Moins quatre mois, plus douze jours.

« MARY.

« Méchante !... Je n'irai pas à la messe...

« MABEL.

« *P. S.* Vous trouverez Mabel encore grandie et encore embellie.

« MARY.

« Toutes réflexions faites, j'irai !

« MABEL. »

IX

De ce que j'accomplis pour ma gloire pendant les
trois jours suivants... il n'est au pouvoir d'aucun mortel
d'en trouver trace ! J'étais ébloui. Autant eût valu chercher à se recueillir au beau milieu d'un feu d'artifice ;
je voyais des lueurs de toutes les couleurs, je marchais
dans une apothéose. Je ne fis acte d'intelligence que par
le mouvement ; je ne tenais pas chez moi. Plusieurs fois
par jour je courais aux Champs-Élysées pour contempler
la place où, Faust candide, je rencontrerais ma blonde
Marguerite quand elle se rendrait à l'église. La création
me semblait en fête, et je m'offrais des bouquets à moi-
même pour tracer dans mon cœur une route odorante
à la bien-aimée. Jamais *hosanna* ne fut plus enthousiaste que celui que je chantais en silence, et mon
domestique, surpris de cette exaltation subite, ne put
s'empêcher de me dire au second matin :

— Monsieur a fait un héritage ?

— Vous l'avez dit, François, un galion de Sicile
m'arrive en ce moment et m'apporte un trésor. Voici
deux louis, je vous donne congé pour tout le jour ; amu-
sez-vous.

— Oui, monsieur; je m'en vas les porter tout de suite à la caisse d'épargne.

J'avais manqué mon but; mais, bah! le bonheur est toujours bien placé!

François venait de partir lorsqu'on sonna à ma porte. J'ouvre moi-même comme un homme ordinaire.

C'est M. Odary!

Il tombe bien! Un nuage sur ma joie, une mouche dans mon lait, une araignée sur mes fleurs!

Il m'était difficile de persuader à mon cauchemar que j'étais sorti. Force me fut de l'introduire dans mes lares.

Il venait, disait-il, me proposer une affaire superbe au point de vue scientifique, superbe au point de vue pécuniaire, une affaire dans laquelle il était engagé; — adroite apostille! — enfin, une mine de fer ou d'argent à diriger, à relever des désastres où l'avaient plongée l'incurie et l'inhabileté d'un ingénieur. — Aimable flatterie!

J'écoutai juste autant que le prescrivait la politesse; puis, sans ambages, je rappelai à mon trop officieux ami la détermination dont je lui avais fait part chez M. Devillars, détermination irrévocable qui me mettait au regret de ne pouvoir... et de là j'enfilai une péroraison où tout autre eût deviné un congé.

Mais j'avais compté sans la trop vive tendresse du voisin. Il ne broncha pas. Avec le plus profond respect pour ma vocation, il me représenta, emmiellant sa phrase de regrets, que je faisais une folie, et, tout doucettement, sans avoir l'air d'y toucher, il démantibula, assise par assise, le panthéon futur de ma gloire littéraire. — L'intrigant ! Il s'acharna plus d'une heure à verser dans mon oreille le poison des plus affectueux conseils... Cet homme était pire que le diable : c'était le Méphisto du ciel raccolant pour la sagesse ! Ce misérable me tentait ; j'avais beau ne pas l'écouter, sa raison me gagnait petit à petit, et si bien, — j'en avais honte ! — qu'il m'amena à lui demander où était sa mine.

— Près d'Alais, me répondit-il, dans les Cévennes.

Pour le coup, c'était trop fort ! La veille de l'arrivée de Mary à Paris, vouloir m'enterrer dans les Cévennes ! Méphisto n'avait pas de chance ; s'il m'avait parlé d'une mine au rond-point des Champs-Elysées, à la bonne heure ! Et encore... pour lui être désagréable je l'eusse refusée.

Il daigna enfin s'en aller ! — Ouf ! — Je regrettai avec amertume l'argent donné à cet animal de François. S'il eût été là, serviteur fidèle à sa consigne, le terrible voisin n'eût pas dépassé mon seuil. Cela m'expliqua pourquoi les égoïstes y regardent à deux fois avant de faire le bonheur de leur prochain.

Le lendemain, veille du jour béni, dès huit heures du matin j'étais à l'avenue Gabriel, où j'allais chaque jour contempler la maison qui sert de pied-à-terre à sir George Barnet. Ce joli hôtel, placé entre deux jardins, attendait Mary, il la connaissait, c'était un ami pour moi. Les fenêtres, ouvertes comme des yeux, me regardaient souriantes à travers les fleurs dont on les avait parées. « Elle

8.

va venir, » nous disions-nous, et nous échangions nos congratulations muettes.

Tout à coup, au beau milieu de ma contemplation, la porte s'ouvre, mais pas pour me sourire ; car, avant que j'aie eu le temps de prendre un air de flâneur indifférent, je me trouve nez à nez avec :

Mon cauchemar !

A ma mine dépitée, il parut lui-même un peu troublé; mais il n'était pas homme à poursuivre son chemin sans me cingler au visage quelques aménités : et, m'offrant la main :

— Ah! ce cher monsieur Raymon! s'écria-t-il.

Moi, *d'un ton gelé.* — Bonjour, monsieur.

Lui, *badin comme Zéphir.* — Est-ce que vous voulez acheter cette maison ?

Moi, *amer et sarcastique.* — Non, monsieur, elle semble trop accessible aux importuns.

Mes lèvres tendues dans un froid sourire décochèrent ce trait comme une flèche acérée.

Lui, *paisible, serein comme un homme cuirassé.* — Eh! bien, moi, je venais la voir pour le compte d'un ami.....

Moi, *avec l'expression de* « Qu'est-ce que ça me fait? » — Ah?...

Et je m'ébranle pour partir, ébauchant un salut.

Lui, *couronnant ses forfaits par son irrévérence.* — Le propriétaire, un original, un Anglais... je ne sais quoi... un certain M. Barnet, ne veut plus la vendre, ce qui me...

Moi, *sec, cassant, indigné.* Adieu, monsieur, je suis pressé!

Et je le quitte, furieux, exhalant ma rage en invectives sourdes.

— Polisson! on t'en donnera des *originaux* pareils! des *certains M. Barnet* qui ont des filles comme Mary!

J'avais peine à contenir mon indignation.

— Polisson! Polisson chauve, édenté, ridé, décrépi, momifié! — *Un certain M. Barnet!* L'impudent! — Dès demain, je déménage!

Et je me mis à chercher un appartement dans les Champs-Élysées.

X

Elle est arrivée! — Je l'ai vue!

La première messe est à six heures : à quatre heures j'étais levé; François s'est grisé hier en sortant de la caisse d'épargne; je lui rends mon estime — il dormait, je me suis habillé tout seul. A cinq heures, j'étais à la porte de l'église; elle était fermée. De là, je partis me dirigeant vers l'avenue Gabriel.

A six heures moins un quart les cloches se mirent à carillonner l'appel des fidèles; elles tintaient en même temps l'avénement de mon bonheur. — Les cloches de Chaillot sont trop faibles! A peine si on les entend du rond-point des Champs-Élysées. Si j'étais riche, je ferais cadeau d'un bourdon à cette paroisse. — J'y songerai.

A sept heures, j'avais fait neuf fois le trajet. Il y a douze cent soixante-quatorze pas de l'église Saint-Pierre à l'angle de l'hôtel Lehon. Je lègue ce détail aux amoureux de l'avenir.

Il faisait une de ces belles journées de septembre, si belles à Paris, et, dans une tiède atmosphère d'été, on sentait déjà passer le souffle fraîchi de l'automne. Déjà l'or des feuilles jaunies s'enlevait sur la verdure assombrie des grands arbres. La ville n'était point encore éveillée, et, dans le silence du matin, on entendait chanter les oiseaux. Quelques rares cavaliers galopaient vers le bois ; pas d'équipages, si ce n'est un ou deux breaks attelés de chevaux fringants que dressaient des maquignons fashionables entremêlant avec élégance leur jargon français, peu correct, de jurons d'écurie anglais, moins corrects encore, et ne donnant du « Monsieur » qu'à leurs bêtes : *Quiet, sir !*

Vers huit heures et demie, j'ébauchais mon dixième trajet, lorsqu'au tournant de la rue de Chaillot, à la hauteur de l'hôtel d'Albe, je vis poindre un groupe qui me fit battre le cœur. Deux jeunes filles s'avançaient suivies d'un valet de pied et d'une longue gouvernante. Elles étaient vêtues avec cette simplicité qui devient désormais le luxe familier des aristocraties. Elles allaient d'un pas jeune et fier, frappant l'asphalte de leurs petits pieds chaussés de bottines en cuir avec cette assurance de filles qui portent en elles la loi du respect.

En un clin d'œil, j'avais reconnu Mabel et Mary. Un nuage passa devant mes yeux, et, saisi de vertige, je m'élançai à leur rencontre en courant comme un fou. Pourtant la réflexion me revint; confus de ce mouvement insensé, fort compromettant en public, je repris une allure conforme au code de la high life et j'abordai les deux misses avec le salut le plus cérémonieux.

—Ah! monsieur Raymon!... quel heureux hasard!... s'écria Mabel. Nous sommes arrivées de cette nuit...

Les gens étaient sur leurs talons.

Je balbutiai une réponse qui fit rire Mabel. Mary ne put prononcer une parole, et nous restâmes muets, embarrassés, n'osant nous regarder. A cette froideur glaciale, on eût cru à l'entrevue de deux ennemis irréconciliables.

— Accompagnez-nous un bout de chemin, dit Mabel, qui décidément tenait les rênes.

Je me mis à marcher près d'elles, ému, tremblant à ne pouvoir parler; un trouble délicieux s'était emparé de nous. Pendant ces trois mois d'exil et de séparation, nous avions épanché dans des lettres brûlantes toutes les tendresses enfouies au fond de nos cœurs; avec la hardiesse que donne l'éloignement, nous nous étions fait de ces adorables aveux que nos lèvres n'eussent point osé formuler, et, dans ces épanchements, nos âmes immortelles avaient contracté une familiarité d'amour dont le souvenir nous rendait timides. Nous ne savions plus quelle langue parler. Mabel était trop innocente pour démêler ce qui se passait en nous.

— Est-ce que vous êtes en brouille? dit-elle en voyant notre attitude embarrassée.

Ce soupçon dissipa notre émoi; nos deux mains se cherchèrent comme pour protester, et l'incantation du mutisme fut rompue.

Bonheur de se revoir! on t'a chanté sur tous les modes; mais jamais poëte n'a rendu tes ivresses! — Tes éloquences sont dans une inflexion de voix qui dit: « J'aime » quand la bouche ne le dit pas, dans les mystérieuses tendresses de deux regards qui se mêlent, dans la molle douceur de deux sourires qui se répondent, dans la volupté du silence.....

Nous marchions côte à côte. J'étais émerveillé de mon bonheur. Je couvais des yeux cette jeune fiancée qui m'appartenait, qui ne vivait que pour moi, dont je remplissais la pensée et les songes. Qu'elle est belle, bonté divine! Est-il bien vrai que j'en sois aimé? Quoi! cette enfant noble et fière à qui tous les orgueils sont permis, à qui le ciel a prodigué tous ses dons : la naissance, la richesse, la beauté; qui soulève des murmures d'admiration lorsqu'elle traverse souriante les galas des compagnies patriciennes, elle est à moi; c'est moi qu'elle a choisi? Elle me dévoile heure par heure le tendre et douloureux secret des jours qu'elle a passés loin de moi?...

J'écoutais, attendri, le timbre d'or de cette voix adorable : elle *nous* plaignait d'avoir été séparés; elle me contait les chagrins naïfs que lui avaient causés mes lettres souvent empreintes d'une tristesse et d'un décou-

ragement que je n'avais pas su dissimuler... Et c'était
moi qui la rassurais, qui ramenais la paix dans ce cœur
ému d'amour, dans ce cœur qui ne souffrait que de ma
peine !... Je croyais marcher dans un rêve.

Près de l'église, j'allais la quitter...

— Mais non, venez à la messe avec nous, me dit-elle
avec ingénuité.

O faux scrupules mondains, comme vous vous dissipez
au souffle de l'innocence ! Mon amour hésitait à franchir
le seuil sacré, Mary ne craignait point d'abriter sous
l'aile des anges notre commune tendresse et nos serments.
Je me sentis rougir. Ma réserve devenait presque une
offense et rabaissait notre amour.

Sens exquis des choses du cœur, délicatesse, votre
nom est femme !

Mary, heureusement, ne soupçonna point la vilaine
pensée où je m'étais fourvoyé, et, dans ma discrétion,
elle ne vit que la crainte de gêner sa prière. Je la conduisis devant un autel; dans mon cœur plein d'amour,
il n'y avait plus de place pour la fausse honte; et, pour
la première fois depuis mon enfance, j'osai m'agenouiller
et prier à l'église.

Il ne faudrait pas conclure de cet aveu que je manque
de piété; je suis religieux par nature, mais je subis une
faiblesse particulière à mon temps : la pratique extérieure
me trouble, m'embarrasse; je n'ai point cette vaillance
du chrétien qui, proclamant sa foi, confessant son humilité, prie et se courbe au saint lieu sous le regard des fidèles. Ce n'est pas orgueil chez moi, c'est timidité; j'obéis

à cette étrange pudeur du bien qu'on pourrait appeler
la pudeur du diable. On cache avec plus de soin ce
qu'on a de bon dans l'âme que ce qu'on y a de mauvais.
Vanité surprenante ! il est peu d'hommes qui ne se sen-
tissent flattés qu'on les accusât en plein salon, même à
tort, d'être athées, libertins, mauvais sujets ; et, sur cent,
il en est peut-être à peine un qui supporterait sans rougir l'éloge de sa dévotion ou de sa vertu. Mais, en dépit
des fanfaronnades du vice, si le monde enseigne le scepticisme, la conscience enseigne Dieu ; et, rendus à la
solitude, loin du monde ironique, sous le poids d'un
chagrin, ou dans l'ivresse d'un amour, que de gens ré-
putés esprits forts murmurent encore la prière qu'enfants
ils ont apprise de leur mère !

Près de Mary, ma fierté se fondit, je priai pour elle,
je priai pour moi, et, comme l'Époux des saints cantiques, je demandai à Dieu qu'il me conduisît vers mon
amante le cœur embaumé de vertus. — Ah ! esprits forts,
mes amis, que mon orgueil passé me paraissait misérable, comparé à l'innocente ferveur de ma belle et touchante fiancée !

En sortant de l'église, nous allâmes nous promener
dans l'avenue de Neuilly, jusqu'à la porte Maillot, et
nous réglâmes nos entrevues de l'hiver. D'après la forme
du congé que m'avait donné sir George, mes visites chez
lui auraient été peu prudentes. Mais il fut convenu que
chaque jour je rencontrerais mes belles amies au bois,
que, lorsqu'elles seraient seules, nous nous aborderions
dans les allées solitaires. Mary m'apprit que son père

avait plusieurs fois parlé de moi très-affectueusement en rappelant leur séjour à la villa Moroni, et la tranquillité de son langage paraissait témoigner qu'il n'avait considéré nos amours que comme l'historiette romanesque d'un matin.

Je confiai à Mary mes récents projets d'avenir ; ma nouvelle vocation pour les lettres ne l'étonna point. En celui qu'elle aime, toute fille voit un poëte ! et je dois même dire que ma nouvelle carrière lui plut infiniment. L'existence d'un savant implique des idées de froide raison et de retraite peu compatibles avec la passion ; quels que soient les génies de Newton et d'Hegel , jamais femme ne s'est sentie rêveuse à leur nom : mais, sans avoir même lu les Sonnets, elles frémissent de confiance au doux nom de Pétrarque. Pour elles, la sublime science c'est la science du cœur ; la plus haute métaphysique, c'est la métaphysique de l'amour. Toute jeune renommée littéraire est environnée d'un aimable prestige ; le savant reste considéré comme un sage, mais le poëte prend les proportions d'un être idéal que l'imagination du lecteur incarne dans le héros du poëme ou du roman enfanté par son esprit.

L'agréement de Mary dissipa les derniers nuages qui flottaient encore sur ma joie. La confession ne m'avait pas peu coûté : c'était avouer que trois mois de travaux immenses n'avaient encore abouti qu'aux projets. Sa foi dans l'avenir ralluma mon enthousiasme, et je revins chez moi heureux comme... Parbleu ! heureux comme on l'est quand on aime !

XI

Hélas! trois fois hélas! je m'appesantis sur ces derniers
moments de ma tranquille jeunesse! Encore quelques
heures de bonheur souvent mélangés d'amertumes, et
les hasards du monde vont me jeter dans les rudes
épreuves. Adieu les roses de la vie, adieu l'insouciance
et les visions juvéniles! La pâle réalité m'attend, mes
vingt ans se sont envolés, la souffrance va me faire sentir que je suis homme.

L'hiver s'écoula pour moi entre Mary et le livre sur
lequel je fondais mes rêves de gloire. Le matin, j'allais
au bois. Riche des économies de mon revenu pendant
mon séjour à l'École, j'achetai des chevaux afin de pouvoir suivre Mabel et Mary dans leurs promenades. Lorsque sir George ne les accompagnait pas, suivies de deux
grooms, elles montaient avec un vieil écuyer qui ne trouvait rien d'étrange à nos rencontres, tout à fait conformes
aux usages anglais; ou bien elles venaient en calèche, et
nous errions à pied dans les sentiers écartés. Nous avions
organisé un système de signaux télégraphiques; les persiennes de l'hôtel m'avertissaient lorsqu'elles sortaient
seules ou en compagnie.

De midi jusqu'au soir je travaillais; puis j'allais à l'Opéra ou aux Italiens, où elles manquaient rarement d'apparaître ; elles y venaient avec leur tante lady Staunton. Je m'étais choisi une place sombre en face de la loge de Mary ; mais le charme de ces enivrantes soirées était par malheur souvent troublé par des visiteurs indiscrets en qui je flairais des amoureux, et la jalousie m'entrait au cœur avec tout son cortége de folles terreurs et d'angoisses. La pauvre enfant me devinait, et tout le temps que duraient ces visites importunes, pour me rassurer, elle ne causait qu'avec moi : elle prenait une fleur et l'effeuillait, ce qui, dans notre langage charmant, signifiait : « Je pense à vous ; » ou bien elle portait son éventail à ses lèvres ; cela voulait dire : « Je vous aime. »

Un certain duc de Senozan me donnait surtout de l'ombrage ; il était fort attentif ; et, à ces mille riens qu'un œil d'amant sait reconnaître, dans ses gestes, dans ses poses, dans ses yeux, je lisais une passion ardente ; il faisait une cour assidue à sir George, et paraissait avoir achevé sa conquête. Je lui vouai bientôt une haine que justifiaient toutes les grâces dont le ciel l'avait pourvu : il était jeune, riche, beau, noble ; dans ses manières élégantes on ne pouvait surprendre la moindre nuance de prétention ou de fatuité. Jamais rival ne fut tourné d'une façon plus désespérante ; c'était à le souffleter, et cela manqua bien d'arriver.

En souvenir de Baveno, Mary portait toujours des roses sauvages — c'étaient nos couleurs — et, chaque soir en quittant sa loge, avant la fin du spectacle, elle en détachait une de son bouquet qu'elle trouvait moyen de laisser tomber à mes pieds dans quelque tournant solitaire du couloir. Il advint qu'une fois, comme je ramassais ce bienheureux gage, le duc se précipita vers moi pour le prendre. Je ne sais s'il comprit mon attitude menaçante; mais, sans s'y arrêter, il me dit avec un calme irritant :

— Cette fleur n'est pas à vous, monsieur !

— J'imagine que si, monsieur, puisqu'elle est dans mes mains, lui répondis-je avec hauteur.

Il pâlit, et je ne sais ce qu'il m'eût répliqué ; mais Mary était à deux pas. Elle se retourna au bruit de nos deux voix et, redoutant ma mauvaise tête :

— Ah ! mon bouquet s'est défait, s'écria-t-elle en riant, j'ai laissé tomber une branche !

Sous son clair regard, la présence d'esprit me revint.

— Je la ramassais pour vous la rendre, mademoiselle, répondis-je.

Et je la lui présentai en m'inclinant.

— Ah ! mille grâces, monsieur, et mille pardons ! me dit-elle avec un gentil salut.

Mabel me nargua d'un sourire railleur ; mais Mary, forcée de reprendre la pauvre rose, porta son éventail à ses lèvres pour me dédommager... Elles passèrent, et je restai seul en présence du duc, qui s'étonnait beaucoup de mon air radieux ; il ne pouvait se douter que, sous ses yeux, l'éventail m'avait fait une déclaration. Cependant, avec le flair subtil des jaloux, il semblait vaguement reconnaître que des odeurs d'amours s'épanchaient à la ronde, et il me scrutait d'un air soupçonneux.

Nous nous devinâmes dans un coup d'œil; mais, malgré notre envie, il était impossible de nous prendre aux cheveux en pareil endroit. Nous nous saluâmes avec courtoisie comme deux adversaires sur le terrain et nous partîmes chacun de notre côté.

Cette rivalité commença la série de mes épreuves. Le duc de Senozan avait ses libres entrées chez sir George, chez lady Staunton, dans cette loge même où je ne pouvais me faire présenter. Il eut bientôt éventé mes manéges; il découvrit la place obscure qui protégeait, au théâtre, mes contemplations muettes, et, un matin, dans une allée du bois, nous nous trouvâmes face à face avec lui. Il venait là sans doute pour rencontrer Mary et se joindre à la cavalcade.

Nous allions au pas, lui aussi; il était difficile de l'éviter. Avec la discrétion d'un gentilhomme parfait, il salua respectueusement les jeunes misses et continua son chemin, sans paraître remarquer qu'elles étaient en compagnie d'un monsieur que, trois jours auparavant, elles avaient fait mine de ne point connaître.

Mary se moqua du trouble où me jeta cette rencontre; mais à partir de cette matinée je ne connus plus de quiétude. Je pressentais que mon rival ne se tiendrait pas si facilement pour battu et qu'il ne tarderait pas à se déclarer. J'outrageais le loyal et vaillant amour de ma fiancée par ces alarmes sans nom qui se glissent dans l'esprit de tous les jaloux. Je le comprenais, et pourtant je ne pouvais m'en défendre. Quand j'étais loin d'elle, je songeais à des trahisons; je croyais voir le duc à ses

côtés, s'insinuant peu à peu dans son cœur, effaçant mon
souvenir... Chaque soir il venait dans la loge de lady
Staunton et, chaque soir, je le voyais plus triste ; je suivais sur son visage les progrès d'un désespoir visible...
Alors, je tremblais qu'elle ne le prît en pitié. Tout me
semblait péril, jusqu'au redoublement de tendresse de la
pauvre Mary, qui devinait mes inquiétudes, malgré le
soin que, par remords, je prenais de témoigner ma confiance absolue. Dès qu'elle m'avait quitté, elle m'écrivait
des lettres touchantes pour me dire qu'elle pensait à moi.
Je rougissais de mes défaillances, mais j'étais bien malheureux.

XII

Enfin, la crise tant redoutée arriva. Un matin, Mary
me dit, comme elle me rejoignait au bois :

— Grande nouvelle ! Le duc de Senozan est venu hier,
il a demandé une audience à mon père...

— Une audience ? murmurai-je avec un tremble-
ment.

— Oui, en grande solennité, et, là, il lui a fait l'honneur de demander la main de votre humble servante.

— Ah ! fis-je essayant un sourire auquel Mary ne se
trompa point.

— Méchant! vous ne souriez qu'à demi. Oh! le vilain défiant! ajouta-t-elle avec ume moue si adorable et si mignonne que j'en fus attendri aux larmes.

— Pardon, pardon! chère Mary, dis-je en baisant le bout de sa cravache dont elle me menaçait.

— Tenez, vous ne méritez pas que je vous raconte la suite.

— J'ai si grand'peur! Je vous aime tant!

— Ça, c'est une bonne raison, j'en conviens, répliqua-t-elle ingénument, moitié rieuse et moitié fâchée.

— Eh bien, pour ma punition, répondis-je, cette fois avec un franc sourire, ne me racontez rien. Je crois en vous, je crois, je crois... autant que j'aime!

— Hypocrite!... Enfin, il faut bien tout dire à son seigneur et maître! Seulement, puisque l'amour rend méchant, je veux prendre acte, en passant, que ma bonté n'est point du tout un effet de l'indifférence. Entendez-le comme il vous plaira!

— Chère Mary!

— Voici maintenant le détail de ce grand événement. Vers quatre heures, le noble et brillant duc... Puis-je hasarder cette épithète sans vous offenser? reprit-elle d'un ton moqueur en s'interrompant.

— Oui, mauvaise! vous le pouvez.

— Le brillant duc s'est donc présenté. Il s'est enfermé avec mon père pendant une grande heure — dont j'ai profité pour vous écrire, monsieur le jaloux. — Après quoi, l'honorable sir George m'a fait appeler; et, à la suite de quelques menues douceurs indifférentes au sujet, il s'est exprimé dans la langue de nos pères à peu près en ces termes :

« — Songez-vous à vous marier, ma chère?

« — Continuellement, cher père, tout le long du jour.

« — *By Jove!* s'exclama-t-il en riant de ma franchise, vous devez avoir un joli fonds de réflexions! — Que pensez-vous de M. le duc de Senozan?

« — Ah! il est bien charmant!

« — L'est-il?

« — Il l'est.

« — Ah! — Le prendriez-vous volontiers pour mari? ajouta-t-il après un silence.

« — Oh! non.

« — Non?

« — Non!

« — Ah! — Il vient de solliciter votre main.

« — Me permettrez-vous de vous demander ce que vous lui avez répondu?

« — J'ai promis de vous parler de sa recherche et de l'appuyer, dans la mesure de l'honneur que j'attache à son alliance, et dans la mesure de la tendresse que j'ai pour vous.

« — Et lequel l'emporte, je vous prie, mon cher père? insinuai-je en l'embrassant.

« — Rusée, vous le savez bien! répliqua-t-il en me rendant mon baiser.

« — Alors vous direz au duc que je suis fort honorée de... et cætera, et cætera.

« — Ma chère, ne voulez-vous pas quelques semaines pour réfléchir encore ?

« — Pas une minute, mes réflexions sont toutes faites !

« — Le sont-elles ?

« — Elles le sont !

« — Très-bien. — *By Jove !* Vous êtes, une fille expéditive en ces sortes d'affaires ! — Ah ! à propos, notre ami Milsplain m'annonce un cadeau qu'il vous envoie : deux charmants ponies de ses haras d'Ecosse... » Et nous parlâmes jusqu'au dîner de notre ami Milsplain et de ses deux ponies.

— Tel est, cher Othello, me dit Mary en finissant, le résultat de ces poursuites qui vous ont tant fait divaguer.

Que répondre à cette grâce ? S'abîmer dans l'adoration... J'adorai !

Je retrouvai la sérénité de mon esprit, mais, rasséréné, je me forgeai vite d'autres alarmes : l'hiver approchait de sa fin et je prévoyais une nouvelle séparation. En tous lieux Mary rencontrerait des poursuivants : mon souvenir suffirait-il à me défendre contre les rivalités terrifiantes que me créait sa beauté ? Et puis, douloureuse pensée, en dépit de sa constance, en dépit de ma célébrité future, ne restait-il pas toujours contre moi l'irrégularité de ma naissance ? Mary, avec sa candeur, n'avait vu dans mon abandon qu'une raison de plus pour m'aimer, elle suivait la loi du cœur ; mais sir George n'éterniserait-il pas le principe de ses refus sur le code du monde ?

9.

XIII

A côté de ma vie d'amour, j'avais ma vie de travail, et je m'y absorbais à mes heures avec l'ardente concentration d'esprit de l'homme qui aime. C'était mon bonheur, celui de Mary, que j'édifiais de mes propres mains, et je travaillais à mon monument avec la vaillance d'une incommensurable passion.

Au moment de m'engager dans la littérature, et pour éprouver ma résolution, je voulus prendre quelques conseils; je m'adressai à un certain Perron que j'avais rencontré à la Revue, où il rédigeait la Chronique. Il écrivait depuis vingt-cinq ans, et il connaissait toutes les rubriques du métier. C'était, d'ailleurs, un de ces auteurs qu'on pourrait appeler des gens de plume, comme on disait autrefois les gens de robe ou d'épée — ce qui n'impliquait pas qu'ils fussent braves ou savants. — Il traitait tous les genres avec une égale facilité : tantôt critique, tantôt polémiste, tantôt nouvelliste, mais médiocre toujours, il avait passé dans dix journaux. Il se guindait néanmoins à des prétentions littéraires que n'avaient point affaiblies quelques essais malheureux, et il parlait gravement de ses œuvres, qui se composaient d'un volume et de quatre ou cinq piteux vaudevilles auxquels il avait collaboré. Pour le présent, il se comptait modestement parmi les beaux esprits de la presse militante, innocente présomption qui ne l'empêchait pas d'être un assez bon diable pour ses confrères... tant qu'ils ne s'élevaient point au-dessus de sa nullité.

— Ah! mon cher, mais vous êtes fou! s'écria-t-il au premier mot que je lui glissai de mon projet. Vous aventurer dans cette galère? mais c'est vous condamner à la misère, à l'enfer!

— L'enfer... Je le crains peu sur terre! La misère... j'ai de quoi vivre! Je n'ambitionne qu'un peu de gloire...

— De la gloire? Comme vous y allez!... Mais c'est précisément l'oiseau difficile à dénicher! Si je savais où il perche, je le vendrais fort cher. Je vendrais même le nid et l'arbre, et la terre, et le jardin!... La gloire? Vrai! vous avez un bel appétit, vous!... ça m'amuse.

— Je n'ai pas encore vingt-quatre ans, j'ai du temps devant moi, l'ardeur du travail et la confiance.

— Ah! la confiance!... Un navire qui sombre sous tous les vents! — Que de bons jeunes gens comme vous j'ai vus revenir éclopés pour avoir voulu toucher à des plumes... Ça pique, mon cher!

— Vos bons jeunes gens étaient peut-être sans talent...

— Détrompez-vous; quelques-uns réussirent même, en apparence, à leur premier ouvrage. Mais ils n'avaient pas les reins assez solides pour s'imposer, et nous les leur cassions un beau matin. — Mon cher, il faut de la

poigne pour se tenir au milieu de nous, et nous n'y laissons pas venir tout le monde. Enfin, si l'épreuve vous
tente, comptez sur moi, nous vous soutiendrons.

Perron me parla longtemps sur ce thème ; il affirmait
que, dans les lettres, on ne peut arriver qu'avec la licence
de la confrérie. Il me fit un portrait effrayant de ce dra-
gon à mille têtes appelé le journalisme. « Monstre jaloux,
disait-il, qui garde les pommes d'or et les dispense à son
gré... »

Je connaissais ce refrain banal, c'est la consolation
des impuissants. Il n'est point de nullité qui n'attribue
son insuccès à la malveillance des coteries, à l'envie des
critiques, à la perversité des confrères. Mais je crois peu
aux génies incompris, aux chefs-d'œuvre inconnus ; et je
me demande, avec ma naïve logique, comment les coteries s'y prendraient pour escamoter le public. Je conçois
que des pauvres hères voués à la stérilité n'assistent pas
sans rage à l'éclosion des jeunes talents qui leur ôtent de
vive force la place qu'ils convoitaient au soleil. Mais que
peuvent leurs cris ? Se plaindre, c'est dénoncer sa faiblesse. L'armée coalisée des impuissants ne saurait pas
plus étouffer un beau livre qu'elle ne saurait le créer !

L'épouvantail des sots, c'est surtout la critique, cette
pauvre critique qui sera une des gloires du dix-neuvième
siècle et dont on a tant médit ! Eh bien, il faut le dire,
si elle se montre parfois partiale, c'est dans ses indul-
gences. Il n'est point un auteur sifflé qui ne l'accuse et
ne la maudisse. Tout délinquant donne au diable le gen-
darme qui l'arrête, mais l'honnête bourgeois salue la gen-

darmerie. La critique ne fait peur qu'aux écrivailleurs :
l'homme de talent ne la craint pas, c'est le plus sûr de
ses auxiliaires.

Avec de pareilles convictions sur la matière, on comprend que je ne m'arrêtai point aux avis de mon ami
Perron, et, huit jours après l'arrivée de Mary, je commençai un roman.

XIV

Pendant un mois, tout alla bien. Il y a dans le premier amour de la muse une ivresse indicible. C'est la
réalisation de l'idéal. Les visions, confuses jusqu'alors,
se précisent; on les voit naître, elles se fixent sous la
plume en images souriantes; elles prennent un corps.
J'épanchais les secrets de mon cœur dans le cœur de
mon héros ; je lui insufflais mes pensées, mes aspirations,
mon âme; je le parais de toutes les qualités que j'eusse
ambitionnées pour moi; mon existence se fondait dans
la sienne ; à ses côtés, j'oubliais mes chagrins. Mon avenir... c'était celui que j'arrangeais pour ce fils de mon
imagination fiévreuse, et je prenais ma part de son bonheur présent; mon sein se gonflait de ses soupirs, ses
larmes coulaient de mes yeux, son sourire voltigeait sur
ma bouche, et je vivais dans une dualité rayonnante,

comme l'amoureux du conte persan qui possédait la nuit le harem du vizir.

Cependant, à mesure que j'avançais dans mon œuvre, je sentais mieux le poids des difficultés. J'avais l'imagination, cette faculté maîtresse du romancier : je possédais la force créatrice, j'inventais des faits à loisir; les sentiments, je les trouvais en moi, mais l'exécution m'embarrassait extrêmement. La composition d'un livre est une entreprise terrifiante : s'asseoir, armé d'une plume, devant un cahier de papier blanc, et tirer un homme... un homme seulement de son cerveau, le faire vivre, agir, parler!... quel miracle! J'étais novice dans l'art de grouper les personnages qui nouent, expliquent, développent un drame et l'entraînent vers un dénoûment que le conflit de leurs passions a rendu fatal. Je me sentais annihilé en songeant que chacun de mes mots serait commenté, pesé, discuté par des puristes; épluché, torturé par des envieux! J'avais remarqué que, dans beaucoup de pièces ou de romans, l'auteur se met toujours seul en scène sous différents masques; ses acteurs ont tous son esprit, ils parlent tous son style, de quelque coin du monde qu'ils arrivent : amis, ennemis, persécuteur, victime, on dirait, à les entendre, qu'ils ne se sont jamais quitté, tant ils ont été tous coulés dans un moule uniforme. Je craignis d'être trop *moi*, et je me livrai consciencieusement à des incarnations qui éclipsaient par leur nombre les neuf Avataras hindous; mais il en arriva que, tour à tour épris de mes héros, je les mis tous sur le même plan, de sorte qu'à moins de faire intervenir la fin du monde, leur histoire menaçait de ne jamais finir, tant ils étaient tous, au même degré, dignes d'intérêt et de longue vie.

Je me vis un jour si bien empêtré dans mes toiles d'araignée, que je me décidai à prier Fulbert d'en éclaircir la trame. Sur un mot de M. Devillars, il m'accueillit avec la meilleure grâce. Les gens d'un vrai talent sont indulgents et faciles : il ne me fit aucune prosopopée sur les dangers de la vie littéraire ; mon ambition lui parut toute naturelle, il prit mon manuscrit et me donna rendez-vous pour le lendemain.

Je passai la nuit dans les transes : je songeais que Fulbert lisait mon livre et je n'y voyais plus qu'une rapsodie effroyable, dénuée d'intérêt, d'esprit, de nouveauté ; j'en devenais honteux. Ah ! si j'avais pu le reprendre !

A l'heure convenue, j'arrivai tremblant devant mon juge.

— M'avez-vous lu ? hasardai-je d'un air timide.

— Oui.

— Eh bien ?...

— Eh bien, vous avez du talent.

— Assez ?

— Beaucoup.

— Que me manque-t-il ?

— Ce qu'on acquiert malgré soi : l'âge et la vie ! Vous êtes très-jeune.

Jeunesse maudite, je l'avais oubliée ! Cette ennemie acharnée de mon bonheur me poursuivait, elle avait empreint sa griffe sur mon œuvre.

— Alors, lui dis-je tristement, mon roman est sans vigueur, c'est une conception enfantine, vulgaire.

— Au contraire! me répondit Fulbert, il est trop
chargé de faits, les incidents y débordent : les escalades,
les enlèvements, les duels... C'est là ce qui trahit votre
inexpérience; vous avez un foyer qui dévore et con-
sume, au lieu d'éclairer et d'échauffer. La véritable
puissance est dans l'unité d'action, dans la simplicité du
style : voyez Manon, Clarisse, Paul et Virginie! Mais
cette simplicité n'est donnée qu'aux hommes qui ont
assez souffert pour tirer des expériences de leur vie
réelle l'essence raréfiée de l'idéal.

J'étais abasourdi par la netteté de ces critiques. Fulbert promenait le flambeau du génie à travers mon œuvre, et toutes les exagérations m'en apparaissaient criar-
des, discordantes; c'était le délire du fiévreux. Me
voyant désolé, le maître releva mon courage avec quelques louanges.

— Quoi! vous désespérez, s'exclama-t-il, à votre premier essai? Le talent est une plante vivace qui croît
tout d'une venue par la volonté du bon Dieu, mais il
faut l'élaguer, la greffer sur la raison du temps, du lieu
et du monde; il faut adoucir les aromes de la végétation
sauvage pour qu'ils ne montent point à la tête. Aviez-
vous cru que l'homme de génie arrive au monde parfait
et tout d'une pièce?

— Dame! il y a des exemples... vous!

— Vous êtes bien aimable de me citer, répliqua-t-il
en souriant; mais vous êtes dans l'erreur comme tout le

monde : j'ai pioché cinq années sur le seul livre que j'ai
publié, j'en avais fait quatre auparavant qui ne verront
jamais le jour. Voilà dix ans que je vis comme un ermite dans une maison de campagne auprès de Rouen, et
là, cloîtré dans mon idée, j'ai subi plus de décourage-
ments que vous n'en éprouverez de longtemps. Que ce
souvenir, s'il se peut, vous console. Vous possédez une
virginité d'âme que le génie même, hélas ! a grand'peine
à retrouver quand il a conquis les sommets. Le parfum
du cœur se respire rarement, exhalez la délicatesse qui
est en vous, et vous aurez du succès.

Réconforté par les éloges et les conseils de ce bienveillant esprit, je me remis à l'ouvrage sans trop de regrets ; mais c'est à cette phase de mes amours et de mes
travaux que vint fondre sur moi l'événement qui décida
de ma vie.

XV

J'occupais un soir, aux Italiens, ma place habituelle,
et, tout absorbé dans la contemplation de ma bien-aimée,
j'échangeais avec elle les hiéroglyphes de notre langage
d'amour, lorsque, au milieu de l'acte, je vis s'ouvrir la
porte de sa loge et apparaître un domestique. Il s'in-
clina, dit quelques mots à sa jeune maîtresse ; Mary me

jeta un regard attristé, puis la tante et les deux nièces se
levèrent pour partir. Consterné de cette brusque retraite,
je m'élançai hors de l'orchestre pour en connaître la
cause, ce qui m'était facile ; car, dans les cas extraordi-
naires, profitant de ce que lady Staunton ignorait l'ita-
lien, Mary disait tout haut à Mabel, en pur toscan, ce
qu'elle désirait me faire savoir. Je les rejoignis à quelques pas du péristyle, je marchais près d'elles, et j'ap-
prenais qu'on venait les chercher pour un raout à l'am-
bassade, quand, tout à coup, je me trouvai face à face
avec sir George Barnet, qui les attendait.

Le digne gentleman n'a, certes, jamais ressemblé à
Méduse, et pourtant il me terrifia. Je songeai à fuir.....
mais nous étions à deux pas l'un de l'autre : il m'a-
vait vu !

— Ah! c'est ce cher M. Raymon Desgranges, dit-il
avec son flegme ordinaire.

Je pâlis, je rougis, je verdis. Enfin, je m'approchai,
fort embarrassé de ma contenance, et je balbutiai je ne
sais quelle phrase chargée d'exprimer mon heureuse surprise de cette rencontre ; puis je saluai les jeunes misses,
et, avec une adresse que j'estimai incomparable, je leur
demandai des nouvelles de leur voyage. Sir George re-
marqua-t-il, analysa-t-il mon trouble? Je ne l'ai jamais
su. Tant il y a que, me tendant la main, il reprit :

— Je suis charmé de vous voir. Nous sommes à Paris
pour peu de temps ; vous êtes, de votre côté, sans doute,
fort préoccupé de vos grands travaux ?

— Extrêmement! répondis-je sans songer que j'étais aux Italiens, ce qui démentait assez la continuité de mes préoccupations sérieuses.

Le lieu était mal choisi pour une longue conversation ; sir George prit le bras de lady Staunton et laissa tomber ces mots :

— J'aurais grand plaisir à vous voir, au moins une fois !... Voulez-vous venir demain dîner avec moi?

On devine si j'acceptai. Avec l'entrain d'un amoureux naïf, je commençai à bâtir des châteaux dans le pays castillan de l'espérance à propos de ce rapprochement qu'autorisait le bon baronnet, autrefois mon ennemi. Je passai une nuit délicieuse, tressant en imagination des couronnes de violettes et de myrtes, que, plein de reconnaissance, je déposais sur le front vénéré de mon bienfaiteur... de mon futur beau-père!

Mais, hélas! Mary refroidit ma joie lorsque le lendemain, au bois, elle m'apprit que ce jour-là elle dînait chez sa tante. Sir George n'était pas converti; rien ne pouvait être plus expressif que sa précaution d'éviter toute rencontre entre sa fille et moi, et je crois que je donnai un peu au diable cet obstiné vieillard, tant caressé dans mes songes de la nuit. Cependant je me rendis à son invitation. Comment faire autrement? j'allais vivre quelques heures dans la maison de Mary!

Il s'agissait d'un dîner d'hommes, presque un dîner diplomatique. Sir George, paisible comme un dieu de l'empyrée britannique, me traita avec la bienveillance qu'il avait accoutumée avec moi en nos beaux jours de la villa Moroni : on eût juré qu'il n'avait pas de fille et qu'il n'existait point de passé entre nous; il planait dans sa sérénité comme si un petit compagnon de ma sorte ne pouvait troubler sa superbe existence; j'étais humilié. Il poussa même l'ironie jusqu'à me retenir après le départ de ses convives, afin, disait-il, de sophistiquer ensemble comme autrefois. — Je l'amusais ! — Et, dès que nous fûmes seuls, il se mit à ratiociner avec l'aisance d'un homme dont la digestion est plus voluptueuse lorsqu'il la distrait par quelques propositions transcendantes.

De Mary, de moi, pas un mot! J'enrageais, tout en lui donnant de mon mieux la réplique. Enfin il daigna me mettre sur ma carrière, sur mes projets. Ici, j'appelai à mon aide toutes les magies de l'éloquence : j'allais plaider au profit de mon amour; il s'agissait de conquérir un beau-père, de l'intéresser, de l'attendrir par le tableau touchant de mes épreuves vaillamment soutenues; de le charmer, de l'éblouir par le rayonnement de mes espé-rances de gloire...

Ce fut long... Il m'écouta comme sait écouter un An-glais, sans sourire, sans sourciller, sans dormir. Plusieurs fois ses yeux s'animèrent, mon discours obtint même la faveur de quelques hochements de tête approbatifs. Quand j'eus fini :

— J'aime beaucoup à vous entendre, me dit-il; votre élocution est chaleureuse, on y sent vibrer un cœur jeune, vivace, convaincu. Par surcroît, votre dialectique est pleine de clarté.

— Approuvez-vous le fond aussi bien que la forme?
hasardai-je timidement.

— Je ne me donne pas comme un bon juge, répondit-
il après quelques instants de réflexion, mais il me semble
que vous avez eu tort d'abandonner la science, et je le
regrette. Vous eussiez trouvé là une gloire plus certaine
et plus utile : non point que je doute de votre tempérament poétique; mais la science est aujourd'hui la force
créatrice du monde; la nature confectionne peu de cerveaux assez vastes pour la contenir, il y en a beaucoup
qui éclatent sous la pression, et je m'imagine que lorsqu'un homme peut être un des ouvriers de son temps, il
n'a pas le droit de laisser en non-valeur un capital dont
il doit les intérêts à l'humanité.

Cette appréciation me fit frissonner. J'avais oublié le
dada humoristique de mon Shandien humanitaire. — Je
m'étais fourvoyé! — J'essayai pourtant de me justifier,
et je lui représentai que, de mon capital scientifique, je
ne touchais pas une forte prime; c'était merveille si j'y
avais gagné de pouvoir aller m'enterrer dans un puits
de mineur pour en diriger les travaux. Il me félicita de
ce succès.

— C'est très-beau à votre âge! me dit-il. Êtes-vous sûr
d'être aussi utile à votre pays en lui donnant des romans qu'en lui donnant du fer?

Utile! utile! ce mot sifflait à mes oreilles, m'assour-
dissait à chaque argument que je risquais pour défendre
ma vocation. Je parlais d'enthousiasme, de poésie, d'é-
lans de l'âme; mon philosophe me répondait : huma-

nité! Enfin, au moment de le quitter, à bout d'idées, découragé, désolé, je voulus, jouant le tout pour le tout, l'écraser d'un argument *ad hominem*.

— Quoi! lui dis-je, si vous aviez un fils, vous seriez fier qu'il fût un simple ingénieur?

— Assurément! s'écria-t-il.

C'était renversant, et je partis confondu!

XVI

Cette entrevue, dans laquelle j'avais espéré, me rejetait plus loin que jamais de Mary. Je sentais que la résistance aux avis de sir George serait pleine de périls; il y verrait une désobéissance formelle, le mépris de ses sentiments, et je tremblais. Cependant, renoncer à la littérature, je n'y voulais même pas songer. Je m'étais passionné pour la Muse, c'était mon autre fiancée, et les travaux enivrants de l'imagination m'avaient dégoûté des froides équations des chiffres et de l'algèbre.

La pauvre Mary fut aussi désolée que moi, et nous pleurâmes sur notre confiance trop hâtive. Nous n'avions point douté du succès de mon livre, et ce succès, si je l'obtenais, déplairait à sir George. Tout s'assombrissait autour de nous, chaque heure apportait son obstacle; depuis ma présentation malencontreuse à lady Staunton,

j'étais contraint de me cacher le soir au théâtre ; le printemps approchait, et, avec lui, le moment d'une nouvelle séparation. Dévoré par le chagrin, je sentais mon
énergie se fondre, la lutte dépassait mes forces, et j'allais jeter bas les armes.

M. Devillars avait rencontré sir George chez lady
Staunton. Ces deux hautes intelligences devaient s'entendre, et leurs relations s'étaient changées vite en une
de ces belles et graves amitiés dont l'estime est le nœud.
M. Devillars avait su par moi ma rencontre avec sir
George, ce qui s'en était suivi, et, dans la bonté de son
cœur, voulant nous ménager, à Mary et à moi, une heureuse soirée, il invita chez lui les jeunes misses et leur
père, et me convia le même jour. Le baronnet était de
trop bon goût pour ne point me traiter avec une bienveillance extrême sur ce terrain neutre ; je crus néanmoins sentir dans son accent une sorte de froideur, hélas !
trop significative ! et, comme pour couper court à mes
rêves, il parla de son départ.

— Retournez-vous en Angleterre ? lui demanda M. Devillars.

— Non, nous irons d'abord à Saint-André, une terre
que j'ai dans votre département et que je n'ai pas visitée
depuis quatre ans. Si vous étiez aimable, vous viendriez
y passer quelques jours avec votre fils, puisque vous
allez à Nîmes cet été.

Cette invitation, faite devant moi et dont j'étais exclu,
me fut pénible ; mais la pensée que du moins Mary resterait en France me consola. Elle reçut aussi cette nou-

velle avec joie. C'était la première fois que son père annonçait ce projet. Elle m'apprit que Saint-André était
un château qui lui appartenait par sa mère ; elle y avait
passé les premières années de son enfance, et elle aimait
à le revoir dans le miroir féerique du passé.

— Imaginez, me dit-elle, un joli castel moyen âge,
restauré avec amour par mon père ; de grandes pelouses,
une rivière formé par le Gardon qui court, serpente et
se cache sous les grands arbres du parc, et puis, tout à
l'entour, des montagnes.

— Et dans quelle latitude s'épanouit votre Arcadie ?
murmurai-je en tâchant de sourire.

— Dans les Cévennes, à une lieue d'Alais...

— A une lieue d'Alais ! m'écriai-je.

Et M. Odary m'apparut.

— Oui, reprit Mary étonnée de la stupéfaction que me
causait ce renseignement géographique.

En quelques mots, je lui expliquai la proposition qui
m'avait été faite d'aller diriger une mine dans ce pays.

— Oh ! soupira-t-elle d'un ton de regret, nous nous
serions vus encore là-bas ! J'aurais été si heureuse, dans
ce lieu chéri de ma mère, de vous mêler aux souvenirs
qu'elle y a laissés pour moi ! Son ombre nous eût pro-
tégés.

— J'irai, j'irai, Mary !

Une minute de passion, et c'en est fait des desseins
les plus fermes ! Le chœur des muses s'enfuit à tire-
d'ailes devant Vulcain qu'introduisait Cypris. Au bout
d'un instant, nous envisagions ce jeu du hasard comme

un décret de la Providence. Tout était pour le mieux. Qu'était-ce que ce travail auquel j'étais rompu? J'y moissonnerais profit et gloire; et puis, car tout déserteur a son excuse en poche, je pourrais encore donner l'essor à mon entraînement littéraire; loin d'abandonner mon livre, je l'achèverais à mes heures, à quelques pas de ma bien-aimée, sous l'influence fortifiante de la nature. Et, en même temps, ne rentrerais-je pas pleinement en grâce auprès de sir George, dès que j'aurais témoigné une si respectueuse soumission à ses désirs, à ses avis?...

... Enfin lorsqu'à minuit je quittai l'hôtel de M. Devillars, sans m'inquiéter de l'heure, je courus chez moi; et, me pendant au cordon de sonnette de mon voisin, je carillonnai jusqu'à ce qu'un domestique m'ouvrit.

— M. Odary? criai-je à ce garçon qui se frottait les yeux.

— Il n'y est pas.

— Je vais l'attendre; à quelle heure rentrera-t-il?

— Dans trois semaines.

Mon voisin était en voyage précisément à Alais.

Tremblant de postuler trop tard, je lui écrivis sur l'heure. Deux jours après, je reçus sa réponse. « Il ignorait si la place était encore vacante; il allait s'informer, et, dans ce cas, il me proposerait au comité d'administration; il me promettait, du reste, d'arriver à Paris vers la fin de la semaine. »

Je ne vécus pas jusqu'à son retour. Enfin il arriva... J'étais accepté!... Je sautai au cou de ce bon M. Odary.

— Seulement, me dit-il, si cela vous était possible, je

vous conseillerais de prendre un certain nombre d'actions dans la société. Il importe que votre position ne soit point tout à fait dépendante comme celle d'un ingénieur à gages. Vous auriez les coudées plus franches si vous étiez un intéressé, un associé. Deux cents actions vous donneraient, devant le comité, un grand poids et presque un droit de gérance. Le moment est propice; l'affaire en laquelle j'ai confiance est en pleine crise. Les actions sont à soixante pour cent de perte, profitez-en. Vous risquez peu pour beaucoup. Pour quatre-vingt mille francs, vous aurez deux cents titres de mille francs.

— J'approuve votre idée, répondis-je, mais comment me pourvoir?...

— Je crois qu'un des actionnaires vous céderait volontiers part de son lot... Voulez-vous que je m'entremette?

— Vous avez carte blanche, répondis-je.

Et je me mis à redouter de nouveau qu'il ne réussît pas dans sa mission. — Innocence du jeune âge!... Deux jours après j'étais mandé chez un notaire qui, contre argent, me délivrait les fameux titres. — Je reviens chez moi chargé de mon trésor, je le déroule... un petit bordereau, oublié entre deux feuilles, m'apprend que l'obligeant actionnaire qui me cédait sa part... c'était mon voisin! — J'admirai le bon tour... M. Odary n'était qu'un aigrefin qui se débarrassait d'une affaire véreuse!

Cinq minutes après, mon domestique annonçait chez moi mon prétendu bienfaiteur. Je réussis à lui faire bon visage. Il m'apportait ma nomination officielle d'ingénieur en chef des mines d'Ezirol.

— Vous pouvez partir quand il vous plaira, ajouta-t-il, et vous serez reçu avec beaucoup de considération par le directeur-gérant, qui vous offre l'hospitalité dans son château.

— Comment se nomme le directeur?

— Hé quoi? n'avez-vous point lu les noms des membres du conseil?

— Ma foi, non.

— Ah! jeunesse!... Eh bien, le directeur, c'est M. le marquis Célestin de Kérandrey.

— Le marquis de Kérandrey! m'écriai-je atterré.

— Oui, répliqua-t-il sans remarquer mon trouble.

Et il me laissa en proie à la plus étrange émotion.

Le marquis Célestin de Kérandrey, c'était mon père!

XVII

Dieu m'est témoin que, dans mon esprit, jamais une pensée ne s'était élevée contre M. de Kérandrey; aucun lien dans le passé ne me rattachait à lui; je ne savais de sa vie que ce qui me touchait. Ma mère, un jour, m'avait raconté l'histoire de ma naissance; j'avais dix-huit ans, j'étais un homme, elle me devait compte, disait-elle, de

son passé et du malheur qui m'avait fait orphelin. Elle
ne dressait alors aucun réquisitoire; c'était un reliquat
de tutelle morale qu'elle me rendait, rien de plus. Elle
m'avait remis son acte de mariage, témoignage de son
innocence et de ma légitimité contestée. Elle m'avait dit
le nom de mon père; et, pour ne pas l'accuser, nous n'a-
vions jamais reparlé de lui. Depuis que je me trouvais
seul au monde, ce noble nom n'avait pas même obtenu
de mon cœur aimant et fier l'aumône d'un souvenir;
j'aurais craint d'offenser l'âme de ma mère en songeant
à celui qui l'avait tant fait souffrir.

Après le départ de M. Odary, je me crus sous le poids
d'un rêve; je relus dix fois sur mes actions ce nom qui
eût dû être le mien; je l'épelais croyant me tromper, et
j'allai même jusqu'à tirer d'un coffret le contrat et le jugement qui s'en était suivi, afin de comparer lettre par
lettre les titres et les prénoms. Le doute était impossible : c'était bien le même marquis Célestin de Kérandrey, les signatures étaient identiques.

Le sentiment qui m'envahit alors ressemblait à de l'é-
pouvante. Forcé pour la première fois de fixer mes idées
sur cet inconnu que la nature, sinon la loi, me faisait un
devoir de respecter, je me demandai ce qu'il avait été
pour moi, je recherchai ce qu'il pouvait y avoir de commun entre nous... Je ne trouvai rien. Je ne connaissais
même pas les traits de son visage, et pourtant il était
mon père! Je me rappelais la pauvre délaissée, ses veilles,
ses privations, ses pleurs, les années de sombre misère,
et je sentais se soulever en moi de vagues instincts d'ini-

mitié contre cet homme dont nous n'avions éprouvé que le mépris.

Pouvais-je consentir à vivre sous son toit? Méritait-il de me voir jamais? — Quoi ! j'irais me dévouer au service de sa fortune! Je lui rendrais ce fils qu'il a renié comme un bâtard! Je trahirais ma mère en me rapprochant de ce coupable, qu'elle avait bien voulu oublier, mais que, dans sa vie brisée et dans son abandon, elle avait peut-être maudit!... A cette idée, il me semblait que la haine me poignait au cœur.

Je me reprochais en vain une telle impiété; ne prenait-elle pas sa source dans mon adoration pour l'ange qui m'avait élevé? En proie aux plus irritantes perplexités, j'errai jusqu'au soir à travers la ville, et, pour ne point boire le lotus dissolvant de l'amour, je n'allai pas aux Italiens. J'avais peur de faiblir, et je me jurai de fuir Mary tant que je n'aurais pas engagé mon sort sans retour.

Je rentrai à la nuit, je m'enfermai avec le portrait de ma mère. C'était un dessin merveilleux que Stephen avait obtenu de M. Ingres, d'après une photographie prise sur la morte. Le grand maître avait ramené la vie sur ce visage où ne régnait plus que la paix éternelle. La muette image semblait encore me parler de derrière les portes du tombeau. Elle me contemplait attentive et sérieuse, et j'étais convaincu que sous son regard ma conscience ne pouvait s'égarer.

Je méditai longtemps, je m'isolai dans mes pieux sou-

10.

venirs, je fouillai le passé, y cherchant quelque indice qui pût m'éclairer. J'examinai la conduite de mon père, je ne trouvai rien pour justifier son abandon : nous étions ses victimes, nous ne lui devions rien, il s'était condamné lui-même à notre indifférence. Alors le juge osa condamner ; je bannis toute haine comme toute affection, et je me dis que M. le marquis de Kérandrey était un étranger pour moi. Je n'avais point désiré le connaître, mais puisque les hasards du monde me poussaient vers lui, je ne l'éviterais pas, je ne sacrifierais pas mon bonheur et Mary à la crainte puérile de donner des remords à sa vieillesse. D'ailleurs, il ne me devinerait pas ; et, fût-il frappé de ce nom de Desgranges porté par tant d'autres, du premier mot il me serait facile de détourner ses soupçons.

— J'irai sous son toit, ma mère ; mais, plein de ton amour, je ne fléchirai pas, m'appelât-il son fils ! J'irai sous ton toit parce que c'est la Providence qui me guide, la Providence qui, peut-être, m'a choisi pour vengeur !

Comme je prononçais ces mots, le jour se levait ; un rayon de l'aurore, passant par ma croisée, vint se poser sur le portrait et l'empourpra d'une lueur divine. Je tombai à genoux et je pleurai la chère regrettée ; elle semblait me bénir du fond du ciel et m'envoyer un suprême baiser.

Quand je me relevai, j'étais calme et résolu ; j'allai voir Mary au bois, comme chaque matin ; je la trouvai tout inquiète de mon absence au théâtre la veille : c'était la première fois que j'y manquais ; ses yeux révélaient les chagrins de la nuit, et sur ses joues pâlies je surpris encore des traces humides.

— Mon Dieu! Raymon, que vous est-il arrivé? me cria-t-elle d'une voix brisée : vous avez souffert, je l'ai ressenti!

Son émotion était si vive que je crus qu'elle allait défaillir; j'essayai de la rassurer, et, laissant les gens dans la grande allée, nous marchâmes côte à côte vers un sentier solitaire. Elle comprit bientôt à mes réponses évasives que je ne voulais partager qu'avec elle le calice de mes amertumes.

— Il ne veut rien nous dire! dit-elle désespérée à Mabel. Chérie, je t'en prie, laisse-moi l'interroger toute seule, il me confiera sa peine, à moi!

Devant les pleurs de sa sœur, Mabel oubliant tout, même sa curiosité, prit le bras de Mary, le mit sous le mien, et nous laissa cheminer devant elle.

— Maintenant, mon ami, parlez, et s'il faut du courage, j'en aurai!

— Mais, chère peureuse, je vous le jure, il ne faut point de courage, le péril est loin; seulement, un nuage a passé sur mon bonheur, j'ai eu à subir une épreuve.

— Quelle épreuve?... Je veux la partager!

Je ne pouvais avoir de plus sûr confident que ce jeune esprit si droit et si fier. Je lui révélai l'étrange événement qui m'avait tant ému, mes graves inspirations de la nuit et la résolution qui s'en était suivie.

— Et cependant, Mary, décidez, lui dis-je en finissant :

vous savez ce que je dois à ma mère; je vous dois à vous
tout ce que j'ai d'heureux en moi, je ne saurais faillir sans
vous offenser toutes deux. Je vous ai soumis mes doutes,
vous êtes la moitié de ma conscience : à votre tour,
parlez!

Elle m'écoutait sérieuse et recueillie, puis elle me répondit :

— Raymon, si l'on pouvait aimer plus que je ne vous
aime, je vous aimerais ainsi à cause de ce culte que vous
gardez à votre mère. Soyez en paix devant son âme, elle
est avec vous, je le sens dans mon cœur! N'hésitez plus.
Quant à moi, quoi qu'il advienne, je vous approuve, et si
vous vous trompez, je suis votre complice devant Dieu
qui lit notre pensée, devant Dieu qui nous a unis dans
un même amour.

Il fut convenu que je partirais à la fin de la semaine,
quelques jours avant Mary. Pour me soustraire aux questions de sir George et ne point éveiller sa défiance, je
crus prudent de quitter Paris sans lui faire mes adieux;
je mis une carte à son hôtel et je m'occupai de mes préparatifs.

Cependant j'allai chez M. Devillars, il approuva
ma détermination et m'en complimenta : ses anciennes
fonctions de député l'avaient mis en relation avec presque tous les grands propriétaires du département; il m'offrit donc des lettres pour quelques châtelains des environs d'Alais.

— Quant au directeur d'Ezirol, me dit-il, vous n'avez
pas besoin, je suppose, de lui être recommandé; un in-

térêt commun vous lie et, d'ailleurs, il dépendra autant
de vous, que vous de lui.

— Le connaissez-vous? lui demandai-je, non sans émotion.

— Je l'ai vu quelquefois au conseil général dont il
faisait partie. C'est un personnage un peu sombre, un
peu âpre. Il a dans le pays la réputation d'un homme
très-fier. Nos relations se bornèrent aux rapports offi-
ciels. — Je crois, du reste, qu'au point de vue positif
vous avez fait une bonne affaire; les mines d'Ezirol sont
fort mal dirigées depuis longtemps; le minerai d'alluvion
y est très-abondant, et vous n'aurez pas grand'peine à y
ramener la prospérité; il ne faut là que de l'ordre et de
la vigilance.

La veille de mon départ, M. Odary revint encore me
voir. J'étais désormais édifié sur le but de ses amabilités
à mon endroit. Mais, quoique embarrassé de ses ver-
beuses protestations de dévouement, je l'écoutai avec les
égards que je devais à un homme qui m'avait-été présenté par mon ami le plus cher et le plus révéré. Cependant je ne pus résister à l'envie de lui montrer que je
n'étais point tout à fait sa dupe.

— Le notaire m'a donné, par mégarde, un petit papier
qui peut vous être utile, monsieur, lui dis-je froidement;... c'est le bordereau, à votre nom, des actions dont
vous avez bien voulu vous priver à mon profit.

Et je lui présentai l'acte accusateur.

Il rougit en me voyant instruit de sa fourbe manifeste,

et, balbutiant quelques explications peu concluantes, il reprit son papier et s'en alla.

Le lendemain, je fis mes adieux à Mary, mais cette fois sans tristesse, car notre séparation ne devait durer qu'une semaine, puis je partis pour Alais, et, deux jours après, vers midi, par une belle journée d'avril, je m'arrêtais devant le château de mon père.

TROISIÈME PARTIE

I

Le château d'Ezirol, situé au pied du mont Gabane, à une lieue d'Alais, est de l'aspect le plus pittoresque. Il occupe le centre d'un vaste amphithéâtre de coteaux boisés, et domine la magnifique plaine arrosée par le Galeizon. Sa construction toute moderne l'apparie à ces villas élégantes semées sur le bord de la mer, de l'Esterel à Antibes. Je m'étais attendu à quelque bâtisse sombre, noire, en rapport avec mon douloureux roman, et je me révoltai presque à l'idée de vivre dans cette riante maison. A travers une grille de fer ouvragée, surmontée d'une couronne de marquis, et au bout d'une grande pelouse bordée d'une allée circulaire qu'ombrageaient de hauts châtaigniers, on apercevait le château.

Le voiturier qui m'amenait d'Alais entra résolûment sous les arbres, et s'arrêta au pied d'un péristyle orné

d'une verandah où grimpaient en festons des plantes vi-
vaces et des vignes vierges. Je descendis; mon cœur
battait à m'ôter la respiration; je vis vaguement, à dix
pas de moi, deux dames dont mon trouble ne me permit
pas de distinguer les traits. Un jeune homme était près
d'elles; il vint à moi et me dit d'un ton presque impoli:

— Qui cherchez-vous, monsieur?

Je songeai que ce jeune homme était peut-être mon
frère.

— Je demande M. le marquis de Kérandrey, monsieur,
répliquai-je en imitant son laconisme.

— Il est occupé.

— Je l'attendrai, alors.

— Vous pouvez me dire ce que vous lui voulez; je suis
son neveu.

Son neveu!... Je respirai, car ce personnage me dé-
plaisait beaucoup.

— C'est au marquis de Kérandrey que je désire parler,
monsieur.

— A votre aise! Je vais vous conduire dans son cabinet.

Je le suivis sans mot dire; il me fit traverser deux salons, m'ouvrit une porte, et me laissa, disant qu'il allait
prévenir son oncle.

Ce surprenant accueil dans la maison de mon père
m'emplit de tristesse, et je fus sur le point de m'enfuir.
L'atmosphère du cabinet où j'étais entré me pesait déjà,
il me sembla que j'y respirais de mauvais sentiments.
L'ameublement était luxueux; mais à je ne sais quel dé-

sordre on eût dit qu'une âme troublée l'habitait. C'était
un pêle-mêle d'objets d'art et d'échantillons géologiques;
des livres jetés çà et là au milieu d'armes de toute sorte;
sur le bureau, des papiers épars, des registres de commerce, un fouet, des cigares... Dans ce sanctuaire de l'é-
tude et du travail tout était tourmenté, rien n'attestait le
calme de l'esprit.

Deux fenêtres s'ouvraient sur la partie du parc qui
expirait aux pentes de la montagne ; d'immenses rochers
grisâtres coupaient brusquement l'horizon et se réfléchis-
saient dans un petit lac sur lequel glissaient des cygnes.

Comme je contemplais ce paysage, je vis paraître au
fond d'une allée un cavalier qui venait vers le château ;
au-dessous de moi, le neveu le regardait arriver, et quand
il se fut approché, il lui cria :

— Mon oncle, un monsieur est là qui vous attend !

— Qu'est-ce qu'il me veut, ce monsieur? répondit le
cavalier d'une voix forte.

— Je l'ignore, il n'a pas voulu me le dire.

— Eh bien, qu'il attende ! — Je ne sais ce qu'a *Geor-
gina* ce matin, je ne l'ai jamais vue si ombrageuse, elle
fait faute sur faute !

Le neveu rentra et le cavalier repartit. Moi, j'étais
pâle d'émotion. Pendant ce colloque, caché derrière un
rideau, j'avais examiné mon père. Je connaissais son âge,
il avait quarante-six ans; cependant, je ne sais pourquoi,
je lui avais toujours prêté des traits vénérables, et je fus
tout surpris à sa vue. C'était une de ces fières natures
qui semblent faites pour porter le harnais : il était grand,

11

musculeux ; on pressentait une force peu commune à ses mouvements décidés. Son visage était beau, mais froid et sévère ; de longues moustaches et une impériale lui donnaient l'air martial ; son regard était vif, mais non point pourtant sans douceur ; à travers cette rudesse d'accent, cette âpreté de formes, dans l'abandon de son attitude, dans l'indifférence de ses manières, on devinait une mélancolie absorbante, une lassitude de la vie qui surprenait presque la pitié ; on eût dit qu'une âme tendre, fourvoyée dans ce corps créé pour l'action énergique et pour la fatigue quotidienne des camps, en avait peu à peu détendu les ressorts.

— Voilà donc mon père ! me disais-je en le suivant des yeux pendant qu'il galopait sous les hautes futaies. Voilà cet homme qu'il m'est impossible d'aimer, et que je n'ai pas le droit de haïr !

Amer, anxieux, j'attendais la fin de sa cavalcade comme si notre première entrevue eût dû mettre un terme à mes alarmes, et je redoutais le moment où il me faudrait lui parler. Au bout d'une demi-heure je le vis revenir par l'allée opposée, mais, cette fois, il ne passa pas devant le château. Cinq minutes après, la porte s'ouvrit ; j'étais en face de mon père.

Il me salua avec une élégance un peu cérémonieuse, s'assit à son bureau et s'enquit du motif de ma visite.

— Ce mot vous l'apprendra, monsieur, dis-je en lui présentant une lettre d'introduction que m'avait donnée son correspondant de Paris.

Il la prit sans répondre, et m'indiquant un siége du

geste, il déchira l'enveloppe. Pendant qu'il lisait, je cherchai à surprendre sur son visage l'effet que lui produirait mon nom; il resta impassible, puis, lorsqu'il eut
fini :

— Vous êtes monsieur Desgranges? me dit-il.

— Oui, monsieur.

— Je ne m'attendais point à voir un ingénieur si jeune :
quel âge avez-vous?

— J'ai vingt-cinq ans.

Je me vieillissais à dessein d'une année.

— Enfin cela regarde le comité, il vous a choisi...
Vous sortez de l'École des mines, ce qui est à la rigueur
un brevet de capacité. Vous trouverez ici les choses en
assez piteux état, et je vous souhaite de pouvoir vous y
reconnaître. En attendant je vous offrirai l'hospitalité, si
vous le voulez bien; notre ancien ingénieur était mon
ami, la compagnie n'avait pas songé à lui bâtir un loge-
ment, et dans le village vous ne trouveriez pas à vous
caser.

— La discrétion seule, monsieur, pourrait me forcer à
refuser une offre aussi obligeante; je l'accepterai du
moins jusqu'à ce qu'il me soit possible de ne plus vous
gêner.

— Parbleu! vous ne me gênerez point. La place ne
manque pas ici, répliqua-t-il d'un ton négligent. Du reste,
vous vous arrangerez à votre guise; j'aime trop ma liberté
pour empiéter sur celle des autres. Votre appartement
est tout préparé, je vais vous y faire conduire. A deux
heure je vais d'ordinaire à l'usine; si vous n'êtes point

trop fatigué pour la visiter, je vous y conduirai; sinon, nous remettrons à demain votre entrée en fonctions.

— Je suis prêt dès aujourd'hui, monsieur.

— Alors c'est pour le mieux, nous reviendrons à six heures pour dîner, et je vous présenterai à ces dames. Si vous n'avez point déjeuné, donnez vos ordres. — Aylic, conduis monsieur à la chambre perse, dit-il à un vieux domestique qu'il avait sonné.

Telle fut ma première entrevue avec mon père.

II

Je suivis le valet et je pris possession de mon nouveau logis.

— Monsieur, je m'appelle Aylic, me dit le vieux serviteur, et c'est moi qui suis chargé de vous donner tout ce qu'il vous faudra ici. Ne vous adressez qu'à moi, qui appartiens à Monsieur le marquis, car, pour les autres qui servent les femmes, ils ne sont pas bons à grand'chose, et vous n'en obtiendriez rien.

— Merci! pour le moment, je n'ai besoin que d'un peu de repos.

Dès que je fus seul, je tombai sur un fauteuil, j'étais brisé. Les quelques paroles banales échangées avec M. de Kérandrey m'avaient laissé une impression sinistre.

— Eh quoi! me disais-je, est-ce là tout! Cette grande
voix de la nature, cette voix du sang n'est-elle qu'un
sublime mensonge? Aucune fibre n'a remué dans son
cœur, et dans le mien je n'ai ressenti qu'un trouble qui
ressemble à de l'effroi! En vain, pour y découvrir une
lueur de tendresse, j'ai scruté mes sentiments secrets :
je n'y ai trouvé qu'une monstrueuse indifférence! La
seule émotion qui m'agitât, c'était de la révolte contre
cette autorité morale qu'il tient de Dieu et que je lui dénie sur moi, contre ce respect inné dans l'âme de tous
les fils et que, chez moi, le passé change presque en
mépris! En lui je cherche en vain mon père, je ne vois
que l'homme par qui ma mère a tant souffert! Le ciel
m'en est témoin, j'ai lutté contre cette inique froideur.
Je voudrais l'aimer! — Je ne puis pas. — L'amour filial
est un instinct de l'enfance, il naît au berceau, il se dé-
veloppe dans un milieu de tendresses, il se nourrit de
pleurs, il s'épanouit sous le sourire, au murmure d'une
chanson qui nous endort chaque soir. L'amour filial,
c'est un souvenir pieux des soins que nous avons coûté.
J'ai vingt-quatre ans, je viens de voir mon père pour la
première fois, il ne me connaît pas, et c'est un étranger
qu'il croit abriter sous son toit!

Le domestique me surprit dans ces réflexions désolantes.

— Monsieur, on apporte vos malles. Et puis, Monsieur
le marquis demande si vous désirez toujours l'accompagner. Il va monter à Ezirol...

— Dites à Monsieur le marquis que je suis à ses ordres.

M. de Kérandrey m'attendait devant le perron; dès qu'il m'aperçut, il vint à moi.

— Vous n'êtes pas, je suppose, tellement épris des routes sablées que vous ne préfériez escalader quelques roches plutôt que de faire un long détour? Je prends ordinairement par la traverse; si cependant vous redoutiez la fatigue d'une ascension, pour aujourd'hui nous irions par le grand chemin.

— Je regretterais de rien changer à vos habitudes, monsieur, et j'ai le pied assez montagnard pour vous suivre.

Nous partîmes dans la direction du village en côtoyant le petit lac, où nous trouvâmes le neveu qui pêchait au filet, aidé d'un jardinier qui conduisait la barque.

— Charles, veux-tu venir avec nous? lui cria M. de Kérandrey.

M. Charles refusa et nous poursuivîmes notre route en silence. Le marquis marchait absorbé dans une méditation profonde; il semblait avoir oublié ma présence, et je pus l'examiner à loisir. Quelques rides violemment creusées sur son front témoignaient que ces lourds soucis lui étaient habituels.

En dix minutes nous eûmes atteint la porte du parc; il tira une clef de sa poche, ouvrit, et nous nous trouvâmes au fond d'un ravin coupé dans la montagne. Nous y étions à peine entrés lorsque tout à coup le marquis poussa une exclamation de colère, s'élança, tourna l'angle d'un rocher, et, avant que je l'eusse rejoint, je l'entendis crier d'une voix furieuse :

— Que fais-tu là, vaurien?... Je t'ai défendu de rôder autour de chez moi !

Je ne sais ce que l'homme répondit, mais, au moment où j'arrivais sur le lieu de l'altercation, le marquis le saisissait à la gorge et le lançait à cinq pas. L'homme se releva en poussant un cri de rage, il ramassa une énorme pierre qu'il éleva à deux mains au-dessus de sa tête ; il eût écrasé son ennemi si, me cramponnant à ses bras, je n'eusse détourné le coup.

L'adversaire de M. de Kérandrey était un ouvrier aux formes athlétiques, qu'à ses habits noircis je reconnus pour un mineur. Dès qu'il se vit désarmé, sans chercher à fuir, il se campa fièrement devant son agresseur dans une attitude menaçante.

— Tenez, Monsieur le marquis, s'écria-t-il, il faut que ça finisse... ou bien il y aura un malheur entre nous deux ! Si j'ai eu des torts envers vous, je les ai bien payés par la misère. Ma femme et mes deux petits ne mangent plus de pain depuis que vous m'avez renvoyé de l'usine. A cause de moi vous avez aussi chassé mon père. Vous êtes trop dur au monde ! Les chiens deviennent pires que des loups quand la faim les enrage !

— Quand les chiens mordent, je les assomme, répliqua le marquis lui tournant le dos pour reprendre son chemin.

— Voyons, monsieur le marquis, reprit l'homme en nous suivant, puisque nous nous rencontrons, ne me repoussez pas. Écoutez-moi. Je vous jure que je venais là ramasser des bourgeons de sapin pour les vendre !..

Vous savez bien que je ne suis pas méchant... Je vous demande encore une fois pardon... Vous venez de me battre, je ne me suis pas défendu... Voulez-vous que j'aille vous demander pardon le jour de la paye, devant tous les autres?... J'irai... Pour ma femme je supporterai tout; reprenez-moi à cause de mes enfants, et je vous promets...

— Jamais! fit le marquis.

Puis, lui montrant avec un geste impérieux l'entrée d'un sentier étroit :

— Tiens, Bernajou, voilà ton chemin, ajouta-t-il d'une voix frémissante; file, et tâche de ne plus me rencontrer!

— Au moins, reprenez mon père, le vieux ne vous a rien fait.

— Va-t'en! répéta M. de Kérandrey.

— Ah! monsieur le marquis, répliqua l'ouvrier d'un air sombre et accablé, cela ne vous portera pas bonheur! C'est moi qui vous le dis.

Et il nous laissa.

Cette étrange scène m'avait glacé, je ne pus me défendre d'un mouvement de pitié pour ce malheureux si humble dans sa prière, si bestialement soumis, malgré sa structure herculéenne. Le marquis devina sans doute le sentiment que j'éprouvais :

— Quand vous connaîtrez mieux tout ce monde-là, vous serez moins sensible! me dit-il sèchement.

— La misère n'est pas faite pour adoucir les méchants, et elle aigrit souvent les meilleurs.

— Ah! oui, la misère! C'est là le grand mot. — Qu'appelez-vous la misère? Est-ce l'obligation de gagner sa vie ou la privation du bonheur?... Si vous pensez que tout être souffrant a le droit d'être méchant, ne condamnez personne!

Il y avait dans ces mots un indicible accent de tristesse, et je pressentis que j'allais réveiller une grande douleur en m'appesantissant sur l'incroyable incident dont je venais d'être témoin. Nous arrivions par bonheur auprès d'un amas de déblais extraits de la mine ou de *haldes* abandonnés depuis longtemps pour des gîtes plus riches, ce qui amena naturellement une diversion que je m'empressai de saisir.

A travers un chemin fort hérissé, nous arrivâmes bientôt à l'usine. M. de Kérandrey me la fit visiter dans les plus grands détails. A ses nombreuses interrogations je compris qu'il me faisait subir un examen, et je sentais vaguement qu'il eût été content de me prendre en flagrant délit d'ignorance; il apportait je ne sais quelle restriction malveillante dans les renseignements qu'il était forcé de me donner lorsque je l'interrogeais, il les laissait obscurs à dessein pour m'égarer dans les conséquences que j'en devais tirer; plusieurs fois même je dus rectifier des erreurs trop grossières pour n'être point préméditées, et qu'il mit sur le compte de sa distraction. J'en vins malgré moi à mettre de l'animosité dans mes répliques, et je m'adressai au contre-maître qui nous suivait. M. de Kérandrey ne parut pas remarquer mon dépit; mais, à quelques critiques que je fis, il se rangea

11.

franchement de mon avis, et je pus bientôt me convaincre qu'il possédait à fond les notions industrielles que la pratique peut donner à un bon esprit. Sur notre passage, il interpellait souvent les ouvriers d'une voix brusque, et l'humilité respectueuse des réponses prouvait la crainte qu'il inspirait.

Après avoir achevé notre visite, nous reprîmes le chemin du château.

— Vous avez été froissé, me dit-il, de l'expérience à laquelle je vous ai soumis. N'y voyez pas l'envie de vous contrecarrer. J'aime à savoir tout de suite à quoi m'en tenir sur les gens. Vous êtes très-fort, je le sais maintenant, et j'espère que nous nous entendrons.

Alors il me parla sans défiance de ses plans de réforme; il me livra les secrets de son exploitation et me fit entrevoir les difficultés contre lesquelles jusqu'à ce jour il avait vainement lutté. Dès que nous fûmes entrés dans ce courant d'idées, il devint plus communicatif; son âpreté s'adoucit, sa parole s'anima. On eût dit que le seul intérêt de sa vie était dans cette mine, où il avait englouti, disait-il, le plus clair de sa fortune. Il semblait se passionner pour le triomphe d'une cause à laquelle il avait attaché son nom. Et je crus démêler que son orgueil était humilié bien plus des échecs de l'industriel que de l'insuccès du capitaliste, disgrâce qu'il traitait avec le haut dédain d'un grand seigneur.

III

En rentrant au château, comme j'allais m'habiller, je me croisai sous le péristyle avec une jeune fille d'une remarquable beauté qui tenait en laisse une petite biche apprivoisée. Elle s'efforçait en vain à la mettre dehors; la folâtre captive se défendait, bondissait, et proclamait la révolte. J'allais offrir mon aide, lorsque, surprise à ma vue, la jeune fille lâcha la corde. La sauvage petite bête, effarouchée, se sauva, gravissant les escaliers.

Interdits l'un et l'autre, nous ne songions point à pourchasser la fugitive, lorsque le vieil Aylic descendit, la ramenant prisonnière. La jeune fille me fit alors un salut timide et sortit.

C'était le premier visage gracieux que je voyais dans la maison de mon père, et, sentiment étrange, j'en demeurai triste; je sentis s'éveiller en moi une sorte de pitié instinctive pour cette suave créature perdue dans ce sombre milieu; rentré dans ma chambre, je m'égarais déjà en mille conjectures sur des liens de parenté entre elle et moi; quand Aylic vint interrompre ma rêverie.

— Cette demoiselle est sans doute la fille de M. de Kérandrey? lui dis-je.

— Non, monsieur, c'est sa nièce, ou plutôt la nièce de sa femme. Monsieur le marquis n'a heureusement pas d'enfant.

Ce mot *heureusement* me frappa, et je remarquai, pour la première fois, dans le ton du vieux serviteur une irrévérence singulière pour tout ce qui touchait à la marquise, ou *aux femmes*, comme il les avait appelées déjà. J'aurais bien voulu savoir quelques détails sur cette famille où tout m'étonnait; mais il ne me convenait point d'interroger les gens, je remis au temps le soin de satisfaire ma légitime curiosité. Dès que je fus prêt, je descendis au salon, et je trouvai réunis tous les personnages qui devaient jouer un si grand rôle dans ma destinée.

C'étaient : Madame de Lincourt-Rigaut et sa fille, madame la marquise de Kérandrey; puis M. Charles Rigaut et sa sœur, mademoiselle Diane Rigaut, que j'avais déjà vus.

Le marquis me présenta officiellement à ces dames, qui répondirent à peine à mes compliments et reprirent de plus belle leur conversation. Je profitai de cet accueil peu hospitalier et du silence auquel on me condamnait pour causer avec moi-même et observer.

Madame de Lincourt était une femme sèche, droite et brune, avec des yeux bridés, ronds comme ceux d'une chouette. Son visage, jauni de taches hépathiques, conservait encore quelques traces de beauté. Ce qui frappait tout d'abord en elle, c'était l'affectation de ses gestes et de son langage; à ses phrases prétentieuses, on eût dit qu'elle récitait un rôle. Évidemment, elle avait répété au miroir des pantomimes de tendresses maternelles dont elle renouvelait, sans doute, l'exhibition à chaque nouveau spectateur. Enfin, dans cette personne affétée, type vieilli de douairière romanesque, on eût cru voir une mère de comédie échappée du Gymnase.

Quant à la marquise de Kérandrey, la femme de mon père, c'était une de ces beautés orgueilleuses qui, dans un salon, attirent le regard et l'enchaînent. Créole comme sa mère, son teint avait l'éblouissante blancheur mate qui prend aux lumières des tons d'ivoire; ses grands yeux bruns roulaient des langueurs de reine ennuyée, et sa lèvre dédaigneuse semblait ne point avoir appris le sourire; elle paraissait à peine trente ans quoiqu'elle en eût trente-six bien sonnés : je savais son âge. Ce qui dominait chez cette fière marquise, c'était la superbe indolence du haut de laquelle elle appréciait les choses humaines. Elle se savait belle, elle ne comptait plus ses esclaves : c'est tout ce que je pus surprendre de son caractère.

Tout en causant, elle voulut bien me faire l'aumône de quelques-uns de ses regards — pour une coquette, un homme est toujours un homme; — mais c'était, sans doute, afin de mieux marquer à quelle distance de sa suzeraine devait se tenir un obscur ingénieur. Aussi, quand on annonça que madame la marquise était servie, ne daignant même point me traiter comme un hôte, elle prit, pour passer à la salle à manger, le bras de son neveu; le marquis avait donné le sien à madame de Lin-

court, et je restai assez embarrassé devant mademoiselle
Diane, ne sachant trop si je pouvais me permettre d'être
poli comme un homme du monde, ou si je devais la
suivre comme un homme à gages qu'on admet par bonté
aux honneurs de la table. Elle parut comprendre mon
irrésolution, hésita un moment, puis enfin, rougissante,
elle me tendit son bras.

Je commençais à trouver pesante cette hospitalité que
je n'avais point sollicitée; et, peu propre aux allures su-
balternes, je résolus de m'en expliquer le jour même
avec M. de Kérandrey. En attendant, je me promis bien
de montrer à l'altière marquise que la servilité n'était
pas de mon goût; et pour marquer mon rang, à table, je
lui fis tout d'abord quelques compliments d'un ton qui
témoignait que j'avais la prétention de me croire son
hôte et non point un parasite. Au premier moment elle
me regarda d'un air étonné, comme si ma hardiesse ren-
versait ses idées. Mais un homme accoutumé à vivre
dans le monde sur le pied d'égalité s'y tient de telle sorte
que ses pairs l'ont vite reconnu. J'étais confiant, je savais
rester réservé; madame de Kérandrey vit que ce n'était
point la première fois, comme elle l'avait cru sans doute,
que je me rencontrais avec une marquise, et que je n'en
étais pas ébloui. Elle me répondit à peine; mais à ses
quelques paroles, je me sentis compris. Le résultat me
suffisait, et, ma protestation ainsi formulée, je me tus.

Cependant, je dois l'avouer à ma honte, si j'obtins dès
ce soir, de la part de ces dames, un commencement de

considération, je ne le dus point à mes avantages personnels, mais à un incident fort puéril.

Nous étions allés prendre le café sous la vérandah : je causais avec le marquis; madame de Lincourt lisait, et la marquise rêvait dans une attitude languissante, lorsque mademoiselle Diane, qui travaillait à un ouvrage de tapisserie, s'écria :

— Oh! voyez donc, ma tante, comme Beau-Séjour est illuminé!... On dirait un soleil dans chaque croisée.

La belle vaporeuse daigna porter son regard vers un pavillon qui s'élevait coquettement au milieu des arbres, à une demi-lieue de nous environ, et sur le faîte duquel le couchant versait ses rayons.

— C'est très-joli! fit-elle en étouffant un petit bâillement.

Puis, s'adressant au marquis :

— Mais, à propos, vous êtes-vous occupé de la location de cet inutile rendez-vous de chasse?

— Mon notaire n'a reçu aucune nouvelle proposition.

— Alors je prévois qu'il restera encore vacant cette année, reprit-elle avec une aigreur qui masquait mal le reproche.

— Que voulez-vous que j'y fasse? répondit M. de Kérandrey sur le même ton; vous prétendez en retirer quinze cents francs par an.

— Est-ce ce charmant castel que je vois là-bas, que vous appelez Beau-Séjour, demandai-je au marquis.

— Monsieur aurait-il l'intention de le louer? me dit assez impertinemment madame de Lincourt.

— Si madame la marquise ne me jugeait point indigne
de cette faveur, je la solliciterais volontiers, répondis-je.

Je vis, à ces mots, que je grandissais un peu dans l'esprit de ces dames. Un simple ingénieur qui louait deux
tourelles leur paraissait déjà un personnage ; mais leur
étonnement n'eut plus de bornes lorsque j'annonçai au
marquis que je voulais faire venir les chevaux que j'avais
laissés à Paris. — Six mille francs d'appointements joints
à mes rentes me permettaient ce luxe au fond d'une pro-
vince. — Insensiblement, je changeais d'aspect aux yeux
de mes fières hôtesses. Quelque peu flatteur pour moi
que fût ce revirement, j'en acceptai les bénéfices.

On se récrierait en vain. Le mérite d'un homme varie
beaucoup suivant sa position de fortune ; et le monde est
ainsi fait qu'il mesure ses égards au revenu des gens. On
ne pouvait traiter un ingénieur qui avait des chevaux
avec le même laisser-aller qu'un ingénieur qui n'en avait
pas ; d'intrus que j'étais une heure auparavant, je passais
invité.

Cependant mes nobles hôtesses étaient de trop illustres
dignitaires dans la franc-maçonnerie de la *high life* pour
ne point me faire subir une à une les épreuves qui séparent le dédain de la cordialité, avant de m'élever à la familiarité de l'adepte ou de l'initié ; je n'échouai pas, et
vers la fin de la soirée, elles daignaient s'entretenir avec
moi. Elles me parlèrent de quelques salons de Paris,
je fus assez heureux pour pouvoir leur donner des nouvelles intimes de plusieurs de leurs aristocratiques relations chez lesquelles j'avais eu l'avantage d'être reçu. Ce

dernier luxe acheva leur conquête, et cette fois c'était
beaucoup plus que je n'ambitionnais.

Si je n'avais pas voulu laisser passer les légèretés
d'un premier accueil peu poli, c'était par suite d'un
dessein résolu d'inimitié envers les femmes qui avaient
pris la place de ma mère; je venais en vengeur au milieu de cette famille, où tout devait m'être douloureux.
Il en arriva qu'à mesure que la marquise me traitait avec
moins de froideur, j'apportais, moi, plus de réserve à un
entretien qu'elle prolongeait avec la persistance d'une
femme ennuyée, pour qui tout est distraction ; je m'étais
refusé à supporter ses mépris, mais j'étais loin de quêter
ses bonnes grâces.

Au surplus, mon intérêt se portait ailleurs : le marquis
était de glace avec sa femme et sa belle-mère, ils se parlaient à peine, mais le peu qu'ils disaient attestait un
ménage désuni. Il me sembla bientôt que M. de Kérandrey n'était pas plus charmé que moi de mes progrès
dans l'esprit de ces dames; de temps en temps il inter-
rompait les commérages par des commentaires d'une
ironie profonde dont l'intention m'échappait. J'ignore si
madame de Lincourt voulut se venger de son gendre,
mais, comme j'exprimais le désir de trouver un guide
pour visiter la montagne et l'étudier, elle dit au marquis, avant qu'il pût répondre :

— M. Desgranges pourrait prendre avec lui Bernajou!...

Ce nom avait sans doute une signification terrible : le
marquis pâlit, jeta avec fureur un livre qu'il tenait à la
main; je ne sais ce qu'il allait répliquer, mais tout à

coup, et comme s'il eût craint d'éclater en présence d'un étranger, il dit d'un ton de colère qu'il maîtrisait à peine: '

— Je vous parlerai demain, madame.

Et il s'éloigna brusquement.

Cette scène, qui me confondit, ne parut point émouvoir ces dames; heureusement, il était temps de rentrer: elles me firent un salut d'adieu, et je regagnai mon appartement.

Dès que je fus seul, je repassai dans mon esprit les bizarres événements de cette journée. Je me rappelai les étranges paroles du vieil Aylic, la morne tristesse de mon père, son rude langage, son incroyable rencontre avec ce Bernajou, dont le nom seul soulevait des tempêtes. J'avais vécu jusqu'alors dans un centre de calme et d'affection, tout me surprenait chez cette famille troublée; des secrets douloureux flottaient dans l'air; j'en fus presque effrayé, et mon sommeil se peupla de visions fantastiques à travers lesquelles je marchais comme le héros de quelque tragique légende.

IV

Il avait été convenu que je m'établirais à Beau-Séjour; mais des réparations, indispensables à ce pavillon délabré, devaient y retarder mon installation définitive.

Pendant une semaine, je ne parus guère au château

avant l'heure du dîner. Il fallait me mettre au courant
de mes nouvelles fonctions, ce qui nécessitait de nombreuses explorations dans la montagne et une assiduité
constante aux travaux de la mine. Je voulais profiter de
l'absence de Mary pour organiser les réformes, afin de
pouvoir prendre chaque jour quelques heures de liberté
sitôt qu'elle serait arrivée. Plus familier avec mes hôtes,
je sentis s'effacer peu à peu les fâcheuses impressions du
premier moment ; mes rapports avec mon père ne ga-
gnèrent pas en expansion ; mais je m'étonnais à découvrir
un fonds de sensibilité qui tranchait parfois sur sa rudesse et la rachetait en partie.

Un matin, j'étais venu pour me concerter avec lui à
propos d'un travail que j'estimais urgent; ne le trouvant
point dans son cabinet, je m'informai auprès du vieil
Aylic.

— On ne peut pas voir M. le marquis à cette heure,
me dit-il.

— J'ai besoin de lui parler... Est-ce qu'il fait la
sieste ?

— Non, monsieur, il promène ma femme au soleil.

— Votre femme ?

— Oui, c'est sa nourrice. Il lui donne une heure tous
les matins et il défend qu'on les dérange jamais, sous
quelque prétexte que ce soit : cela chagrine Jeanne.
Pourtant, si c'est pour une affaire importante, allez du
côté du chalet, M. le marquis vous appellera peut-
être.

Je me rendis vers la place indiquée et je trouvai
M. de Kérandrey soutenant sur son bras une pauvre
vieille qui se traînait à peine et qu'il guidait avec une
tendre sollicitude.

Je me tins à l'écart, me faisant scrupule de troubler
des soins touchants auxquels je m'attendais si peu de la
part de cet homme fier et brusque.

Il m'aperçut au bout d'un moment, et, comprenant
que je le cherchais, il me fit signe de rester où j'étais.
Les deux promeneurs venaient de mon côté, je fus
frappé de l'aspect de la vieille Jeanne. C'était une
grande femme au visage austère et presque farouche;
elle s'avançait droite, lente, solennelle; sa maigreur
effrayante semblait indiquer que la vie abandonnant le
corps s'était peu à peu réfugiée dans l'esprit. Ses yeux
caves brillaient d'un éclat fiévreux qui me surprit, et je
songeai vaguement à ces sibylles des bruyères dont l'intuition illumine les histoires de l'Homère écossais.

— Avez-vous besoin de moi, monsieur Desgranges?
me dit le marquis lorsqu'ils se furent approchés.

— Oui, monsieur, mais je vous attendrai, répondis-je.

A ma voix, la vieille Jeanne se tourna de mon côté et
me regarda attentivement.

— Dis donc, Célestin, demanda-t-elle à mon père,
est-ce que c'est ton nouvel homme de mine, ce mon-
sieur-là?

— Oui, répondit le marquis.

— Ah!... Eh bien, mon enfant, cause avec lui, je

m'assiérai là en vous écoutant. — Va me chercher ma chaise.

Pendant que mon père s'éloignait, la vieille me considéra un instant en silence, puis murmura comme se parlant à elle-même : — Je n'ai plus de bons yeux !

— Approchez-vous donc un peu, monsieur, s'il vous plaît, reprit-elle, que je m'appuie sur votre bras.

Je fis ce qu'elle me demandait; mais je m'aperçus bientôt que c'était une ruse innocente pour me voir de plus près; car, mettant sa main sur mon épaule, elle m'examina en face, et son visage touchait presque le mien. Je ne sais pourquoi je me sentis troublé sous ce regard fixe qui semblait scruter mes plus secrètes pensées. On eût dit que cette vieille, immobile devant moi comme une prophétesse, voyait clair dans mon avenir.

— Pourquoi me regardez-vous ainsi, bonne mère ? lui dis-je étonné.

— Je voulais voir si vous serez méchant comme les autres pour mon pauvre Célestin... mais je suis rassurée.

A ces mots, je songeai malgré moi que j'étais venu en ennemi dans cette maison, et je ne pus me défendre de rougir. La vieille le remarqua.

— Oui, oui, je sais bien, poursuivit-elle, il y a quelque chose... Vous n'êtes pas son ami... Il vous a fait du mal, je le vois. Mais enfin vous n'êtes pas méchant, et je suis contente que vous soyez ici... Oui, je suis contente.

M. de Kérandrey revint et nous discutâmes le plan que

je lui apportais. La vieille Jeanne m'écoutait attentive
comme si ma voix pour elle contenait des révélations
cachées. Enfin, comme j'allais prendre congé du marquis, elle lui dit en me prenant la main :

— Célestin, mon enfant, ne sois pas dur avec celui-
là ; fie-toi à lui, tu en seras récompensé.

Je m'en allai confondu des pressentiments de la vieille
Bretonne; il y avait eu dans son accent je ne sais quoi
d'inspiré qui m'avait fait tressaillir. Certes, elle ne pouvait soupçonner par quel lien ma destinée se reliait à
celle du marquis, mais elle avait lu dans mon cœur;
elle *voyait* que je prendrais place dans la vie du maître,
qu'elle avait nourri comme un fils, et qu'elle aimait avec
le double fanatisme du dévouement et de la maternité.

V

Une lettre de Mary, qui m'annonçait son arrivée, fit
bientôt diversion à mes soucis. L'amour était le but de
ma vie. Sûr de mon incognito dans la maison de mon
père, je m'abandonnai avec délire au bonheur de revoir
ma fiancée, de reprendre avec elle cette belle et libre
existence que nos souvenirs de Varèse nous avaient tant
fait regretter... Que m'importaient mes hôtes, leurs passions, leur discorde ? — N'étais-je point étranger à ces

débats ? — Ma haine s'était fondue dans une suprême indifférence. Le spectacle d'une famille heureuse eût peut-être avivé mes rancunes ; mais je me voyais si bien vengé... Ils étaient plus isolés que moi, ces cœurs aigris qui n'aimaient pas !... Je me contentai d'être le plus assidu des fonctionnaires et le plus réservé des hôtes, et si, plus tard, j'étais forcé de m'armer en guerre contre les maîtres du château, je ne voulais pas qu'ils pussent me reprocher d'avoir marchandé leur bienveillance ou feint des sentiments d'affection hypocrite. Ma roideur étonna d'abord ; ensuite il fut convenu que j'étais fort orgueilleux ; mais comme l'orgueil impose toujours, et que chaque homme, par sa dignité personnelle, établit lui-même le niveau d'estime qui lui est dû, en me voyant prendre carrément des allures indépendantes, on conclut la légitimité de mes prétentions ; si j'y perdis une intimité dont je me souciais peu, j'y gagnai du moins le respect de tous, et l'on ne tenta plus de me traiter en subalterne.

Telle était ma situation dans la maison de mon père lorsque Mary arriva. Muni par elle de détails bien précis, j'avais couru à Saint-André ; elle s'était échappée un instant pour me serrer la main, à la porte du parc qui s'ouvre sur la montagne, et nous avions pris rendez-vous pour le lendemain. Je revins l'âme en joie et le pied léger malgré trois lieues de course. Chaque fois que je revoyais Mary après une séparation, je la retrouvais plus belle ; non point de cette beauté fugitive sur laquelle chaque saison a prise, mais de ce charme caché à tous les yeux, hormis ceux d'un amant, de ce rayonnement de l'âme qui s'épanouit dans tout être qu'un pur et chaste amour possède. L'amour marque ses élus d'un sceau divin; la foule ne le voit pas, heureusement pour l'aimé! A lui seul les mollesses du regard et les langueurs du sourire; à lui seul les rougeurs ineffables que font monter au front les battements d'un cœur vierge! Oui, Mary m'avait paru plus belle! l'amour chaque jour mûrissait sa beauté, puisqu'il transfigurait son âme! Et son âme, je la voyais dans ses yeux.

Rempli de mes douces pensées, j'étais revenu à Ézirol calme, reposé, pacifique; j'aurais tendu la main à mon plus grand ennemi, et, en m'asseyant à la table du château, je ne pus me défendre de prendre en pitié ces gens vis-à-vis desquels j'avais outré jusqu'alors les formes d'une indifférence préconçue. La plus frivole des circonstances allait pourtant refréner mes élans de sympathie.

Ce jour-là, les guerres domestiques faisaient trêve; l'entretien s'égayait; le marquis, moins sombre, causait avec la marquise, et même avec sa belle-mère, d'un ton presque enjoué.

— A propos, s'écria tout à coup M. Charles, notre voisin est revenu!

— Quel voisin? demanda la marquise.

— M. Barnet.

— Ah! ce vieux fou est ici? dit M. de Kérandrey.

— Oui, reprit le neveu, je l'ai vu ce matin à Alais, comme sa voiture le prenait au chemin de fer.

— Sa famille est-elle avec lui?

— Oui! Oh! ses filles sont charmantes... l'aînée surtout!

— Il faut espérer, insinua madame de Lincourt,
qu'elles sont mieux élevées qu'autrefois; elles doivent
commencer à devenir grandettes!...

— Comment, grandettes? s'exclama mademoiselle
Diane; mais l'aînée doit être à peu près de mon âge,
elle a passé dix-huit ans!

— Raison de plus alors pour qu'elles ne courent plus
toutes seules à travers champs comme des demoiselles
de roman!...

— Mais au contraire, ma mère, interrompit la marquise, pour des Anglaises c'est du meilleur ton! Il paraît qu'à Paris, cet hiver, elles jouaient le rôle de
lionnes : et madame Desparvis m'a assuré les avoir souvent rencontrées avec des jeunes gens.

— Je plains leurs maris, alors! reprit la mère.

— Pas moi, riposta finement M. Charles; on dit qu'elles
auront chacune deux millions de dot.

Ici madame de Lincourt se guinda dans une attitude
digne et scandalisée.

— Par grâce! Charles, défaites-vous donc de ces façons grossières! La dot la plus précieuse d'une femme,
c'est son cœur, c'est sa pudeur, c'est sa vertu!...

A la suite de ce joli lieu commun, madame de Lincourt en enfila une douzaine d'autres, moins pour prouver que M. Charles était un sot que pour médire
des voisines, et, avec l'aisance d'une guêpe mondaine,

12

elle déchira Mary en termes fort élégants, tout en protestant contre le mauvais goût des gens qui traitent sans
respect des personnes que leur rang met au-dessus des
soupçons vulgaires ; enfin, pour clore son discours, elle
eut la malencontreuse idée de solliciter directement mon
approbation.

— Moi, madame, répondis-je, je respecte les femmes,
non point d'après le rigorisme qu'elles professent, mais
d'après l'influence qu'elles exercent. Lorsque je veux
juger de leur cœur ou de leur vertu, je regarde autour
d'elles, dans leur famille, dans leur maison : si le bonheur y règne, je les tiens pour femmes de bien !

Cette philosophie reposait sur un principe peut-être
discutable en bien des cas ; mais dans la situation présente elle eut tout son effet. Madame de Lincourt se
mordit la lèvre et demeura si abasourdie, qu'elle fut un
instant sans répondre ; la marquise en profita pour changer de conversation.

Le premier mois modifia peu à peu mes rapports avec
mes hôtes ; ils avaient accepté ma froideur comme une
originalité de caractère, et, insensiblement, nous en
vînmes à cette sorte de familiarité que donne forcément
la vie en commun.

M. Charles, quoiqu'un peu fier aussi de son côté,
comme il convenait à l'héritier présomptif du châtelain,
m'avait fait quelques avances de camaraderie auxquelles
il eût été ridicule de ne point répondre ; mais j'aimais
peu ce jeune dandy rustique et bien portant qui, malgré
sa figure rougeaude et ses larges épaules, passait pour

un don Juan dans la ville d'Alais. Il eût volontiers fait de moi son compagnon de conquêtes et de festins, et il me raillait souvent sur ce qu'il appelait mes principes de puritain.

La seule personne pour qui j'eusse de la sympathie, c'était mademoiselle Diane, dont la grâce m'avait tout d'abord séduit. Nature expansive et enjouée, elle répandait le charme de sa jeunesse sur cette famille tourmentée; elle supportait avec tant de patience les boutades d'humeur de la capricieuse madame de Lincourt et de sa tante, que je me pris de commisération pour ce pauvre cœur aimant, si souvent froissé, et qui ne s'altérait point au contact de la sécheresse.

Dans la crainte de faire soupçonner mes rencontres avec Mary, je passais toutes mes soirées au château; la marquise en avait profité pour m'accaparer. Elle me demandait souvent mon bras lorsqu'elle voulait errer sous les ombrages du parc, et, dans ses moments d'épanchement, elle s'était livrée à ces lamentations sentimentales particulières aux femmes qui n'aiment pas leur mari. Elle accusait la vie, qui ne donne jamais ce qu'elle promet : elle avait rêvé l'amour, le dévouement, et elle était seule. Certes, elle rendait justice aux éminentes qualités du marquis, mais... Qui ne connaît ce langage? Les éloges aboutissaient, comme toujours, à démontrer que le noble mari était une âme grossière. Je fus un instant ému de ces confidences; elles attestaient une telle désunion, que je m'effrayais à la pensée du rôle qui m'était réservé dans le conflit de ces deux haines; je les voyais

irréconciliables, et je me demandais quelle était la victime d'ELLE ou de LUI.

A ces plaintes de sentiment succédèrent bientôt des
inculpations plus positives. Elle m'apprit que le marquis
était presque ruiné, et, tout en le plaignant, elle l'accusait de compromettre aussi une fortune qui n'était pas à
lui. Elle était réduite à des luttes qui l'épuisaient pour
arracher à ce gouffre de mines toujours béantes l'avenir
de sa mère et le sien.

Elle me faisait ces étranges aveux dans le seul intérêt
de M. de Kérandrey, et, disait-elle, pour m'éclairer sur
les difficultés de sa situation, pour me conjurer de le
sauver de lui-même.

Ces confidences m'embarrassaient infiniment; j'aurais
voulu m'y soustraire, mais j'avais tant intérêt à pénétrer
le cœur et le caractère de mon père, que, malgré moi,
j'écoutais. Bientôt, cependant, je crus m'apercevoir que
M. de Kérandrey flairait un mystère et qu'il en prenait
de l'ombrage. J'évitai alors toute conférence avec la
marquise et je me tins à l'écart.

Cette retraite, du reste, me fut facilitée par le retour
d'un certain M. de Meillan, un jeune voisin dont j'avais
souvent entendu parler depuis mon arrivée. Commensal
assidu au château, il était grand ami du marquis, ce qui
lui valait naturellement un médiocre accueil de ces
dames, et, plus d'une fois, je m'étonnai de l'extrême bé-
nignité qu'il opposait à leur ironie.

A partir de ce moment, commencèrent pour moi les

plus cruelles de mes épreuves, et je n'attendis pas longtemps sans que le secret de malheur qui planait sur cette
maison vînt à moi.

VI

Un matin, je m'étais aventuré dans la montagne pour
y faire quelques observations géologiques indispensables
au percement d'une nouvelle galerie que je projetais
dans la mine. J'avais en vain tenté d'arriver à une gorge
profonde, formée par la convulsion de roches graniti-
ques, qu'on appelle dans le pays le *Trou-Cavalier*, et
qui, dit-on, au temps de Villars, a servi d'asile au mys-
tique capitaine Cévenol. Je m'étais égaré et, depuis plus
d'une heure, je cherchais quelque pâtre qui pût m'aider
à retrouver ma route, quand le hasard me remit face à
face avec ce Bernajou que le marquis tenait en si grande
aversion. Il était accompagné d'un vieillard encore allègre et robuste; à la ressemblance des traits je devinai
son père. M. de Kérandrey les avait impitoyablement
chassés tous deux, ce qui devait me les rendre peu propices, et j'hésitais à leur demander mon chemin, lorsque
le vieux me cria d'un air étonné :

— Ah bien! monsieur, vous pouvez vous vanter d'a-
voir de fiers jarrets pour être venu ici! Je suppose que

vous voudriez bien descendre dans le ravin pour en reconnaître la formation; mais ce n'est pas facile, pas vrai?

— Je l'avoue, et, à force d'y chercher un passage, je me suis perdu.

— Bon! on se retrouve toujours, riposta Bernajou brutalement, cherchez encore; la route d'Ezirol n'a pas changé de place.

— Vous pourriez du moins me l'indiquer.

Le vieux allait me répondre, lorsque son fils l'en empêcha en le poussant du coude.

— Si votre ami le marquis était à ma place et moi à la vôtre, dit ce dernier avec indifférence, je ne crois pas qu'il se dérangerait beaucoup. Il faut que nous gagnions ici notre journée; nos filets ne se relèvent pas tout seuls.

— Vous avez raison; aussi, je compte vous indemniser de la perte de votre temps; et si nous pouvions faire marché pour dix francs...

— Dix francs! s'écria Bernajou dont les yeux s'allumèrent. Est-ce que vraiment vous donneriez dix francs?

— Allons, Pierre, répliqua le vieux, il ne faut pas calculer ainsi sur l'embarras des gens! Excusez-le, monsieur : je vas vous conduire. Si vous tenez à nous payer, nous n'avons pas le droit d'être fiers. Mais vous êtes innocent des misères qu'on nous a faites au château, et c'est toujours un devoir de remettre un homme perdu dans son chemin. Suivez-moi, car vous n'arriveriez jamais tout seul.

Bernajou poussa un soupir de regret, et le vieux partit hâtant son pas alerte, comme pour ne pas laisser à
son fils le temps de l'influencer. Je le suivis.

— Voyez-vous, monsieur, reprit mon guide, ce n'est
pas un méchant garçon; mais du moment que vous êtes
l'ingénieur du marquis, ça suffit à lui monter la tête.
Ah! dame! nous ne pouvons pas l'aimer, celui-là!

— Mais est-ce que ce n'est pas votre fils qui a des
torts envers lui?

— Pardié! les pauvres gens ont toujours tort de se
mêler des affaires des maîtres. Madame la marquise
avait fait du bien à ma bru, qui est une pauvre et simple
créature sans plus de tête que n'en ont les femmes, révérence parler. Elle a cru bien de se montrer reconnais-
sante; elle ne savait pas que des satanées lettres pouvaient amener tant de grabuge. Madame la marquise
lui disait : « Portez ce mot à M. de Natalis... » elle le
portait. Ce n'est que plus tard qu'elle a vu le mal de ces
cachotteries-là. Il faut avouer que M. le marquis n'était
pas payé pour être content : il a donné au galant de sa
femme un grand coup d'épée qui l'a couché en terre.
C'était juste!... Mais ce qui ne l'était pas, c'était de se
venger sur mon garçon à toutes les heures du jour en
l'appelant mauvais ouvrier.

A ce récit, chaque fibre palpitait en moi; mais la
honte me montait au visage à entendre une telle bouche
me révéler la secrète blessure de mon père. Pour couper court à ces propos, j'interrogeai brusquement le
vieux Bernajou sur les chances d'une descente dans les

profondeurs du *Trou* que nous étions en train de côtoyer.

— Ho! ho! vous brûlez, à ce qu'il paraît... et vous
avez eu la même idée que moi! — Eh bien, l'autre ingénieur n'a pas voulu me croire! Je n'ai pas été à l'école;
il m'a traité de vieux fou. Je n'ai plus rien dit; mais,
voyez-vous, voilà quarante ans que je rêve que ma fortune est là dedans!... Et elle y est, monsieur!... à un
gîte que je connais, et dont je pourrais vous faire voir
de jolis échantillons, sans aller bien loin.

— Vous avez donc pu arriver au fond du gouffre?

— Trois fois, monsieur! me répondit le père Bernajou
en se campant avec fierté, et j'y ai travaillé deux jours
chaque fois. Je connais là, presque en affleurement, un
filon de fer qui a plus de quinze pieds d'épaisseur, et
qu'on joindrait de la mine, seulement avec une galerie
que je vois d'ici sous la terre.

— Et vous pourriez me conduire à ce gisement?

— Dame!... ça dépend de vos jambes et de votre tête;
mais vous comprenez que je ne le ferais pas pour mon
agrément.

— Vous fixeriez vous-même votre récompense...

— Oh! non, c'est pas comme ça que je l'entends: avant
de descendre, nous ferions nos conventions par écrit;
car il peut me prendre une crampe en route, et alors,
ma foi, bonsoir la compagnie!... Si je n'en reviens pas
et que l'affaire réussisse, il me faut mille francs en via-
ger pour Pierre et sa femme; si j'en reviens, cinq cents
francs de plus pour moi.

Le vieux mineur me prêtait des prévisions que je n'avais pas conçues. Mais en l'entendant discourir avec tant de confiance, je pris tout à coup un fort grand intérêt à cette conversation commencée uniquement dans le but d'arrêter sa faconde sur un sujet qui me blessait. Sous l'enveloppe rustique du vieillard, il y avait une telle netteté de pensées, une si grande justesse de vues, qu'il m'était impossible de prendre ses affirmations pour les illusions d'un chercheur de trésor. L'habitude des mines donne aux ouvriers, sur les entrailles de la terre, une série de notions pratiques qui annulent à jamais en eux les fabuleuses traditions des veillées. La solitude et la nuit rendent les mineurs réfléchis, le danger constant les fait circonspects. D'ailleurs, depuis mon arrivée à Ezirol, j'avais pu me convaincre que, placée dans les meilleures conditions, la mine n'avait encore exploité que des filons très-pauvres, quand tous les indices géologiques attestaient le voisinage de couches dont la découverte eût été un Pactole ; mais mes sondages et mes excursions dans la montagne n'avaient abouti à aucun résultat. On comprend donc de quel prix étaient pour moi des renseignements si précis.

Le père Bernajou, trop malin pour ne pas sentir que je mordais à l'appât, ne me laissa point le temps de raisonner un doute, il continua :

— Tenez, monsieur, nous avons encore deux heures de jour, venez avec moi, et ce que vous verrez vous fera oublier votre fatigue !

— Où voulez-vous aller ?

— A l'endroit où sont cachés mes échantillons, et je vous montrerai en même temps le plan du ravin.

Je suivis mon homme à travers un chemin hérissé à rebuter des chèvres sauvages. Au bout d'une demi-heure de marche, il s'arrêta près d'un trou creusé dans la roche; il s'y engagea, m'invitant à le suivre, et m'introduisit dans une espèce de caverne qui, après avoir sans doute servi de demeure à dix générations de Troglodytes païens, avait dû certainement abriter quelque ermite, car on voyait le symbole chrétien patiemment sculpté dans le granit.

— Voilà ma maison de campagne des dimanches! dit gaiement le père Bernajou. A votre service, monsieur!... Ça n'est pas trop meublé. Mais vous y trouverez les deux seules choses positives de la vie : une croix pour prier, un lit de feuilles sèches pour dormir. Reposez-vous pendant que je monte à mon grenier; c'est là que je mets mon vin. J'en ai encore une bouteille du temps de ma richesse!

Le langage de cet homme me surprenait à chaque instant. A travers la naïveté de l'expression se montraient tout à coup, par éclairs, des idées lumineuses qu'on n'eût pas espérées de ce paysan inculte. Je ne savais ce qui m'étonnait le plus de sa profondeur ou de sa simplicité. Il revint au bout d'un instant, et lorsque j'eus séché sa coupe d'hospitalité, il retira d'une cachette un grand papier usé, sali, qu'il déplia devant moi.

— Ceci est le plan! dit-il avec un peu d'orgueil; il

vous prouvera la possibilité d'une galerie, et le rapport
de sa position avec la mine.

Je ne pus cacher mon étonnement à la vue de ce chef-
d'œuvre enfantin où les moindres accidents de terrain
étaient signalés avec une précision qu'eût enviée le plus
froid des ingénieurs; je me pris de pitié, ou plutôt de
respect, pour cet homme que la misère avait attelé comme
une bête de somme aux plus rudes labeurs, quand la nature l'avait doué de ces facultés supérieures. Je m'émus
devant ce miracle de patience où les grossièretés de
l'ignorance se mêlaient aux intuitions du génie. Ce malheureux, qui des mathématiques ne connaissait pas même
le nom, avait inventé un système de trigonométrie que lui
seul pouvait comprendre. Je reconnaissais divers points du
ravin que j'avais explorés et calculés du regard, et l'exacti-
tude du détail me répondait de la réalité de l'ensemble.

Bernajou m'apporta ensuite des échantillons d'un minerai très-riche; lorsqu'il me crut bien édifié, il reprit
naïvement :

— Maintenant, monsieur, vous concevez que, si je
vous ai montré tout ça, c'est parce que je suis sûr que
vous ne pourriez jamais découvrir le gîte d'où j'ai tiré
ce fer; et, en même temps, il faut convenir que je ne
peux vous prouver la vérité de la chose qu'avec un beau
« Venez-y voir. » Vous allez peut-être me rire au nez
comme l'ancien ingénieur, mais au moins vous ne m'ap-
pellerez pas vieux carottier, car je ne vous demande rien
de rien pour risquer ma vieille peau avec vous ou avec
l'homme de confiance que vous enverrez à votre place.

Sur ma foi de Bernajou, le filôn existe, en voilà des
morceaux! — Dame! ajouta-t-il avec un sourire si humble
et si découragé que j'en fus ému, le difficile, c'est de
trouver qui me croie!

— Touchez là, père Bernajou, répondis-je en lui tendant la main, vous avez trouvé!

Je pensai que le pauvre homme allait tomber à la renverse. Il m'interrogeait du regard, et doutant encore si
je ne plaisantais pas, il hésitait à prendre ma main. Enfin il s'écria :

— Ma foi, si vous vous moquez, tant pis! Vous avez
l'air si franc que je n'ose pas me méfier!

Et après avoir essuyé sa main le long de sa cuisse, il
topa bravement comme pour marché conclu.

Quand nous rentrâmes à Ezirol, le vieux mineur ne se
possédait plus de joie; nous avions discuté son grand
projet tout le long de la route et je ne lui avais pas caché
l'admiration que me causaient ses étonnantes facultés. Il
en était tout surpris.

— Ah bien! c'est bon, disait-il en riant, je ne me serais jamais douté que j'étais si savant; je n'oserai plus
me traiter de bête !

— A propos, m'autorisez-vous à parler de votre découverte à M. de Kérandrey? Nous ne pouvons guère
rien faire sans lui.

— Ça me paraît indispensable; pourtant cela me chif-
fonne, et, si vous m'en croyez, nous retarderons la confidence. Pour risquer notre descente, il nous faut attendre
que les chaleurs aient desséché les mousses, et ce ne sera

pas avant un mois ; vous aurez le temps de lui en parler.

— Croyez-vous donc qu'il soit si injuste... ?

— Oh ! il n'est pas mauvais de lui-même ; c'était un très-bon maître autrefois ; avant ses ennuis, il n'aurait pas fait de mal à un coquin. Mais, dame ! la méchanceté lui est venue comme aux jeunes taureaux, avec les cornes !... ça se comprend !

Cette façon d'excuser le marquis était cruelle, mais le père Bernajou babillait sans malice et ne croyait commettre aucune indiscrétion. Relever ses paroles, c'était lui en noter l'importance.

Comme il allait me quitter, je me trouvai tout embarrassé : je voulais lui payer sa *conduite* et je n'osais, lorsque heureusement un enfant en haillons accourut tout joyeux et cria :

— Grand-père, viens vite à la maison, il y a une grosse miche que papa a rapportée !

— Ah ! ah ! nous allons nous régaler, mon gaillard ! répondit le vieux. Mais d'abord ôte ta casquette à ce monsieur : grâce à lui, dans quelque temps, nous aurons du gâteau.

L'enfant s'arrêta ahuri devant moi, j'en profitai pour lui glisser un louis dans la main, et je me sauvai. Une demi-heure après, comme j'étais à cent pas du château, je m'entendis appeler, et je vis arriver le père Bernajou qui, tout essoufflé, me dit :

— Vous en faites de belles ! vous avez cru donner un sou au petit... et ça se trouve être un beau napoléon d'or !

13

— Allons, mon bon Bernajou, pardonnez-moi, c'est un cadeau que j'ai voulu laisser à l'enfant, vous ne refuserez pas ce plaisir à votre futur associé?

— Ah bien, si c'est comme ça, répliqua-t-il en me regardant d'un air ému, vous pouvez dire que vous inventez de jolis plaisirs!... Suffit... les bonnes gens se comprennent à demi-mot, je vais reporter à la mère le sou de l'enfant. — Adieu, mon associé! ajouta-t-il, me jetant un regard malin dans lequel je vis rouler une larme.

Et il reprit en courant la direction du village.

VII

On comprend la révolution qu'opérèrent dans mes idées les rapports du père Bernajou; ses clabauderies naïves portaient sur des faits qui ne laissaient place à aucune équivoque; innocente ou coupable, la marquise avait été l'héroïne d'une de ces aventures où la réputation d'une femme se ternit toujours, quelque pure qu'elle en ressorte, quelque vengée qu'elle soit plus tard des soupçons du monde. Je tenais enfin le fil qui devait me guider dans cette ténébreuse intrigue où je me trouvais engagé. La noire mélancolie de mon père, son dégoût de la vie, son amer langage, tout m'était expliqué; et je fis malgré moi un retour sur les joies qu'il avait dédaignées.

— Eh quoi! me disais-je, voilà donc où conduit l'abandon de l'idéal?... Cet homme que son cœur guidait par un chemin sûr vers la félicité rêvée; cet homme, à qui le ciel avait donné un ange, qui n'avait qu'à écouter les élans de sa jeunesse, le voilà brisé, vaincu, humilié! Il se débat dans ses souvenirs cruels et dans sa jalousie; il a méprisé l'amour, et l'amour le tue! Par faiblesse, il a renié sa foi, ses enthousiasmes, et le voilà le jouet d'une femme coquette; il vit sans affections, sans enfants, sans famille; et, du naufrage de toutes ses espérances, il n'a même point sauvé son honneur de mari.

Bien que je n'eusse aucune sympathie pour la marquise, jusque-là, je l'avoue, j'avais accusé mon père du chagrin qui pesait sur tous les siens. Son caractère aigri, ses façons brutales, justifiaient trop les lamentations confidentielles de madame de Kérandrey. Mais, en apprenant la vérité, je me pris de dégoût pour cette hypocrite sentimentale dont la fausse vertu m'avait presque apitoyé : je l'avais crue victime, et ses élégies plaintives m'avaient presque désarmé. Edifié désormais sur sa fragilité, je me jurai de confondre dans une même inimitié tous les complices de l'infortune de ma mère. Et puis, je ne sais quel instinct me disait que ces êtres sans cœur me briseraient dans le misérable conflit de leurs haines! Ils me faisaient peur! et je résolus, pour le peu de jours que je devais encore rester au château, de me renfermer dans le plus complet isolement.

Prétextant des travaux importants, je me retirais chez
moi aussitôt après le dîner. Cette solitude m'était chère:
je travaillais à mon livre, ou bien j'écrivais à Mary de
longues lettres que je lui remettais moi-même le lendemain, car la présence de Mabel imposait forcément une
grande réserve à notre amour, et nous nous écrivions
tout ce que nous ne pouvions... ou plutôt tout ce que
nous n'osions nous dire.

Je dois avouer que ma détermination fut peu remar-
quée de ces damés. Ce M. de Meillan, qui devait bientôt
jouer un grand rôle dans ma destinée, combla le vide
que je laissais au salon.

Désormais étranger aux tristesses de mes hôtes, plein
d'espoir sur l'avenir de mes travaux, je m'étourdissais
dans cette vie d'amour dont la poésie aventureuse em-
baume encore mon souvenir. — Ces rencontres secrètes
au fond des bois, ces courses vagabondes à travers la
montagne, ces haltes sous les grands ombrages, au bord
d'une source vive où Mary me fit boire un jour dans le
creux de ses mains... Toutes ces joies empruntaient au
mystère un parfum romanesque qui nous enivrait, et
j'aurais presque béni les obstacles qui nous jetaient dans
cette belle existence si pleine de doux hasards. — N'é-
tait-ce point le bonheur rêvé, que cette intimité cachée
avec les deux adorables jeunes filles dont l'une était ma
sœur et l'autre ma fiancée? Nous n'avions qu'une pensée à nous trois, et nous étions si bien unis par le cœur
que nous ne pensions même pas qu'on pût nous séparer.
La folâtre Mabel, qui ne doutait de rien, se fût même

indignée si nous eussions risqué quelques points d'interrogation sur la réussite de nos projets; par mille raisons originales qu'elle donnait elle-même comme très-sérieuses, elle déclarait positivement qu'il était désormais impossible de rompre notre mariage; c'était pour elle un fait accompli; et afin de nous y faire croire à nous-mêmes, par une malice pleine de grâce, elle avait pris l'habitude, lorsqu'elle parlait à Mary, de l'appeler Raymon, ce qui amenait à chaque instant des confusions plaisantes qui nous ravissaient, et qui la faisaient rire aux larmes.

Nous vivions depuis deux mois dans ce délicieux courant d'idylle, lorsqu'un jour je fus tout surpris de ne point voir arriver mes belles amies au rendez-vous convenu. Je crus d'abord à un retard, et j'attendis patiemment. Pourtant, lorsqu'au bout d'une demi-heure, ayant gravi une roche d'où je découvrais le chemin jusqu'à Saint-André, je trouvai tout le chemin vide, je commençai à me troubler. Ce retard me semblait extraordinaire. Je savais qu'une circonstance grave pouvait seule retenir Mary, et mon esprit s'emplit, de folles terreurs. — Qui ne connaît les angoisses de l'attente?... Mary était mourante puisqu'elle ne venait pas; ou bien sir George avait tout découvert!... L'œil fixé sur les tourelles du château, j'y cherchais un signal qui m'avertît... Une heure entière, je passai par des tourments indicibles; je croyais déjà ne plus les revoir, et, succombant à la peur, j'allais me décider à tout braver pour apprendre mon sort, quand, par bonheur, sous le soleil, au tournant du

sentier, se détachèrent deux robes blanches, et je reconnus mes chères amies qui accouraient vers moi.

Elles arrivèrent oppressées par la course à ne pouvoir parler. Pourtant Mary, devinant mon inquiétude,
me prit les mains et me dit :

— Pauvre ami !

Elle était là, j'avais tout oublié ! Quant à Mabel, elle
ne répétait qu'un mot :

— Vilain préfet !... Nous a-t-il fait courir !...

Tout cela était fort obscur. Enfin, la petite sœur, se
trouvant assez de souffle, me dit sans plus de transition
oratoire :

— Il s'agit maintenant de savoir si nous irons à son
bal ! Qu'en pensez-vous ?

— Quel bal ? lui demandai-je.

— Eh bien, le bal du préfet ! C'est à la seule fin d'y
inviter vos servantes qu'il vient de nous honorer, avec
madame la préfette, d'une visite qui nous a retenues au
moment de partir. J'avais beau faire des signes à papa
pour le prier de nous congédier, il n'a jamais voulu me
comprendre. — A partir de ce soir, ajouta-t-elle, je vais
lui apprendre notre télégraphie : il n'aura plus d'excuse
et je pourrai le gronder à mon aise devant les gens, ce
qui me divertira beaucoup... Mais pour en revenir à ce
bal où Mary dit qu'elle n'ira pas...

— Mon Dieu, que tu es bavarde ! dit Mary en l'interrompant.

— Mademoiselle, répliqua Mabel piquée, si je suis
bavarde, c'est que je viens de faire des économies pen-

dant tout le temps que vous avez causé avec la préfette sans me laisser placer un mot !

— Acceptez-vous enfin l'invitation? hasardai-je à mon tour.

— C'est précisément ce que Mary ne voudrait pas que je vous dise, reprit Mabel. Imaginez-vous qu'elle prépare une migraine pour ce jour-là ; elle prétend que vous seriez malheureux à l'idée qu'elle danse sans vous et que...

— Méchante ! interrompit Mary. Pourquoi lui répéter cela? Tu vas l'attrister. Tiens, vois, ses yeux sont pleins de larmes.

Mabel s'arrêta ébahie; en vérité, j'avais des larmes plein les yeux, mais c'étaient des larmes de joie ; mon cœur se fondait dans un attendrissement ineffable à ce touchant débat qui prouvait tant d'amour.

— Oh ! Mary, chère fiancée ! m'écriai-je avec effusion, comment vous adorerais-je jamais assez pour payer tant de grâces? Vous avez des délicatesses qui me confondent. Quoi, de peur de me causer un ennui, vous vous refusiez un plaisir...

— Le beau sacrifice ! dit-elle avec un sourire de dédain.

— Mais vous aimez le bal, je le sais.

— C'est un peu vrai que je l'aimais...

— Elle l'aime encore ! riposta Mabel avec véhémence, ne la croyez pas.

— Mais puisqu'il est jaloux ! reprit Mary avec une douce candeur.

— Oh ! ma jalousie est morte, et désormais elle serait une offense !

— Un crime !... ajouta énergiquément Mabel. Et puis, le titre de sœur aînée implique des devoirs ; on doit protéger sa cadette et ne point la forcer à demeurer au logis comme une Cendrillon... Il faut vous dire, Raymon, que j'ai un amour de robe qui me va si bien !... Tous les jours je grille de la mettre, pour me promener dans le jardin.

Mary ne pouvait résister à de si puissantes raisons... elle déclara, à la vive satisfaction de Mabel, qu'elle n'aurait pas la migraine le soir où le préfet donnerait son bal.

VIII

J'appris bientôt que tous les Kérandrey étaient aussi conviés à la fête. Il était même arrivé une invitation pour moi. Mais il n'eût pas été prudent de révéler à sir George ma présence dans le pays, je dus m'abstenir.

En attendant, sans en deviner la raison, j'étais inquiet, je sentais que ce bal troublerait ma vie, et lorsqu'au jour dit je vis partir en gala tout le monde du château, il me sembla qu'un grand événement allait s'accomplir. Je me disais en vain que mes anxiétés prenaient leur source dans un stupide sentiment de jalousie involontaire à la pensée que Mary allait être l'objet des fadeurs de tous les galantins d'alentour ; mais ma confiance protestait, et je ne sais quelle voix me criait que le péril n'était pas là. Enfin, ma terreur arriva à une telle intensité que, ne pouvant plus tenir chez moi, je sortis pour secouer mes sombres présages.

Il faisait une de ces chaudes nuits de juillet où la nature semble comme engourdie des baisers ardents du soleil. De grands nuages roulaient lourdement, et par instants des éclairs silencieux dévoilaient le ciel étoilé. J'errai pendant une heure dans la campagne, puis enfin, me trouvant sur la route d'Alais, je pris ma course et m'en allai rôder autour de l'hôtel de la préfecture. J'y restai longtemps à regarder les fenêtres illuminées ; je voyais glisser des groupes de danseurs, et j'entendais les rhythmes de l'orchestre qui jetait ses gais éclats comme une raillerie à ma douleur.

Pour tout être souffrant, rien n'est triste comme le spectacle de la joie ; pourtant je ne pouvais me détacher de cette place. Confondu avec les cochers, je me haussais cherchant à entrevoir ma bien-aimée. Mais bientôt, de peur d'être reconnu par les gens de M. de Kérandrey, je me retirai à l'écart, navré, et je m'abandonnai au plus amer découragement. Je me mis à penser à la folie de ce rêve auquel j'avais livré ma vie ; la vérité m'apparut dans ce qu'elle avait de cruel. — J'aimais d'un incommensurable amour, j'étais aimé ; Mary était là à quelques pas de moi, et j'étais forcé de me cacher comme un misérable suborneur ! Je n'osais l'approcher devant son

13.

père, et je me dissimulais parmi les laquais pour ne pas être surpris dans ma muette adoration !

Puis, songeant aux incertitudes de l'avenir, je me sentis pris de remords. J'avais troublé le cœur de cet ange au risque de briser toute son existence, et je savais trop pourtant qu'il m'était interdit de prétendre à sa main. — Tout nous séparait ! La volonté de sir George pouvait-elle se payer de mes aspirations romanesques ? — Quoi ! je tramais un plan dans l'ombre pour m'allier à l'une des plus nobles et des plus riches familles de l'Angleterre ! J'avais conçu ce projet insensé, moi, et je n'avais pas même de nom !... Je m'assis sur une borne et je pleurai.

Quelques équipages joyeux, qui déjà reprenaient le chemin des châteaux, m'obligèrent à quitter ce lieu d'angoisses, je revins accablé vers Ezirol. Exténué d'émotions bien plus que de fatigue, j'essayai de me reposer quelques heures, mais l'insomnie prolongea mon chagrin.

Je ne devais pas voir Mary pendant cette matinée, et, impatient d'apprendre des nouvelles de la nuit, j'attendis anxieusement l'heure du déjeuner ; je prévoyais bien que la conversation n'aurait point d'autre thème que les incidents du bal. En effet, aux premiers mots, je fus édifié sur les dangers que j'avais pressentis : il n'était question que des demoiselles Barnet, de leur grâce, de leur élégance, de leurs toilettes. Ce langage si bienveillant me surprit d'abord, mais j'en appris bientôt la raison. Par les soins du préfet, sir George et le marquis avaient été présentés l'un à l'autre, ils avaient causé ensemble une partie de la nuit, ce qui avait forcément rapproché

la marquise et mes jeunes amies. Je fus consterné en
apprenant que ces dames projetaient une visite à Saint-
André pour le lendemain. Je me sentis pâlir à ce mot.
Qu'allais-je devenir? Une fois les relations engagées, je
serais bientôt découvert! Sir George, si confiant qu'il
fût, avait trop de finesse pour ne point comprendre le
rôle que nous avions joué jusqu'alors; il me paraissait
impossible qu'il n'interrogeât pas Mary, et alors nous
étions perdus!

Le déjeuner fini, je m'enfuis pour ruminer ma tristesse et réfléchir au moyen de parer au coup qui nous
menaçait. Me voir séparer de Mary, vivre loin d'elle, c'était
plus que je ne pouvais supporter! Je songeai à l'instant à
quitter Ezirol pour échapper aux regards du baronnet qui,
cette fois, je n'en doutais pas, userait des rigueurs que
lui commandait la prudence paternelle. Il me serait facile de me cacher dans un village des environs. Je ne me
demandais pas ce que deviendrait mon avenir... Mon
avenir!... hélas! il n'était plus question que de l'heure
présente. Dans mes mélancoliques réflexions de la nuit,
j'avais fait un retour sur ma situation; j'avais reconnu
mon impuissance et la vanité de mes rêves. — Mais quitter Mary, c'était mourir! — Je me sentais frappé au
cœur; il ne s'agissait plus pour moi que de prolonger
mes derniers jours d'ivresse. — Que dirais-je?... J'étais
encore à cet âge où l'on croit... Je subis le martyre de
l'âme. J'aimais tant!

Pour effectuer mes projets de retraite, il me fallait
liquider d'abord ma position d'ingénieur. Mon rendez-

vous avec Mary n'était que pour quatre heures; je me
rendis à la mine, où quelques opérations, commencées
par mes ordres, réclamaient ma présence. Pendant les
heures du travail, des pensées plus fortes et plus généreuses me ravivèrent. — Avais-je le droit de déserter
cette œuvre laborieuse où le succès récompensait déjà
mes efforts? Les résultats obtenus depuis trois mois dé-
passaient toutes les espérances; un an de plus, c'était la
fortune peut-être de tout un pays que je faisais sortir
de terre! N'y aurait-il point là de quoi toucher sir
George?... Je ne savais plus que résoudre et je me dé-
battais encore dans mes perplexités quand, dans l'obscurité de la galerie où j'étais avec mes ouvriers, je vis
venir vers moi un groupe de quelques personnes, que
précédaient des porte-falots; reconnaissant M. de Kérandrey, je pensai qu'il faisait tout simplement son inspection quotidienne, lorsque, tout à coup, une voix qui me
fit tressaillir me cria ces mots :

— Bravo, mon cher Raymon, bravo!

Je faillis tomber à la renverse. C'était sir George qui
parlait ainsi! — Je demeurai muet, frappé de stupeur, et
comme surpris dans l'accomplissement d'un crime.

— *By Jove !* mon jeune ami, voici ce que j'appelle des
fonctions viriles!... vous êtes superbe ainsi!... Je savais
bien que vous étiez un homme !

Un peu réconforté par ce ton bienveillant, je pris la
main qu'il me tendait; et pour m'assurer du premier
coup une position avantageuse, je lui dis :

— Vous le voyez, monsieur, j'ai suivi votre conseil,

— Il fait bon vous en donner, mon cher, et j'ai été charmé en apprenant que vous étiez ici !... Vous ne vous attendiez guère à cette visite, hein ?... C'est une surprise arrangée cette nuit entre M. le marquis et moi. Nous avons beaucoup causé de vous, je vous fais mon compliment de tout ce qu'il m'a dit. — Oui, je le répète, vous êtes un homme et, par ma foi, je vous estime !

En parlant ainsi, il me secouait la main, selon cette mode anglaise si cordiale et si mâle à la fois dans son expression.

Sir George paraissait sincère dans ses félicitations : je ne savais plus que penser ; jamais ses façons n'avaient été plus affectueuses avec moi. Dès que nous fûmes au grand jour, il prit mon bras d'un air joyeux pour visiter l'usine ; il était enthousiasmé de mes travaux, et cette rencontre tant redoutée par moi semblait, au contraire, si bien resserrer les liens de notre amitié, que je ne pus me défendre d'espérer ; mais mon illusion avait à peine ouvert ses ailes que mon original les lui coupait.

Il m'était impossible de ne point demander des nouvelles des jeunes misses, une trop grande réserve eût éveillé la méfiance du baronnet. M'armant donc de mon grand courage, j'abordai ce sujet délicat. Ma question ne lui causa aucun étonnement, il y répondit avec une liberté d'esprit qui témoignait de l'absence de tout soupçon sur nos relations cachées, et je m'en réjouissais déjà lorsqu'il ajouta :

— Eh bien, mon jeune ami, avouez que j'ai eu grande raison de vous débarrasser de ces billevesées d'amour

qui vous détournaient d'un si noble emploi de votre
jeunesse! Vrai, vous m'aviez donné quelques craintes...
Mais, *by Jove*, vous êtes un homme! Ce n'était qu'une
faiblesse, un de ces affadissements de cœur qui se gagnent sous ce diable de ciel d'Italie, où la peste de la
volupté voltige dans l'air avec les rayons de soleil et le
parfum des fleurs... Moi, qui vous parle, j'ai failli y devenir poëte un jour... Mais l'Angleterre m'a guéri.

Et mon humoriste entama une longue digression sur
la supériorité des climats septentrionaux, où l'homme,
n'étant plus choyé par la nature, se voit forcé de chercher le bonheur dans sa force intime et dans l'accord
parfait de l'humanité.

Ce langage attestait, une fois de plus, la vanité de mes
espérances. A coup sûr, sir George avait jugé ma présomption insensée, il était convaincu qu'un seul mot
de lui avait dû me rappeler à la raison. D'ailleurs,
plus d'une année s'était écoulée depuis notre explication
à la villa Moroni, temps qu'il devait croire largement
suffisant pour dissiper ce qu'il appelait mes billevesées
d'amour. Je lui semblais si loin de sa fille par mon
humble condition, qu'il ne daignait même pas prendre
ombrage du hasard qui me conduisait encore sur ses
pas; mais après mes alarmes je m'estimai trop heureux
de ce pacifique accueil, et j'oubliai l'avenir pour ne songer qu'au présent.

— A propos, dit-il en me quittant, j'attends nos amis
Devillars; vous viendrez nous voir, je l'espère... Je vous
écrirai.

IX

Huit jours après, Mabel et Mary dînaient au château d'Ezirol, à la grande joie de mademoiselle Diane et de la marquise, qui les avaient prises en amitié. Madame de Lincourt elle-même, désarmée par la grâce des jeunes misses, déployait pour elles ses tendresses les plus maniérées.

La soirée fut charmante. Sir George ne laissait jamais passer un homme devant lui sans en faire une étude de caractère, il avait accaparé le marquis, et il l'approfondissait, l'analysait avec le flegme d'un naturaliste qui dissèque un coléoptère avant de le classer dans sa collection. L'élément jeune de la société, madame de Kérandrey en tête, s'égayait dans le parc en liberté, et les échos de cette monotone demeure s'étonnaient de redire les éclats d'une telle joie. Nous étions convenus, Mary, Mabel et moi, d'observer entre nous la plus stricte réserve, et nous restions, tant bien que mal, fidèles à notre pacte. Cependant il perçait sous notre langage je ne sais quelle nuance de délicate confiance et de familiarité qui ne fut pas un médiocre sujet de surprise pour ces dames. C'était décidément, pensaient-elles sans doute, un étonnant ingénieur que ce jeune homme traité presque en frère par des filles d'un tel rang.

M. Charles Rigaut ne pouvait manquer une si belle occasion d'exercer ses allures de Lovelace. Emerveillé de la beauté de Mary, il se lança triomphalement dans les prouesses les plus galantes, elles ne s'arrêtèrent point un instant; sur la terre ou sur l'onde, il les multipliait : il dévastait les jardins et faisait voler la barque avec des coups de rame à tout chavirer. Je crus un instant qu'il voulait nous noyer tous afin de prouver sa flamme en sauvant les jours de miss Barnet. Heureusement, l'heure du départ arriva qui interrompit le cours de ses travaux.

Hélas! tout semblait encore me sourire ; je jouissais de ma félicité au jour le jour, et, quand un éclair de raison luisait dans mon esprit, je me disais qu'il serait toujours temps de souffrir.

X

D'un autre côté, mes affaires prenaient une allure tout à fait heureuse. Le père Bernajou, devenu mon ami, plus encore par suite de l'estime que je lui avais donnée de lui-même et de ses hautes facultés, que parce que je l'avais sauvé de la misère, m'avertit un jour, s'en fiant tout simplement à ma parole, qu'il était temps de tenter l'exploration du *Trou Cavalier*. L'entreprise était ardue, je le savais, mais, comme le vieux mineur, je m'étais passionné pour ce projet : toutes les données géologiques attestaient l'importance de la découverte. Je me voyais déjà le héros, le bienfaiteur d'un pays dont j'assurais la richesse... Quels titres de gloire aux yeux de l'humanitaire sir George! Pourrait-il encore me rejeter, alors que je lui dirais :

— Pour mériter Mary, j'ai dévoué ma vie à vos idées; voici mes œuvres!...

Un matin donc, munis de cordes et d'outils, nous partîmes d'Ezirol, le père Bernajou et moi.

Il m'est resté de cette journée de vertige des rêves effrayants que l'oubli ne saurait effacer : souvent, la nuit, je revois le précipice... Collés aux flancs des rochers, nous rampons, les doigts crispés dans des crevasses qui s'ébranlent ou qui se brisent sous nos pieds. Nos ongles sont en sang, mais nous avançons... A un moment, nous tournoyons tous deux sur l'abîme béant; un des arbres, autour desquels est enroulée la corde, craque et se rompt sous notre poids, l'autre plie : un cri d'angoisse se fait entendre, puis, tout à coup, l'arbre se relève... Mon vieux compagnon, suspendu au-dessous de moi, s'est précipité... l'horreur me saisit, je ferme les yeux en prononçant le nom de Mary...

J'ignore comment je touchai le fond du gouffre, mais je m'y trouvai couché, la tête sur les genoux de Berna-

jou, qui, pour me ranimer, me faisait boire de l'eau-de-
vie à sa gourde.

— Ah bien, nous l'avons échappé belle! me dit-il
comme je rouvrais les yeux, et vous pouvez vous vanter
d'avoir une fière tête pour un Parisien.

A mon air effaré, il comprit ma stupéfaction : je le
revoyais vivant!

— Bon! les vieux chats retombent toujours sur leurs
pattes, ajouta-t-il gaiement. Il fallait soulager la corde...
un petit saut de dix pieds pour arriver au plateau que
voici au-dessus de nous; une fois là, nous étions arrivés.
Et, ma foi, vous vous êtes gaillardement tiré du reste
sans mon aide!

— J'avoue, balbutiai-je, que je ne sais pas comment
j'ai dégringolé jusqu'ici.

— L'instinct, mon associé, l'instinct! la grâce du bon
Dieu, je connais ça. Vos mains sont un peu brûlées,
mais elles ont travaillé jusqu'en bas. Vous n'avez faibli
que là, comme un brave après la victoire. A cette heure,
nous sommes sauvés, le plus fort est fait, car le retour
sera moins dangereux.

Quelques instants plus tard, tout était oublié. Bernajou
avait découvert un pactole. Des filons en affleurement,
déjà mis à nu par lui et fouillés à plusieurs mètres en
certains endroits, étaient d'une abondance peu commune;
tout attestait la profondeur des gisements et leur exten-
sion souterraine. La proximité de nos galeries nous faci-
litait l'exploitation de ce vaste noyau où nous allions
presque tailler en plein fer.

Dans ce travail ténébreux des mines, où le hasard préside, où la moindre erreur dans la projection des tranchées vous ruine, où souvent de minces couches de terre vous séparent d'un gîte ignoré, c'était m'ouvrir un trésor que de me signaler ce rayonnement fertile que je n'avais plus qu'à dégager.

Bernajou, le front illuminé d'enthousiasme, semblait avoir oublié le trésor si longtemps rêvé, pour s'abandonner à son orgueil naïf. C'était son jour de gloire, à ce pauvre génie méconnu pendant quarante années ; il marchait éveillé dans sa vision, il triomphait enfin !

— Je l'avais dit !... je l'avais dit !... s'écriait-il transporté. — Hein ! mon associé ! Examinez-moi un peu ce minerai plein de rognons ; c'est autre chose que les satanées pyrites que vous piochez là-dessous ! — Ha ! ha ! le père Bernajou n'est donc pas si bête ! — La bête, c'est l'ancien ingénieur qui a tremblé pour sa peau ! — C'est à nous deux tout ça, à nous deux !

Et, dans le délire de sa joie, il me sauta au cou pour me remercier de l'avoir cru.

— Vous êtes venu, vous ! Vous êtes venu ! s'exclamait-il.

Et tenant mes deux mains dans les siennes, il me contemplait les yeux baignés de larmes.

— Ah bien ! qu'on ne touche jamais à un cheveu de votre tête !... je ne dis que ça, ou gare le fusil !

Je passai toute la journée à relever mes plans, tâche que me rendait facile le travail étonnant déjà réussi par le vieux mineur.

Le retour, quoique plus aisé que la descente, était loin
d'être exempt de périls ; mais nous étions soulevés par
l'espoir ; plus d'une fois encore j'invoquai la Providence... Enfin nous touchâmes le rebord du sentier.

Épuisés de fatigue, d'émotions, nous revînmes à Ezirol les vêtements en lambeaux, les mains et les genoux
en sang ; mais l'esprit encore enfiévré par notre action
héroïque, nous ne sentions plus la douleur.

Sans prendre un instant de repos, je courus au château pour annoncer ma grande nouvelle à M. de Kérandrey. Je lui apportais une fortune ; pourtant il fallait agir
avec prudence et ne point heurter de front sa haine vivace contre les Bernajou.

Je lui confiai donc ma trouvaille en multipliant les ré-
ticences ; je lui montrai les échantillons rapportés, mais
je me déclarai en même temps enchaîné par ma parole à
ne point dévoiler le lieu du gisement, avant qu'un traité
en forme assurât à celui qui m'y avait conduit une part
dans les bénéfices, au cas où l'affaire aurait le succès
espéré.

Le marquis avait trop de confiance en moi pour douter, alors que je lui affirmais l'importance de cette veine
inouïe.

— Mais c'est un coup du sort ! s'écria-t-il ravi. — Et
vous êtes sûr qu'avec un mois de travaux ?...

— Peut-être en moins de temps nous joindrons ce
filon. Je vous en donnerai la preuve par le plan que
je suis autorisé à vous montrer dès que vous aurez con-
senti les bases du contrat.

— Parbleu! nous ne risquons rien à accepter un tel traité, puisqu'il n'est exécutoire qu'en cas de succès!...

— Le succès est certain !

— Eh bien, Raymon, je vous donne pleins pouvoirs; rédigez l'acte, je le signerai.

J'avais exploité les conditions de mystère qui m'étaient naturellement imposées, en ce qui touchait le lieu, avec trop d'habileté pour que mes restrictions sur la personne ne s'expliquassent point d'elles-mêmes.

Néanmoins, lorsque, le lendemain, je vins avec le traité et que M. de Kérandrey y lut le nom de Bernajou, il ne put se défendre d'un mouvement de colère.

— Quoi! c'est ce coquin? s'écria-t-il.

— Un coquin?. . Ce pauvre vieux qui m'a semblé si naïf...

— Ah! c'est le père? répliqua le marquis... Ma foi, je ne sais s'il vaut beaucoup mieux que son fils!... Mais comment avez-vous donc connu cet homme? ajouta-t-il après un instant, et fixant sur moi un regard inquisitorial.

— Je l'ai rencontré dans une de mes excursions. Du reste, repris-je, qu'il soit un bon ou un mauvais ouvrier, cela nous importe peu; il ne s'agit pas de l'employer. Quand il serait le diable... le *placer* qu'il nous vend ne perd rien de son prix!...

J'eus peur un instant d'un combat dans l'esprit du marquis; mais mon plan lui avait démontré l'excellence du projet et les facilités d'exécution. Il s'était, d'ailleurs, trop avancé pour reculer; il signa.

— Tenez, me dit-il, je dégage votre parole, puisque vous l'avez donnée. Mais que ces gens-là ne se présentent jamais devant moi!

En moins de quinze jours, j'atteignis le bienheureux gisement, qu'un puits vertical abandonné dès longtemps touchait de si près, que j'y gagnais les trois quarts du chemin.

La chance me suivait décidément et je marchais à grands pas vers mon Saint-Graal. La prospérité d'Ézirol était désormais assurée, il nous fallut presque doubler le nombre des ouvriers.

Mon coup d'éclat me valut, du conseil d'administration, des félicitations sans nombre (qui, certes, eussent été plus justement payées au pauvre vieux Bernajou). Mais ce qui me toucha bien davantage, ce fut un dîner que sir George, sérieusement attaché aux intérêts du pays, donna en mon honneur.

XI

Mais, tandis que je me livrais à l'espérance, autour de moi, dans le château de mon père, s'agitaient des passions terribles, auxquelles je me trouvai bientôt mêlé malgré moi.

Je crus m'apercevoir que madame de Kérandrey cherchait à reprendre avec moi un entretien confidentiel.

Un matin, je me rendais de très-bonne heure à Ezirol et je traversais le parc pour gagner le court chemin, lorsque, au détour d'une allée, je me trouvai face à face avec la marquise.

— Je vous ai aperçu de loin, me dit-elle, et je vous attends pour vous prier d'être mon chevalier. C'est le jour où je me déguise en Providence, je vais faire ma tournée au village. Et d'abord, prenez ce paquet qui me gêne.

Quelle que fût mon envie de discrétion, je ne pouvais me hérisser jusqu'à l'impolitesse, et je dus me soumettre en formulant les compliments de rigueur. Après avoir échangé quelques mots sur la splendeur de l'horizon, la conversation tomba. La marquise se mit à marcher en silence, me suivant dans le sentier étroit de la montagne ; à chaque instant pourtant elle appelait mon aide, car la route était âpre. Arrivée à mi-chemin, elle se déclara si lasse, qu'elle réclama une halte. Nous étions alors sur une petite plate-forme d'où le regard embrassait toute la pittoresque vallée où court le Galeizon. A nos pieds, le château perdu dans les arbres.

La marquise s'assit sur une roche couverte de mousse et se prit à rêver en contemplant la perspective. Je ne pus me défendre d'un sentiment d'admiration pour sa merveilleuse beauté. Dans la chaleur de la course, les pâleurs de son teint s'étaient colorées de teintes rosées ; ses yeux brillaient de cet éclat sombre que jettent dans l'ombre les prunelles brunes ; ses lèvres empourprées semblaient respirer la vie ; la froide statue s'était ani-

mée; elle était radieuse. Devinant l'impression qu'elle
causait, la coquette nuança sa pose avec complaisance;
puis elle me dit en riant :

— Une confidence, monsieur Desgranges. Votre misan-
thropie va-t-elle jusqu'au mépris des magnificences de
ce paysage?

— Non, madame, j'admire; mais ma sensibilité s'est
peut-être un peu plus émoussée que la vôtre parce que
je vois chaque matin ces magnificences.

— Oh! je ne crois pas un mot de votre sensibilité!
Vous êtes de ces orgueilleux mortels qui vivent trop retirés dans leurs dédains pour que nos pauvres admira-
tions les puissent atteindre.

— Je suis d'un âge, madame, où l'on n'a pas encore le
droit d'être misanthrope, et vous me faites tort si vous
me croyez orgueilleux. Je suis tout au plus réservé.

— Je comprends la réserve : c'est une délicatesse!
Mais n'est-ce point du dédain que de repousser les amitiés qui vous cherchent?

— A coup sûr, madame, c'est quelquefois du dédain,
répondis-je un peu embarrassé, car je me sentais vaguement sur le seuil d'une explication; mais c'est aussi souvent de la discrétion ou de la modestie...

— A moins que ce ne soit de l'antipathie! reprit-elle.

— En philosophie générale, j'avoue qu'il faut admettre
aussi ce sentiment.

— Voyons, monsieur Desgranges, de qui parlons-
nous?... dit-elle en souriant.

— Mais du cœur humain, j'imagine, madame ! repar-
tis-je le plus naïvement que je pus.

La marquise fit un geste de dépit, hésita un instant,
puis enfin, me regardant dans les yeux, elle poursuivit :

— Vous feignez de ne point me comprendre, je le
vois. Mais puisqu'il faut vous parler clairement, quelque singulière que soit une telle insistance, je préciserai
ma question. — Je vous demande pourquoi vous décli-
nez obstinément des témoignages d'affection qui vous
sont très-cordialement offerts ? Si vous avez douté de ma
sincérité, je vous pardonne ; mais lorsque vous êtes destiné à vivre peut-être longtemps parmi nous, ce serait vous
montrer peu d'estime que de ne point chercher à vaincre
votre défiance. J'ai, comme vous, l'orgueil de croire
que mon amitié a quelque prix : vous l'avez mal accueil-
lie ; je veux savoir pour quelle raison. — Je pense que,
maintenant, vous répondrez sans subterfuge philosophique, ajouta-t-elle avec un accent de coquetterie superbe.

Le terrain devenait brûlant ; il m'était impossible d'é-
luder une question si nettement posée. Toute vérité eût
été offensante ; je me rejetai sur des excuses banales : la
préoccupation de mes travaux, ma timidité, une dispo-
sition naturelle à la tristesse ; j'invoquai même un peu
de nostalgie...

— Que de mal vous vous donnez pour voiler votre
pensée, répliqua la marquise avec un sourire moqueur.
... Votre tristesse, votre timidité !... que ne parlez-vous
aussi de votre humilité, vous, dont la fierté nous a

plus d'une fois blessés?... Oh! je suis femme, et ma finesse ne s'y trompe pas, reprit-elle en prévenant ma réponse : vous jouez un rôle, je le devine, et ces âpres façons jurent avec la délicatesse de vos instincts. Quant à votre mélancolie, vous me permettrez de n'y pas croire davantage!... Vous vous trahissez trop souvent; et quand, au milieu de nous, vous nous faites l'honneur de nous oublier pour vous renfermer dans vos rêves, ce n'est point de la mélancolie qui passe sur votre front... je la connais trop pour m'y méprendre!

Je ne savais plus que dire; j'étais percé à jour par cette perspicacité féminine.

— En vérité, madame, murmurai-je, je suis confus de l'opinion que ma bizarrerie vous a fait concevoir de moi!... j'ai l'humeur rêveuse, vous l'avez dit, c'est là mon grand défaut...

— Cela signifie que vous êtes lunatique! Mais je me suis mis en tête de vous confesser. Un si fort penchant à la solitude n'est pas naturel. Depuis quelque temps, vous vous étudiez à me fuir. D'où vous est venu cet accès de sauvagerie? Vous aurais-je blessé innocemment?

Il y avait tant d'affabilité et tant d'abandon dans ces reproches, qu'il m'était vraiment difficile d'y répondre par de l'indifférence. Je n'avais, en effet, reçu de la marquise que des marques de sympathie, et, ma réserve ne pouvant trouver d'excuse que dans un sentiment secret qu'il m'était impossible de révéler, je dus protester de mon mieux, au moins par politesse, contre une froideur qu'on eût pu qualifier à bon droit d'ingratitude. L'ac-

cueil affectueux fait à Mary m'avait déjà fort disposé à
la clémence, je me reprochais parfois une rigidité de
principes dont l'excès me jetait dans l'injustice. Rien
n'était venu justifier les alarmes qui m'avaient assailli à
mon entrée dans la maison de mon père; j'y vivais inconnu, et mes susceptibilités filiales s'exaspéraient contre
des persécutions imaginaires.

D'ailleurs, en dépit de mes inimitiés préconçues, je
dois l'avouer, j'étais intérieurement flatté des attentions
de cette charmante marquise. Je n'étais point un puritain; je m'adoucis et me montrai courtois. Et puis, il
faut le dire, la galanterie n'est point uniquement une
délicatesse d'éducation, c'est un plaisir des sens où la volupté mêle un peu de son charme; il y a dans la grâce
féminine une séduction contre laquelle s'émousse le stoï-
cisme le plus austère. La beauté n'a pas besoin de convaincre : elle fascine, et l'éloquence de deux beaux yeux
pénètre tous les cœurs.

Quelque embrouillées que fussent mes apologies, madame de Kérandrey eut la générosité de les accepter.
Cependant je ne sais quel ton persifleur m'avertissait
qu'elle réservait une arrière-pensée sur mes explications; on eût dit que, flairant un mystère dans mon
train de vie, elle voulait m'encourager à le déceler; elle
me plaisantait à mots couverts, sur ce qu'elle appelait
mes ténèbres, avec tant de persistance, que je crus un
instant qu'elle soupçonnait mes amours. Enfin, comme
elle se levait pour reprendre le chemin d'Ezirol :

— Maintenant que nous sommes redevenus amis,

avouez, me dit-elle, que je suis vraiment bonne; car, au lieu de vous punir de votre défaut d'amabilité en imitant votre froideur, je viens de vous faire très-positivement des avances. — Cependant ne vous y fiez pas, reprit-elle en me menaçant gracieusement du doigt; je suis fantasque aussi, et j'ai trop de fierté pour faire deux fois une telle démarche. — Allons, donnez-moi votre bras et gagnons le village!

Nous repartîmes gaiement... Elle se mit à me railler sur la difficulté de m'apprivoiser.

— Savez-vous, s'exclama-t-elle, que, si j'étais coquette, je pourrais me faire honneur d'un si beau trouble!... Évidemment, je vous fais peur; et ma foi! si grande que soit ma modestie, je ne saurais me croire effrayante... Allons, rassurez-vous, je suis arrivée et vous voilà sauvé du tête-à-tête, ajouta-t-elle en riant.

Et, me jetant un adieu, elle me laissa.

Après une si cordiale démonstration, ma réserve ou ma feinte timidité n'avait plus d'excuse, et je dois confesser que je pactisai d'autant plus volontiers là-dessus, que mon amour même m'y sollicitait : ne paraître au salon que les jours où Mary s'y trouvait, c'eût été nous trahir. De plus, mes relations avec mon père, resserrées par notre communauté d'intérêts, avaient pris un caractère presque amical; abrité que j'étais dans mon incognito, rien ne pouvait désormais légitimer mes défiances. Malgré les griefs du passé, mon cœur n'était point fait pour la haine : j'étais trop heureux pour maudire; et ce fut presque avec joie que je me vis forcé de répondre à des avances qui m'affranchissaient de ce rôle guindé dont je commençais à être las.

C'est ainsi que je me perdis.

XII

Le caprice de ces dames pour les belles misses Barnet s'exalta bientôt jusqu'aux tendresses d'un commerce régulier; elles multipliaient les visites et les invitations, à ce point qu'il n'y avait plus de semaine où Mabel et Mary ne dînassent deux fois au château. Elles y apportaient la grâce, la jeunesse, la vie; et tous les fronts se déridaient ce jour-là. J'étais tout fier : on eût dit deux jeunes fées égrenant sur leurs pas les perles de la sympathie et du bonheur; plus d'une fois, aux éclats de cette pure gaieté, M. de Kérandrey même, secouant ses lourds soucis, se prenait à sourire; au chaleureux contact de ces cœurs aimants, dans ce milieu d'expansion il semblait revivre, oublier.

Cependant, à certains mots voilés, à certaines allusions un peu trop transparentes, je ne tardai pas à voir naître dans la famille une espérance qui m'eût été une injure si elle ne m'eût beaucoup diverti. Il ne s'agissait, ni plus ni moins, que de marier M. Charles Rigaut avec ma fiancée. Je m'empressai d'en instruire Mary; elle en rit

14.

aux larmes ainsi que Mabel, et nous organisâmes une série de mystifications contre l'infortuné soupirant, qu'avec la meilleure foi du monde je trouvais fort présomptueux d'oser porter si haut ses regards. Dès que la marquise, mademoiselle Diane pour complice, combinait quelque tête-à-tête entre M. Charles et Mary, vite Mabel accourait en tiers ; d'autres fois, elle portait malicieusement un éventail à sa sœur : alors le jeu muet de nos conversations de Paris allait grand train ; l'éventail ne quittait point les lèvres et m'envoyait, au nez du lourdaud, mille jolis aveux dont la tendresse avivait le charme de nos souvenirs.

Malheureusement, nous n'étions point de force à braver les yeux de madame de Lincourt. A divers manéges qui se renouvelaient fréquemment et qu'elle ne pouvait comprendre, cette sentimentale surannée eut bientôt éventé une entente cordiale. Je m'aperçus qu'elle devenait attentive. Mais nous n'étions plus dans cette phase de l'amour où le cœur, ému et craintif, se trahit dans un regard ; notre passion avait atteint l'heure de la suprême confiance : nous nous voyions chaque jour ; nous savions nos plus secrètes pensées ; nos âmes se reposaient l'une dans l'autre, et nous pouvions garder sur nous assez d'empire pour défier la pénétration de ceux qui nous épiaient. Nous nous aimions trop pour n'être pas forts et calmes. Pourtant, dès que je vis qu'on nous surveillait, nous fîmes trêve à nos jeux, et madame de Lincourt en fut pour ses frais de finesse.

Mais, si j'échappai aux investigations, je n'en restai

pas moins un peu suspect, et je me tins sur la défensive. Intéressé à prévenir des menées qui à la fin eussent pu troubler notre quiétude, je prêtai attention à tout ce qui se passait autour de moi afin de nous mettre en garde contre les yeux trop clairvoyants. Depuis ma conférence avec la marquise, j'étais devenu tout à fait un familier du château. Je n'eus bientôt plus besoin, du reste, de me mettre en fonds de finesse pour pénétrer les grands projets; car huit jours étaient à peine écoulés que madame de Kérandrey me confiait, sous le sceau du plus profond secret, les espérances conçues pour l'avenir de M. Charles.

Je ne me trompai point sur le but de cette ouverture; l'estime que Mary me témoignait me rendait un auxiliaire dont l'influence n'était point à dédaigner. Une telle preuve de confiance m'alarma; il répugnait à ma loyauté de jouer double rôle en flattant, pour me mettre à l'abri des soupçons, un espoir contre lequel protestait tout mon cœur; et cependant il eût été absurde de me trahir. Je me renfermai donc de mon mieux dans des réponses évasives; mais ce n'était point là le compte de la marquise : elle voulait me gagner à sa cause, se concilier mon avis. Enfin, à bout d'argumenfs et me voyant si réservé, elle me dit :

— Vous êtes, je l'espère, assez l'ami de notre famille pour nous éclairer sur une démarche aussi délicate; et, si vous prévoyiez quelque empêchement sérieux à la réussite de nos espérances, je pense que vous nous épargneriez les désagréments d'un refus toujours blessant.

Je vous parle à cœur ouvert : je crois que le bonheur de
cette chère Mary serait assuré par ce mariage. Elle n'a
point d'engagement que je sache... lui en connaissez-
vous?

— C'est là, madame, une confession qu'on ne peut demander qu'à elle-même, répondis-je d'un ton si froid,
que la marquise s'alarma de ma réserve.

Elle me jeta un regard pénétrant.

— Allons, je vois que ce projet n'obtient point votre
agrément, reprit-elle. — En somme, tout cela est encore
dans les nuages, vous le comprenez, ajouta-t-elle négligemment; aussi n'ai-je pas besoin de vous recommander le silence le plus absolu.

Je ne me fis aucun scrupule de le lui promettre. La lutte
était engagée; il s'agissait maintenant de combattre, de
déjouer les complots ourdis contre mon vœu le plus cher.

Mais tandis que je veillais à mon bien, mon malheur
me mit bientôt sur la trace d'une autre intrigue que j'é-
tais bien loin de soupçonner.

XIII

J'avais déjà été frappé d'un fait assez singulier auquel
je n'avais prêté aucun sens, ou plutôt je l'avais considéré comme le résultat du hasard. Un jour, je courais à

un rendez-vous avec Mary ; comme j'entrais dans le bois
de Saint-André, je vis venir vers moi, du fond de l'allée
que je suivais, un couple dont l'approche me parut inquiétante. Je commençais à être connu dans le pays, et
je craignais les curieux si près de la demeure de sir
George Barnet ; je me cachai donc dans un fourré afin
d'éviter les promeneurs, et je ne fus pas médiocrement
étonné, lorsqu'ils passèrent devant moi, de reconnaître
la marquise et M. de Meillan. Le mauvais accord qui
régnait ostensiblement entre eux rendait cette bonne
entente au moins étrange ; mais j'étais trop agité par
mes soucis personnels pour] me préoccuper alors des
faits et gestes de mes hôtes ; j'avais cru à une trêve, et
je n'y avais plus pensé.

Cependant, depuis qu'intéressé à observer ce qui se
tramait autour de moi je restais tous les soirs au château, je fus surpris de retrouver l'éternelle muraille de
glace entre madame de Kérandrey et le gentilhomme ;
la rencontre de Saint-André me revint à l'esprit. Je crus
bientôt remarquer que la glace se fondait parfois en l'absence du marquis. Ce jeu m'intrigua ; la marquise était
trop profondément coquette pour que je m'étonnasse de
la voir essayer ses manéges avec un homme comme
M. de Meillan ; la conquête avait son prix ; il était élé-
gant, bien fait de sa personne, et ses manières, empreintes d'un peu de froideur britannique, respiraient
ce parfum de race qui s'évente de plus en plus dans la
confusion de l'égalité. Il avait environ trente-quatre
ans ; esprit fin et railleur, il affectait dans son langage

une rouerie de haut ton qui n'était pas sans grâce avec
les femmes; pour ma part, je le trouvais un peu cynique. Pourtant, je l'ai dit, nous étions devenus cama-
rades. Accoutumé à la vie de Paris, il ne gîtait à Ézirol
que par principe d'économie. Un Parisien comme moi
était une bonne fortune pour lui, et, de mon côté, peu
désireux de la société de M. Charles, je me réjouissais
de trouver un compagnon dont les idées se recrutaient
au même milieu que les miennes. Souvent, le soir, après
la retraite de ces dames, grand veilleur qu'il était, il
venait fumer chez moi, ou bien nous errions dans le
parc, heureux tous deux de deviser sur ces riens toujours redits et toujours nouveaux, qui sont le fond de
l'esprit gaulois. Alliant avec une merveilleuse aisance
les audaces du paradoxe à l'ampleur d'une parole rabe-
laisienne, M. de Meillan me rappelait parfois mon cher
et original Stephen, ce qui n'était point à mes yeux le
moindre de ses attraits.

Je notais, et il le vit bientôt, les plus furtives œillades
que la marquise échangeait avec sa mère ou avec lui;
il n'était pas homme à s'émouvoir pour si peu; il en prit
bravement son parti et continua son jeu avec la même
placidité que si j'eusse été aveugle ou confident. Mais
madame de Kérandrey était sans doute moins rassurée;
à mesure qu'il devenait plus hardi, elle devint plus cir-
conspecte.

— Ah çà! mon cher, me dit un soir M. de Meillan, à
quelles diables de manigances vous livrez-vous depuis
quinze jours? Vous ne quittez plus le salon. Vous qui

vous esquiviez autrefois avec tant d'art, vous vous cousez aux jupes des femmes aussi étroitement qu'un jeune premier de profession, et vous avez des yeux que jalouserait l'Argus mythologique!... sans que je prétende comparer la marquise à la touchante Io !

— Ma foi, je m'occupe fort peu de la marquise, répondis-je; vous devez voir que je ne cause guère qu'avec mademoiselle Diane.

— Elle est jolie, mademoiselle Diane, accentua-t-il d'un ton de connaisseur.

— Oui, il me semble qu'elle l'est, répliquai-je négligemment.

— Hum! votre vue est courte si vous n'en êtes pas encore sûr ! Vous causez pourtant d'assez près...

— J'avoue que c'est surtout sa bonne amitié qui me charme.

— Elle est jolie ! reprit-il.

— Vous dites cela d'un air ironique... N'allez-vous pas croire que je veux la séduire?

— Fort jolie! mon cher... Mon compliment !

Et il me secoua la main comme si je venais de confirmer le soupçon qui flottait dans son esprit.

— Bon! vous voilà parti dans vos imaginations... Il semblerait que je suis un Lovelace ! Sérieusement, je vous assure que je n'ai pas la moindre prétention au cœur de cette enfant. Je suis très-naïf, vous le savez, et je m'estimerais fort coupable si j'essayais, même un soir, de troubler son repos.

— Parfait!... Discret, chevaleresque; vous êtes pour le mystère : chacun son goût.

— Sur ma parole, je vous jure que je n'ai rien à cacher !

— A d'autres ! Vous avez peur tout uniment que je ne vous trahisse. Mais vrai, là, entre nous, déposons nos guitares et parlons à cœur ouvert ! Nous pouvons nous servir très-efficacement. Il n'est rien de tel que de s'entendre : vous redoutez mon indiscrétion?... Pour vous rassurer, je vais vous donner des gages.

— Encore une fois, je vous jure...

— C'est convenu ! — Je vous dirai donc que, sensible à mes heures, à la campagne, surtout, je suis tombé, il y a un an, perpendiculairement épris de notre belle créole. Elle m'a d'abord traité comme un des nègres de ses savanes natives; car elle est d'instinct dédaigneuse... comme toutes les femmes trop belles. Joignez à cet heureux défaut qu'elle est froide comme la neige, dont elle a la blancheur, et qu'un commencement d'amourette platonique, qui a coûté très-cher à ce pauvre Natalis, l'avait rendue plus farouche que la blonde Lalagé, tourment du tendre Horace. — Ouf ! quelle période! — Bref, malgré ses rebuffades, ou plutôt à cause de ses rebuffades, je m'emberlificotai si fort dans la glue de ses rigueurs, que je veux bien être marié... si cet hiver, à Paris, je n'ai pas pensé au moins dix fois à ses charmes triomphants!... et je ne jurerais même point que je n'en ai pas rêvé une nuit.

— Arrêtez, mon cher Meillan ! m'écriai-je fort troublé de cette trop complète confiance, et ne me révélez point un secret auquel, en vérité, je ne saurais m'associer...

— Très-bien, très-bien!... Je vous laisse à deviner, continua-t-il comme si je ne protestais que pour me faire faire violence, si, à mon retour, je me suis repris de plus belle. Tant il y a que j'entamais l'andante de ma pastorale et que je filais un parfait amour aussi délicat que champêtre. Mais voici que vous vous introduisez comme un loup dans mon églogue; vous effarouchez ma bergère, vous saccagez mes pipeaux, ma houlette, et vous crevez mon tambourin. J'en étais aux rendez-vous secrets, aux molles causeries, et vous venez me guinder mon amante!... Parbleu! mon cher, soutenons-nous! Si vous redoutez les regards, j'occuperai si bien la tante, qu'elle n'aura plus d'yeux pour sa nièce. Ainsi donc, alliance offensive le plus que nous pourrons, et défensive en tout cas. Vous voyez que je ne vous ai pas marchandé mes confidences. — A vous!

J'eus beau protester et jurer mes grands dieux que je n'avais rien à raconter, il me fut impossible de convaincre Meillan.

— Bon! disait-il, qui pourrait y trouver le moindre mal? — Est-ce un crime que d'en vouloir au cœur d'une jeune fille à marier? Enfin, puisque vous êtes si rétif à l'aveu, faites vos coups à la sourdine; je n'en suis pas moins là pour vous protéger au besoin par des diversions habiles. En ce moment, vous vous êtes rendu suspect en laissant trop voir que vous vous défiez

de la marquise et de madame de Lincourt; on vous
sait épris, on en jase; faites votre profit de mes avertissements !

XIV

J'avais été si surpris de la nature des soupçons qui
planaient sur moi, que, tout à la défense de mademoiselle Diane, je n'avais point essayé de combattre les projets de M. de Meillan. Et puis, il faut l'avouer à notre
honte, nous sommes tous ainsi faits, par une ridicule
pudeur, nous hurlons volontiers avec les loups, comme
disent les bonnes gens; et la conversation entre hommes
suit, en général, un courant de scepticisme si facile, qu'il
faut, pour oser se mettre en travers, un effort d'abnéga-
tion dont les meilleurs ont rarement l'énergie. Invoquez
la morale : vous donnez, à coup sûr, matière aux quoli-
bets ; attaquez la vertu des femmes : timidité ou bravade,
les plus candides trahissent et se rangent sous votre drapeau cynique. Certes, les plus osés discoureurs n'en res-
tent pas moins purs au fond du cœur ; mais si l'on donnait une cocarde à la vertu domestique, peu d'hommes
oseraient la porter dans un club.

Tout aux accusations dont j'étais l'objet, je ne m'en
étais pas moins soulevé à la pensée que M. de Meillan

complotait contre le repos de mon père, et, rougissant
d'avoir accepté un moment la complicité du silence, je
résolus de combattre, dès le lendemain, dans l'âme du
don Juan, le projet d'une séduction qui me semblait
odieuse. Les plus grands malheurs sortiraient inévitablement d'une telle intrigue. M. de Kérandrey n'était pas
de ces maris aveugles qui s'en reposent de leur honneur
sur la foi jurée ; je l'avais vu presque jaloux de moi dans
les premiers jours, et la feinte mésintelligence de sa
femme avec son ami était ruse trop grossière pour l'abuser longtemps.

Mais, lorsque je réfléchis aux arguments que j'oppose-
rais à l'entreprise de M. de Meillan, j'en reconnus bientôt
l'inanité. Que lui dire ?... Il aimait ! je n'en pouvais
douter, car, bien qu'il se raillât lui-même, son cœur
perçait sous ses sarcasmes. Comment le convaincre ? —
La passion se paye-t-elle de conseils, recule-t-elle devant
les périls ? Sir George avait usé envers moi d'une éloquence
autrement persuasive en me disant : « Vous n'aurez
pas ma fille ! » Et pourtant je sacrifiais ma vie à la poursuite de mon rêve. M. de Meillan n'avait rien à craindre
de moi ; il savait trop que je ne le dénoncerais pas.

Ma délicatesse se révoltait pourtant. Une voix me
criait que la neutralité était coupable : laisser commettre
cette mauvaise action alors qu'on m'en faisait le confident, c'était presque y prêter les mains. Je m'indignais
contre moi-même ; mais, renfermé dans un cercle d'hos-
tilités terrifiantes, de tous côtés je me heurtais à l'impossible : de quelque façon que j'intervinsse, auprès de la

femme, du mari ou de l'amant, je me créais des ennemis ; on ne touche point impunément à la honte des
gens... Enfin, par un de ces misérables compromis de
conscience que nous souffle l'égoïsme dans ces débats intimes où nous n'avons que nous pour juges, j'étais prêt
à renier mes instincts de droiture, me disant qu'après
tout la marquise saurait bien résister à une indigne
tentation... Le souvenir de Mary, la meilleure moitié de
ma conscience, me sauva d'une condamnable faiblesse :
déserter la cause du bien, ne fût-ce qu'une fois et dans
la plus secrète impunité, n'était-ce point m'amoindrir ?
Il eût fallu dérober à mon bon ange une lâche pensée!...
Ce que je portais de son cœur en moi en rougissait !

Mieux inspiré, je compris que pour protéger sûrement
madame de Kérandrey et déjouer les menées de M. de
Meillan, je devais profiter des trop vives expansions de
chaque soir. M'en remettant à la grâce de Dieu dans
cette lutte où j'allais affronter de si grands hasards, fort
de la loyauté de mon dessein et de la légitimité de mes
droits, je résolus de sauver mon père du désespoir en
échange du mal qu'il nous avait fait, à ma mère et à
moi.

J'en étais là de ma vie quand M. Devillars et Stephen
arrivèrent à Saint-André.

XV

Quatre mois s'étaient écoulés depuis que je n'avais vu Stephen; nous n'avions jamais été si longtemps séparés, et jamais frères ne se retrouvèrent avec plus de joie. En le serrant dans mes bras, je ne me sentais plus seul dans la vie. Mon unique famille c'était son père et lui; à la mort de ma mère, ils avaient recueilli le trop-plein de mon pauvre cœur, et M. Devillars s'était fait si tendre et si dévoué qu'il m'avait presque ôté le droit de me dire orphelin: sa grave sollicitude s'était étendue sur moi comme sur un autre fils; tutelle d'élection tacitement convenue, anneau repris de douce chaîne filiale.

Sir George n'oublia pas de me convier à la fête de bienvenue; nous nous rencontrâmes tous à la gare du chemin de fer pour y saluer l'arrivée des chers amis; de là, je fus emmené à Saint-André. Un grand break devait nous contenir tous, et, comme si le hasard voulait nous gratifier d'un touchant souvenir, nous nous trouvâmes placés exactement dans le même ordre que le matin de notre excursion de la villa Moroni à la Madonna del Monte : Mabel et Mary s'étaient juchées, selon leur coutume, sur le siége élevé de l'arrière-train; et moi, vis-à-vis de sir George et de M. Devillars, je leur faisais face, avec

Stephen, dans l'intérieur de la voiture. A peine étions-nous partis, que nous échangeâmes avec Mary un même regard, une même pensée. — Était-ce un présage, mon Dieu? Nos cœurs se gonflèrent de joie, nos yeux s'emplirent de larmes à ce rappel du jour où nous avions appris tous deux que nous nous aimions. Pour rendre plus vive cette chère réminiscence et la mêler à une action de grâces, Mary tira de son sein une des petites médailles du bon curé dom Mosé, toute pareille à celle qu'elle m'avait donnée, et elle la laissa jouer sur son corsage suspendue à sa chaînette d'or. Mabel fut bientôt au courant de notre ivresse, et, emportée comme nous sur l'aile du souvenir, elle rompit une querelle engagée déjà avec Stephen pour répandre les éclats de sa pétulante gaieté sur les mystérieuses allégresses dont nous savourions les délices.

Ce fut une journée de ravissement sans bornes. Échappé du sombre milieu d'Ezirol, je me sentais renaître en de tels épanchements : mes yeux ne rencontraient que des êtres chers, mes mains serraient des mains loyales et dévouées. Depuis longtemps comprimé sous l'atmosphère des mauvaises passions et des haines sourdes, mon cœur triomphait de revivre.

Mary me fit parcourir pas à pas les traces de son enfance : là, un essai de parterre qu'elle avait planté, mais que Mabel avait ravagé; plus loin, le tertre qui leur servait de manège; un vieux petit poney aveugle y broutait : il accourut au son de sa voix et nous suivit comme un chien. Puis, ce fut la volière, où nous fûmes salués

d'un « Bonjour, Mabel, Mary ! » calembour articulé
d'une voix claire par une jolie perruche huppée, à laquelle un grave kakatoès répondit aussitôt en grasseyant
un « Tenez-vous droites, mesdemoiselles, tenez-vous
droites ! »

— C'est bien, vieux radoteur ! s'écria Mabel piquée,
on se tient comme on veut !

— Mademoiselle, un bon conseil vaut mieux qu'une
perle ! lui dit Stephen. J'ai lu cet aphorisme dans un
livre très-ancien.

Et une nouvelle dispute s'engagea ; nous en profi-
tâmes, Mary et moi, pour nous dire… pour nous dire
encore que nous nous aimions. Que trouver de mieux ?

Hélas ! la journée s'envola comme toutes les journées ; fastes ou néfastes, elles s'éteignent dans la
nuit. Il me fallut partir ! Je pris congé de sir George,
qui m'avait traité avec cette affectueuse familiarité dont
j'enrageais… sa courtoisie n'attestait-elle pas le peu d'importance qu'il attachait aux espérances conçues par moi
dans un jour de folie ? Mais j'étais trop heureux pour lui
en vouloir en ce moment ; la présence de M. Devillars
me ramènerait souvent à Saint-André ; je ne songeais
qu'aux joies que j'en allais recueillir. Je fus invité pour
le dimanche suivant.

Stephen et mes deux belles amies me conduisirent jusqu'à la porte du parc.

— A demain, me dit Mary.

Stephen avait assisté à l'invitation de sir George, il
feignit de ne pas entendre et prit une attitude discrète ;

mais nous avions décidé de nous livrer à son amitié fraternelle. Avec une délicatesse charmante et pour m'épargner jusqu'à l'ombre d'une indiscrétion, Mary lui fit
l'aveu de nos parties.

— Nous vous aimons trop pour laisser un secret entre
nous, dit-elle en finissant. N'êtes-vous pas le frère de
Raymon?

— Certes, du fond de l'âme, s'écria-t-il, charmé d'une
si adorable confiance.

— D'ailleurs, reprit Mary en souriant, puisque le
premier, à la villa Moroni, vous nous aviez devi-
nés, nous devions bien ici vous révéler les suites de votre
ruse.

— Me serais-je rendu coupable d'une ruse? reprit Stephen de son air le plus innocent.

— Comment se portent vos quatre cousines? lui demanda Mary en riant.

— Ah! mes quatre cousines... Hum! hum!... je crois
qu'elles vont bien...

— Je suis affreusement jalouse de l'aînée... vous
savez, celle qui est si belle et que vous désiriez fiancer à
Raymon...

— S'est-elle consolée? ajouta Mabel.

— On espère la sauver en faisant de moi son mari.

— L'infortunée, elle est perdue! riposta l'espiègle.

Il fallut enfin nous quitter au milieu de mille doux
projets. Je revins à Ezirol la tête dans le ciel; mon âme
chantait avec les anges les hymnes de l'amour et de la

jeunesse, et le rossignol répondait dans le sanctuaire des bois profonds. Tout était harmonie, bonheur, extase. Des frémissements confus couraient dans le feuillage ; on eût dit le souffle léger de la nature assoupie. Les pâles rayons qui tombaient des étoiles venaient baigner leur mélancolique lueur au sein des sources murmurantes, et faisaient scintiller des perles sur les mousses au vert sombre. De la terre aux cieux, c'était comme une immense caresse, un baiser qui montait sur la vapeur des nuits ; mon cœur se fondait dans cette enivrante volupté ; je m'égarai pour en jouir plus longtemps. L'image de Mary peuplait la solitude ; à chaque pas je trouvais un souvenir et je recommençais les jours passés. J'arrivai à regret au mur du parc d'Ezirol qui longe la rive du Galeizon ; une brèche m'en facilitant l'escalade, je fus bientôt de l'autre côté.

Comme je mettais le pied sur ce sol de tristesse, un hibou hua lugubrement ; mais j'avais amassé trop de joie pour accepter un mauvais présage.

— Crie, vilaine bête, crie ! m'exclamai-je, c'est un heureux qui passe !

Je m'enfonçai dans les taillis et je gagnai l'allée du château.

Je marchais depuis environ dix minutes, et les ombrages étaient si épais que plusieurs fois déjà j'avais heurté dans l'obscurité quelque tronc noirci, lorsque tout à coup je me sentis saisir le bras dans une étreinte puissante, et je me trouvai face à face avec un homme qui semblait surgir de terre.

15.

— Vous avez un goût prononcé pour la promenade, mon cher Meillan, dit-il d'une voix saccadée.

Je reconnus mon père. Je parlai pour le tirer d'erreur.

— Ah ! c'est vous, Raymon ! s'exclama-t-il surpris, Il me lâcha.

— Que faites-vous donc à cette heure dans le parc?

— Je reviens de Saint-André; vous savez que j'y dînais.

— Ah ! c'est vrai, reprit-il ; je l'avais oublié !

Et, machinalement, il se mit à marcher à mon côté. — J'avais compris. — Le malheureux ! il guettait, la nuit. Ces soupçons que j'avais tant redoutés, ils étaient éveillés !

Une inexprimable pitié s'empara de moi à la vue de cette sombre infortune. Quel abîme de désespoir je pénétrais dans cet homme si fier, s'abaissant à l'espionnage pour garder l'honneur de son nom abandonné aux caprices d'une femme sans cœur !

Nous allions tous deux vers le château, un silence glacial pesait sur nous; je devinais qu'il cherchait une explication plausible de sa présence à cette place, au milieu de la nuit; je partageais son angoisse et je me creusais l'esprit pour trouver une phrase, un mot qui l'aidât à me donner le change sur ce nom de Meillan qu'il avait prononcé et qui contenait toute une révélation ; enfin je parvins à accrocher une idée.

— Aviez-vous donc projeté quelque affût avant le

jour dans la montagne... que vous alliez au-devant de
M. de Meillan?

— Oui, me répondit-il avec empressement, c'est pourquoi vous me rencontrez ici... J'ai veillé tard... et...
j'allais lui dire de ne point compter sur moi, lorsque,
vous voyant venir, je vous ai pris pour lui.

Pour dissiper jusqu'au soupçon dans ma pensée, il se
mit à parler verbeusement de l'amitié qui l'unissait à
l'homme dont il pressentait déjà la perfidie. Moi, je songeais à ce que devait souffrir ce pauvre jaloux dans son
orgueil, dans son amour peut-être! Pour me tromper,
il jouait avec sa douleur; mais le déchirement du cœur
se devinait sous l'exagération d'une gaieté convulsive;
je ne l'avais jamais vu si allègre, et, tandis qu'il me ra-
contait je ne sais quel bon tour de chasseur, je sentais
contre mon bras, qu'il avait pris en marchant, la crosse
d'un pistolet caché sous son habit. — C'était navrant!

XVI

Depuis que j'habitais ce château, chaque heure m'a-
vait apporté une révélation sur le drame auquel j'assis-
tais, et chaque heure m'y avait mêlé plus intimement en
dépit de ma volonté. Toute passion criminelle dévore
ceux qui l'approchent; des témoins elle se fait des com-

plices, elle les étreint, les enlace dans mille nœuds d'intrigues si ténus qu'ils en sont imperceptibles ; elle leur arrache, une à une, un ensemble de concessions d'abord innocentes qui ont leurs degrés comme le crime lui-même, et se suivent, jusqu'au moment où l'indulgence s'est engagée si loin qu'on a perdu le droit du blâme.

L'entourage de madame de Kérandrey lui était trop dévoué pour n'être point séduit à son parti; aux yeux de cette famille accoutumée à ne voir en mon père qu'un ennemi, la froideur que la marquise affectait pour M. de Meillan, en présence de son mari, loin de sembler une hypocrisie, devenait une nouvelle preuve de la contrainte sous laquelle elle gémissait. « De peur d'irriter un tyran ombrageux et jaloux à l'excès, elle en était réduite à dissimuler les plus innocentes affections. » Tel était le commentaire qu'on donnait, à mots voilés, de ce mensonge, dont j'eusse peut-être été la dupe si je n'avais tenu dans ma main tous les fils de l'intrigue.

Cependant le péril était imminent; l'espionnage du marquis témoignait assez que sa défiance était éveillée, et, pour prévenir un malheur, je racontai à M. de Meillan ma rencontre nocturne, ne lui cachant point que son nom avait été prononcé, et je m'armai de cette découverte pour l'engager à rompre des relations impossibles désormais.

Mais la passion s'accommode peu volontiers avec la sagesse. En dépit des prétentions stoïques, il vient toujours une heure où le plus roué redevient naïf; alors, ce sont de terribles luttes où la vanité domptée par la

tendresse se révolte en vain sous un joug imprévu ; les
élans de l'âme, les aspirations étouffées par le scepticisme
se réveillent en foule ; les séves de l'amour, si longtemps
contenues, s'épanchent à flots exubérants et brisent le
cœur rebelle.

D'un autre côté, grâce aux confidences de M. de Meillan,
je lisais avec terreur dans l'âme de la marquise, je la
voyais lutter, mais j'espérais que sa fierté décourage-
rait cet amant qu'elle torturait par ses caprices.

— Croyez-vous que je me fasse illusion ? me disait
M. de Meillan. Je sais bien que cette femme ne m'aime
pas ; elle coquette avec moi pour tromper l'ennui qui la
ronge ; mais elle n'aime rien, elle est froide et sans cœur ;
seulement l'ennui me la livre ! — Qu'ai-je à redouter ? Un
duel ! j'en ai eu trois pour des créatures que je méprisais.

— Mais vous perdez celle que vous dites aimer ! lui
répliquai-je.

— Eh bien ! lorsqu'elle sera perdue, nous nous enfui-
rons !

Bien que l'innocence de la marquise ressortît de tous
ces aveux, je voyais mon père de plus en plus tourmenté. Près de sa femme, il feignait la confiance ; mais
dès qu'il était seul ou qu'il se retrouvait parmi ses ouvriers, il retombait dans le silence et dans l'angoisse.
Souvent, comme si quelque sinistre soupçon lui montait
au cerveau, il s'échappait pour courir au château. Cette
âpre inquiétude, dont j'étais le témoin caché, était si intense que la pitié grandissait dans mon cœur, et devant
cette immense infortune j'oubliais presque un crime si

chèrement expié ; j'oubliais qu'il nous avait insoucieuse-
ment abandonnés ; j'oubliais que, par lui, ma mère avait
gémi ; que, par lui, j'étais bâtard : déchéance, hélas !
qui me séparerait peut-être à jamais de Mary.

Je ne vivais plus, au sein de ces anxiétés poignantes,
et mes pauvres amours en étaient tout assombries.

L'achèvement des réparations de Beau-Séjour vint
heureusement me soustraire à ce milieu troublé, et je
m'installai avec joie dans ma nouvelle demeure. Un
valet de chambre-cuisinier pour moi, un jardinier valet
d'écurie pour mes chevaux, composèrent ma maison, et
je fus enfin délivré d'une hospitalité qui, m'imposant
des concessions continues, compromettait ma franchise
et gênait ma liberté d'action dans cette guerre où j'étais
naturellement l'ennemi de madame de Kérandrey.

QUATRIÈME PARTIE

I

Je conservai néanmoins l'habitude de paraître chaque soir au salon ; j'y voulais garder un pied afin d'intervenir au moment du danger et de prévenir le malheur que je redoutais. Mais tout était danger pour moi-même. Cette assiduité troubla bientôt le bonheur de Mary et nous amena la première, la dernière douleur que nous ayons ressentie l'un par l'autre, notre premier, notre dernier dissentiment.

La marquise était avec moi de plus en plus affectueuse ; mais je flairais, dans les amitiés dont elle me comblait, certaines exagérations à la façon de sa mère qui me faisaient douter un peu de sa sincérité. Madame de Lincourt m'appelait son cher enfant et semblait vouloir à tout prix me duveter un nid dans sa famille. D'après ce que m'avait chuchoté Meillan sur le sens présumé de mes causeries avec mademoiselle Diane, je devinais bien où tendaient ces prévenances ; mais je ne pouvais parler. Il en arriva que, se méprenant à ma réserve taciturne, signe évident de modestie pour ces dames, on chercha le moyen de m'encourager.

Un jour, mes belles amies avaient dîné au château ; nous étions tous assis sous la vérandah, respirant les fraîcheurs du soir ; je riais avec Mabel et mademoiselle Diane, tandis que Mary, un peu à l'écart, causait avec madame de Kérandrey. Leur entretien paraissait tourner à la confidence, et M. Charles s'étant approché, un coup d'œil de la marquise lui avait enjoint la retraite. Il s'était rabattu sur nous, et, soupçonnant qu'il devait être question de sa personne dans une si prolixe conférence, il appuyait de ses regards brûlants le plaidoyer de la tante.

Je me sentais trop fort pour n'être pas un peu cruel, et nous échangeâmes avec Mabel des malices dont le beau ténébreux était le point de mire sans s'en douter. Cependant j'observais l'effet que produisaient sur ma pauvre amie les astuces déployées au profit de mon rival, et je finis bientôt par m'inquiéter du trouble où je la vis ; à je ne sais quelle parole, sans doute très-pressante, elle fixa les yeux sur moi avec une expression qui touchait presque à l'effroi ; je me levai aussitôt pour aller rompre par ma présence cette conversation, dont le sujet devenait évidemment trop délicat.

— Il paraît que les oreilles vous ont tinté, me dit en raillant la marquise comme je m'approchais le sourire sur les lèvres : nous médisions de vous.

Et elle continua sur ce thème mille sarcasmes bien-
veillants, sous lesquels se cachaient les plus aimables
louanges. Mary restait silencieuse et composée comme si
elle eût été fâchée contre moi. Une affreuse douleur
m'avait saisi ; on eût dit qu'elle ne m'aimait plus. Je ne
comprenais rien à cette subite froideur, et tout en donnant de mon mieux la réplique à madame de Kérandrey,
j'attendais avec anxiété le moment d'une explication.
Mabel, s'étant jointe à nous, devina que sa sœur dissimulait une émotion pénible ; elle l'emmena à l'écart, et
je pus enfin lui parler sans témoins.

— Mary, m'écriai-je, par pitié, qu'avez-vous ? Que
vous ai-je fait?...

— Mais rien, me dit-elle en détournant les yeux.

Elle pâlissait, elle était tremblante.

— Oh ! vous souffrez, je le vois. La marquise vous
a dit quelque mot qui vous a chagrinée. Votre regard s'est tout à coup glacé; vous n'étiez plus vous-
même !...

— J'ai eu tort, répondit-elle en me tendant la main ;
pardonnez-moi.

— Mais votre main tremble... Que vous a-t-on dit,
mon Dieu?...

— Une folie... que je veux oublier.

— Mais vous voyez bien que vous ne pouvez maîtriser
votre émotion, Mary ! repris-je éperdu. Ne m'aimez-vous
donc plus, que vous avez un secret pour moi ?

— J'aurais voulu vous cacher ma faiblesse, répliqua-
t-elle en essayant un sourire triste. — Eh bien, Raymon,

madame de Kérandrey m'a dit... que vous aimez mademoiselle Diane.

— Quelle infamiè ! m'écriai-je indigné.

— Elle a même ajouté, reprit-elle d'une voix qu'elle
tâchait en vain de rendre indifférente, que vous venez
ici tous les soirs pour lui faire votre cour.

— Et vous avez cru cela, Mary?

— Non, murmura-t-elle, je ne l'ai pas cru...

Mais, en prononçant ces derniers mots, elle ne put
étouffer un sanglot, et le sourire se fondit dans un orage
de larmes trop longtemps contenues. Je demeurai écrasé,
épouvanté devant cette affliction. Honteuse d'un sentiment qui portait atteinte à notre foi, et voyant les sou-
daines tortures que j'en ressentais, l'angélique créature
s'empara de mes deux mains, comme pour protester
contre sa faiblesse.

— Non, Raymon, non, je vous le jure, disait-elle
d'une voix entrecoupée, je ne la crois pas !

Elle faisait de vains efforts pour paraître calme. Je
voulus parler pour la rassurer.

— Ne vous justifiez pas, s'exclama-t-elle en mettant
sa main sur ma bouche. C'est une lâcheté... ce mensonge
m'a fait mal... je n'ai pas réfléchi...

Son visage était baigné de pleurs, et ses doux yeux
levés sur moi semblaient implorer un pardon. Délirant
sous notre commune douleur, je la saisis dans mes bras,
et, comme pour dérober ses chagrins dans mon cœur, je
pressai contre ma poitrine cette tête adorée et j'y posai
un chaste baiser. Elle resta un instant appuyée sur mon

sein, et tenant la main de Mabel qui pleurait comme nous.
Égarés, ensorcelés par une minute de doute et d'erreur,
nous étions trop purs pour rougir; je ne voyais que sa
peine, elle ne voyait que ma terreur de n'être plus aimé.

Mais le doute n'était point fait pour nos âmes, toute
parole était superflue, les larmes se tarirent dans cette
mutuelle effusion de tendresse. Mary me narra alors
tous les détails de sa conversation avec la marquise.

Dans la pensée, sans doute, que ses propos me seraient
rapportés, et que je m'enhardirais si j'avais une fois
l'assurance d'être agréé, madame de Kérandrey avait
imaginé de gagner mon amie à la cause de mademoiselle Diane, et de l'intéresser à mon sort en lui dévoilant
ma passion trop timide; elle lui avait raconté mes assi-
duités, mes longues causeries, le trouble où me jetait le
moindre regard; enfin, tous ces faux indices d'après
lesquels M. de Meillan m'avait lui-même soupçonné, et
que j'avais crus amplifiés par son humeur cynique.

Je n'eus point de peine à me justifier: la candeur de
Mary ne pouvait admettre une si étrange trahison. Cependant, la secousse avait été si cruelle, que ce fut avec
un sourire encore navré qu'elle me dit:

— Comment ai-je pu croire à cette folie? J'ai honte,
maintenant, de ma crédulité. Pauvre ami, oh! quelle
torture que celle des jaloux! ajouta-t-elle naïvement;
comme vous avez dû souffrir quand vous l'étiez!

Ange de bonté, dans sa douleur elle ne voyait qu'un
motif pour me plaindre; c'était encore à moi qu'elle
pensait!

Heureusement, la nuit voila les yeux rougis. En revenant sous la vérandah, les jeunes misses prirent congé de la marquise, qui, s'imaginant peut-être que sa note secrète était déjà parvenue à son adresse, me serra la main d'une façon trop significative. Furieux du supplice qu'elle avait infligé à Mary, je me promis bien de m'expliquer le lendemain de façon à ce qu'on ne revînt plus sur ce stupide projet. Cette attitude de soupirant timide était peu de mon goût; et, d'ailleurs, la trop confiante Diane elle-même eût pu souffrir des services trop officieux qu'on prétendait me rendre. Il fallait me hâter de dissiper des illusions qu'un honnête homme ne devait pas laisser naître.

Cependant, quelque loyale que fût ma démarche, elle était très-délicate à hasarder; par bonheur la marquise, pour me fournir sans doute une occasion de me déclarer, vint elle-même le lendemain au-devant de mes déclinatoires. Persuadée qu'il ne restait plus qu'à m'aplanir la route de l'hymen en me facilitant un aveu trop timidement contenu, elle s'ingénia par les plus complaisants détours à me faire confesser ma flamme, et elle m'encouragea si tendrement, que je n'avais plus qu'à tomber dans ses bras en l'appelant ma tante. — C'était là que je l'attendais. — Alors, sans faire mine de comprendre, j'exposai d'un ton si net la tranquillité de mon cœur et mes répulsions pour le mariage, qu'il devenait impossible de continuer la plus flottante diplomatie matrimoniale.

Mademoiselle Diane, au reste, eût peut-être été aussi

embarrassée que moi à changer en passion notre sérieuse
amitié. Il y avait entre nous une de ces bonnes affections
fraternelles dont la franchise exclut l'amour. Nature confiante, enjouée, elle m'avait souvent initié à ses rêves d'a-
venir, et son idéal me ressemblait si peu, que j'eusse été
fou de me méprendre sur les sentiments que je lui pouvais inspirer.

Après ce refus gratuit et presque brutal de l'honneur
qu'on avait voulu me faire, je m'attendais à quelque refroidissement. Il n'en fut rien, et ma déclaration de principes n'atténua pas d'un sourire la vivacité des démons-
trations dont j'étais l'objet de la part de ces dames.
Néanmoins je ne fus pas dupe d'un si beau désintéresse-
ment et je pressentis que l'inimitié n'était que réser-
vée. M. Charles s'éprenait de plus en plus de la dot et
des beaux yeux de Mary; rien ne faisait soupçonner en
moi un rival, et l'on me voyait assez familier avec les
Barnet pour ne point douter que je serais, sinon consulté, du moins interrogé au jour où l'on risquerait, de ce
côté, des propositions formelles. Je pouvais le desservir,
et l'on me ménageait.

II

Dans un coin perdu de cette demeure où tout me devenait ennemi, il était une affection surprenante, inexplicable, qui semblait veiller sur moi, un regard qui me suivait partout et semblait vouloir pénétrer dans mon âme. Presque chaque jour, dans quelque coin du parc, je trouvais sur ma route cette vieille Jeanne que nul ne voyait jamais, et dont l'intuition m'avait si fort alarmé.

Toujours sombre et taciturne, elle me regardait passer, dardant sur moi son œil fiévreux comme si quelque don surnaturel eût illuminé sa pensée. Parfois elle m'appelait et me questionnait sur mes rapports avec le marquis. On eût dit que cettte préoccupation constante la dominait, l'oppressait. J'essayais de l'abuser en atténuant la froideur qui régnait visiblement entre M. de Kérandrey et moi. Elle m'écoutait impassible, puis, comme abimée dans sa vision profonde :

— Non, ils ne s'aiment pas, murmurait-elle. Ils ne s'aiment pas, et pourtant... je vois !

Effrayé de ce langage fatidique, je tremblais qu'elle n'eût percé le mystère où je m'enveloppais, et je lui demandai une fois ce qu'elle voyait. Mais à ses paroles incohérentes je me convainquis sans peine qu'elle ne s'expliquait pas elle-même la singulière sympathie que je lui inspirais. Par une de ces mystérieuses divinations de l'instinct maternel qui ressemblent presque à des miracles de seconde vue, elle *sentait* que je devais exercer une influence sur la vie de ce maître qu'elle avait nourri. Peut-être aussi le trouble insurmontable où me jetaient ses interrogations éveillait-il dans son esprit de vagues inquiétudes : tant il y a que cette étrange créature s'attachait à moi par la plus incroyable prescience du cœur. Il y avait dans cette vieille Bretonne austère et farouche des énergies sauvages qui me terrifiaient; informée, par Aylic, des moindres gestes de la marquise, elle avait pénétré le terrible secret de son entente avec M. Meillan; et, impitoyable, fanatique, c'était elle qui avait averti son maître.

— Méfiez-vous de cette femme, me disait-elle, elle vous perdra !

Ces tristes prophéties n'étaient point sans m'émouvoir; mais l'exaltation même de la vieille nourrice en affaiblissait les effets. Pourtant, je dus bientôt reconnaître que le péril devenait menaçant.

À peine au débotté, Stephen fut introduit au château. Il ne tarda point à démêler les passions qui s'y croisaient; nos plaisanteries l'avaient mis au courant des projets de M. Charles; mais, si confiant que je fusse en mon ami, je lui avais fait mystère de l'entreprise où je m'étais engagé contre M. de Meillan.

— Ah çà ! me dit-il un jour, tandis que la marquise travaille à couronner Mary des blanches fleurs de l'hyménée au profit de **M.** Charles, elle me paraît tresser assez joliment le souci conjugal pour monsieur son époux.

— Est-ce donc si clair pour un nouveau venu? m'écriai-je.

— Dame! elle y va d'un assez beau train avec M. de Meillan quand le marquis n'est pas là. Corbleu! quelle Célimène! — Madame de Lincourt, du reste, a l'air de se prêter assez volontiers aux poursuites du galant.

— Oh! quelle opinion as-tu donc de cette mère?

— Quelle opinion? Ah! parbleu! mon cher, cette duègne aimable m'honore de sa conversation avec une insistance trop flatteuse pour que je ne l'aie pas démêlée du premier coup : c'est une mère à grands sentiments, de celles qui prétendent faire seules le bonheur de leurs enfants, qui sont jalouses de leurs gendres, les détestent naturellement, et n'ont d'autres soins que de les empêcher d'être heureux; elles en font des tyrans aux yeux de ces « pauvres colombes qui se brisent les ailes aux barreaux de la cage où les retient le mari. » J'ai connu une de ces entêtées de fausses tendresses qui disait à l'infortuné qui avait épousé sa fille : — « Vous êtes excellent, vous avez un esprit charmant, un cœur d'or, un caractère très-doux; si vous n'étiez pas mon gendre, je vous aimerais à la folie; mais je ne vous pardonnerai jamais d'avoir acquis des droits sur mon Hortense. » — Pénètre dans tous les mauvais ménages, continua-t-il, tu y trouveras presque toujours une belle-mère. L'amant n'est que l'effet, la belle-mère est presque toujours la cause : il vient un jour où, pour disputer son ascendant, elle a si

bien dépoétisé le mari, elle l'a si définitivement avili en
le représentant comme un être sensuel et grossier, que
le premier quidam, soupirant des banalités lamarti-
niennes entre un tour de valse et la polka du cotillon,
réunit tous les attraits d'un Céladon parfait...

— Ce petit morceau psychologique est assez profond,
ajouta-t-il d'un air fat en matière de péroraison. Du
reste, tu penses que tout cela m'est bien égal, c'est
l'affaire du marquis!

Je m'étais imaginé jusqu'à ce jour que les imprudences
de madame de Kérandrey étaient assez voilées pour défier les yeux indifférents; la perspicacité de Stephen me
fit frémir; ce qu'il avait vu, d'autres pouvaient le voir.
La marquise ne gardait plus assez d'empire sur elle-
même pour masquer sa coupable intrigue, et les propos
du monde pouvaient arriver aux oreilles de mon père.
Sans croire, comme Stephen, à la complaisance de madame de Lincourt, je savais qu'il ne fallait point compter
sur sa vigilance, et le jugement porté sur elle n'était que
trop exact.

Cette femme n'avait de l'amour maternel que les em-
phases; elle plaignait hautement sa fille de vivre sans
affections, pliée sous une domination qu'elle feignait de
redouter elle-même, pour s'achever son rôle de mère
crucifiée. Née sous l'Empire, sa jeunesse, disait-on, avait
été assez légère; ses principes s'en ressentaient, bien
qu'elle fût ressuscitée dévote. Certes, elle n'eût point encouragé une liaison coupable, mais sa sentimentale indulgence concevait un de ces engagements platoniques

16

que les femmes romanesques ont inventés comme un
compromis honnête entre la faute et la fidélité conjugale;
adultère moral, où la fausse vertu s'engage en croyant
rester pureté; terme que l'amant le plus novice sait poser
au début de toute passion pour rassurer et leurrer les
plus craintives; compromis qui finit toujours par les
perdre.

III

Mes ennuis croissaient de jour en jour; j'étais menacé
de toutes parts; mais, pendant quelques semaines, on
s'en était tenu aux préliminaires. Madame de Kérandrey
entama enfin l'action avec Mary. Elle était trop habile
pour laisser à M. Charles le soin de se déclarer lui-
même; il avait sans doute pour mot d'ordre la plus entière réserve. Des attitudes penchées, des soupirs attestaient seuls la vivacité de ses ardeurs. Dans le courant
de la plaisanterie quotidienne, la marquise avait maintes
fois lancé à Mary des allusions au trouble du beau neveu,
propos trop habilement jetés pour qu'il fût possible d'y
répondre et d'y voir autre chose qu'un gracieux compliment sur le charme que la jeune fille répandait autour
d'elle. Enfin le temps était venu de démasquer les grands
projets; l'officieuse tante profita d'un tête-à-tête adroite-

ment ménagé avant le dîner, à l'heure où les femmes se
trouvaient seules au château, et elle aborda la fameuse
question du mariage en termes si précis que Mary ne
pouvait s'y méprendre.

— Savez-vous, ma toute belle, lui dit-elle en riant,
que vous faites ici des ravages et que je serai bientôt jalouse? Le marquis raffole de vous, M. de Meillan ne jure
que par vos beaux yeux... Quant à mon pauvre Charles,
il est complétement ensorcelé.

Et partant de ce prélude, elle se lança à perte de vue
dans un panégyrique du neveu, l'idéal des prétendus,
dans le portrait de la tante; entremêlant les éloges de
confidentes moqueries sur mille naïvetés qu'arrachait
chaque jour à ce soupirant candide l'amour dont il était
possédé, elle nuança son discours de quelques touches de
sentiment, et elle s'attendrit avec art sur les tourments
de ce pauvre cœur blessé... Le rubicond M. Charles s'en
allait de langueur...

Tout cela était dit de ce ton badin sous le couvert duquel on peut glisser les propositions les plus délicates.
La marquise était trop femme pour ne point nouer d'une
main légère ces nœuds coulants de faveurs roses qui enchaînent deux fiancés, et ce fut d'un air frivole qu'elle
essaya de les passer au cou de Mary, en l'avertissant
qu'au prochain jour elle allait demander sa main.

L'amour donne parfois de la vaillance aux êtres les
plus timides : le cœur de la pauvre Mary battait bien
fort; cependant elle surmonta son trouble et, profitant
du ton de plaisanterie où était monté l'entretien, elle se

mit aussi à railler, comme si la passion de M. Charles n'était qu'un jeu inventé tout à coup par la tante. Et enfin, pour couper court à toute espérance, elle usa d'un argument décisif que je lui avais soufflé, déclarant que pour ne point quitter Mabel, fiancée en Angleterre, elle n'épouserait jamais qu'un Anglais.

— C'est pourtant un très-gros mensonge que j'ai fait là! me dit-elle le soir, moitié confuse et moitié fière de son sacrifice de conscience.

J'aurais pu lui répondre par un bel argument jésuitique, mais je n'osai. Je lui tendis la main comme pour l'absoudre, et le péché fut oublié.

Madame de Kérandrey était trop adroite pour ne point abonder en nouvelles politesses vis-à-vis des Barnet; mais, au refroidissement subit qu'elle me marqua, je crus m'apercevoir qu'elle m'attribuait en partie son échec. L'accueil glacé que j'avais opposé aux avances d'amitié de M. Charles suscitait les soupçons et révélait peut-être trop un rival. Huit jours ne s'étaient point écoulés que toute la maison fut avec moi sur le pied de guerre; on m'épiait, et je ne pouvais plus approcher de Mary sans voir se dresser entre nous quelque tiers importun. Cette surveillance nous rendit plus prudents; mais je ne savais point alors jusqu'où s'emporteraient les terribles rancunes.

Un matin que je courais les bois avec Stephen et mes chères amies, je vis tout à coup sortir d'un taillis le père Bernajou, qui m'attira mystérieusement à l'écart. Je m'étais attaché de plus en plus à ce brave paysan, et,

pour l'aider à vivre en attendant les résultats de notre
grande affaire, je l'employais en cachette à la recherche
d'échantillons minéralogiques précieux pour moi, et que
je n'eusse acquis qu'au prix de très-longues courses. Son
apparition subite me déplut cependant : je le savais très-
babillard, et il me répugnait de lui recommander le secret.

— Je vous demande bien excuse de vous déranger,
fit-il embarrassé en devinant mon déplaisir, mais je préfère attraper vos reproches que de vous laisser attraper
un ennui ; un rôdeur comme moi n'est pas sans vous
avoir déjà rencontré ; mais on trouve bien toujours
quelque fossé quand on ne veut pas gêner les gens qu'on
aime. Je vous ai cherché ce matin pour vous dire une
chose qu'il faut que vous sachiez tout de suite, et voilà
pourquoi je viens effaroucher votre compagnie.

— Pour lors donc, hier, reprit-il comme pour ne
point me laisser le temps de formuler mon mécontent-
tement, je venais de vous voir tous passer du côté de
l'Étang, lorsque j'ai rencontré, au carrefour de la Croix-
sous-Bois, M. Charles Rigaut qui avait l'air de faire sen-
tinelle. En me voyant arriver, d'abord il fit mine de
m'éviter ; mais, comme il allait rentrer sous le couvert,
je lui tirais déjà mon chapeau ; ça le fit changer d'idée.
Alors il se mit à me causer de choses et d'autres, de
bonne amitié : ce qui m'étonnait, car il a toujours été
un peu fier, et je me disais qu'il devait y avoir quelque
manigance là-dessous... Enfin il me demanda si je n'aurais pas vu, par hasard, sur ma route, les demoiselles
de Saint-André ; ça me parut louche. — La vérité n'est

16.

pas faite pour tout le monde, et, ma foi, je' lui répondis que je n'avais vu personne. Il en fut bien contrarié, et, sans en avoir l'air, il finit par m'interroger sur vous : « si je vous rencontrais quelquefois et en quels endroits, et avec qui, et ci, et ça, » des curiosités enfin ! Moi qui ne suis déjà pas trop son ami, j'ai fait la bête ; j'ai dit que je vous rencontrais et que je ne vous rencontrais pas, suivant les jours, — des malices de paysan, quoi ! afin de pouvoir dire plus tard tout ce qu'il vous plaira. — Je voyais bien que je vous servais puisqu'il enrageait. Mais ce n'est pas tout, voilà le plus beau ! Comme nous sommes revenus ensemble à Ezirol, il m'a dit en route que, par suite d'une gageure, il a besoin, pour vous faire une farce, de savoir où vous allez, et que si je voulais vous suivre pendant trois jours, il me donnerait six francs. Afin qu'il ne se méfie pas, j'ai répondu qu'on pourrait s'arranger ; seulement, que j'avais affaire jusqu'à demain... Pour lors, ce matin, moi finaud, c'est lui que j'ai guetté. A l'heure qu'il est, il monte la garde auprès de la Roche du Capucin. C'est pourquoi, vous voyant aller de ce côté-là, j'ai pensé bon de vous avertir. Excusez-moi du dérangement, mon renseignement pouvait vous être utile ; s'il ne l'est pas, prenez que je suis un vieux fou qui pèche par trop d'amitié.

Je remerciai le père Bernajou, et je rejoignis mes amis ; je leur confiai ce que je venais d'apprendre. Mabel, toujours pour les moyens extrêmes, voulait aller faire une belle révérence à l'espion embusqué sur la route ; mais cette vengeance narquoise nous eût pu coûter cher ; nos rendez-vous quotidiens allaient être éventés, et sir George allait tout savoir. Nous convînmes de suspendre nos promenades pendant quelques jours, et de nous voir le soir dans le parc de Saint-André. Déjà deux fois j'avais commis l'imprudence d'y pénétrer par une porte éloignée du château ; ce trait d'audace nous avait réussi : du reste, la présence de Stephen nous protégeait contre les surprises, puisqu'il pouvait réclamer au besoin la responsabilité de mes visites.

Mais la *vendetta* m'était dénoncée, et à partir de ce moment, je ne cheminai qu'au milieu des embûches. Ma présence dans le salon de la marquise commençait à gêner tout le monde. Plusieurs fois j'avais osé prendre le parti de M. de Kérandrey contre les attaques de madame de Lincourt ; c'était un blâme trop direct pour ne point me rendre l'objet des méfiances. Tant qu'on avait cru que je servirais M. Charles ou que j'épouserais mademoiselle Diane, on m'avait ménagé ; mais ces raisons n'existaient plus, je devenais d'autant plus dangereux que ces dames m'avaient initié à de douteuses machinations dont elles voyaient que décidément je ne voulais pas me rendre complice.

J'en savais trop, je ne pouvais rester au château ; cependant une rupture ouverte était impossible. Pour me faire quitter la place, la marquise ne trouva rien de mieux que de me brouiller avec M. de Kérandrey en excitant sa jalousie contre moi. Peut-être aussi voulait-elle détourner les soupçons ; elle avait lu Musset ; et Stephen prétendit qu'elle voulait me faire jouer le rôle

du *chandelier*... Je me vis bientôt l'objet d'attentions si
marquées que mon père en prit ombrage.

Certes, il m'était facile de me soustraire à de tels ennuis en m'abstenant d'aller au château, et c'est ce que je
fis pendant quelques jours ; mais j'y revins bientôt, attiré
malgré moi par un sentiment étrange que je m'étais
étonné de voir naître en mon cœur, dont je m'étais indigné d'abord comme d'une faiblesse, mais qui domptait
peu à peu mon esprit rebelle et usurpait ma vie en dépit de toutes mes résolutions, en dépit des plus cruels
souvenirs.

IV

Depuis mon arrivée à Ezirol, je subissais la contagion
du malheur, et l'idée de ces déchirements domestiques
dont j'étais le témoin forcé me poursuivait jusqu'auprès
de Mary. Dans les premiers temps, je le répète à ma
honte, je m'étais presque réjoui de voir ma mère si bien
vengée ; l'expiation cruelle infligée à l'auteur de ses
chagrins, et de sa mort peut-être, me semblait l'équi-
table châtiment du parjure. Et puis un mauvais levain
fermentait toujours en moi : je portais la peine de la dé-
loyauté de cet homme : mon illégitimité m'apparaissait

toujours comme l'infranchissable obstacle au bonheur de ma vie. Certes, si je me fusse appelé du nom auquel j'avais tous les droits, sir George ne m'eût point traité avec un si écrasant dédain.

La dureté de mon père et ses âpres façons n'étaient point faites au surplus pour capter mes sympathies ; dans les rapports que nous créaient nos fonctions industrielles, il m'avait, en maintes rencontres, si vivement froissé que j'avais dû me révolter pour sauvegarder ma dignité, et que nous en étions venus à l'échange de paroles très-acerbes, où ma violence s'accroissait des exaspérations préconçues d'une inimitié sourde.

C'était une singulière hardiesse que d'oser résister à ce maître, accoutumé à tout plier sous sa loi brutale. Un jour que, dans l'usine, il m'adressait un reproche immérité, je le mis dans son tort avec un tel accent de hauteur, que les ouvriers effrayés suspendirent leur travail, et que plusieurs d'entre eux se jetèrent en avant comme pour me préserver de sa colère.

Consterné moi-même de mon emportement, je m'attendais à quelque éclat terrible... Le marquis eut un moment de stupeur, ses yeux dardaient un éclair ; mais tout à coup, par un effort de volonté implacable, il se contint ; un sourire d'amertume erra sur ses lèvres pâlies, et il s'éloigna sans répondre, d'un air si triste, qu'il me laissa le repentir de lui avoir causé une douleur de plus.

Sa modération inattendue m'avait déjà désarmé ; une si complète résignation m'émut, et le soir je lui fis mes

excuses. Il les reçut avec une complaisance ironique; on
eût dit que, dans ce cœur navré, la lassitude de l'outrage quotidien le rendait insensible aux blessures du
hasard.

Depuis ce jour, il s'était tenu sur ses gardes, attentif
à ne jamais me froisser. Quand il était question de nos
travaux, il se montrait assez communicatif, mais, dès
que nous quittions ce sujet, il redevenait morne et
ne se confiait jamais.

Que de combats me créait cette situation inouïe! Je ne
crois pas à la voix du sang, l'amour filial ou paternel
alors décherrait de sa mystérieuse douceur pour se ra-
battre à la brutalité d'un sens; mais notre esprit ne s'af-
franchit point aisément du joug des saintes croyances
déposées par la nature au fond des cœurs; dégagée de
cette autorité naturelle de l'affection, la paternité garde,
ou plutôt gagne encore un prestige, c'est comme l'empire d'un sacerdoce, la solennité d'un rite. J'avais résolu
de ne voir en M. de Kérandrey qu'un étranger; mais,
près de lui, je ne pouvais secouer je ne sais quelle contrainte morale qui ressemblait à une possession; je tenais
à lui par la chair. Tout autre homme eût pu m'être indifférent; mais, lui, il me fallait l'aimer ou le haïr. Ma
dévotion pour ma mère m'entraînait à l'aversion, au mépris, et, par instinct, j'étais subjugué. J'étais venu en
philosophe vers cet inconnu d'hier; mais il y a, dans le
nom de père, une majesté sainte, contre laquelle le
scepticisme s'insurge en vain. Je m'étais dit que je serais
le vengeur et, pour m'exciter à la haine, je remuais dans

mon souvenir la lie du passé; mais en voyant le coupable si châtié, des fibres inconnues tressaillaient en moi. — Il était si triste, si délaissé d'affections! Chez lui, tous le détestaient; sa femme le torturait; il vivait seul, sans enfants, sans famille; pour comble d'abandon, j'étais là pour l'aimer, et je ne l'aimais pas!... Je me reprochais mon attendrissement comme une abjuration, j'avais peur de trahir la cause de ma mère en pactisant avec l'homme qui nous avait reniés tous deux; mais du fond de mon esprit une pensée constante le protégeait et me disait : C'est ton père!

Non, ce n'était pas la voix du sang qui parlait, puisqu'il ne me devinait pas, lui, et que ses entrailles restaient sourdes! Ce qui courbait ma fierté, c'était le joug de l'Idée, l'influence du mot divin qu'on enseigne au berceau : « TES PÈRE ET MÈRE HONORERAS, » a dit la Loi sacrée, et c'est peut-être le seul précepte des livres saints que la philosophie n'ait jamais osé discuter; la philosophie qui, dans ses arguties aveugles, a été jusqu'à nier Dieu!

En proie à de telles incertitudes, mes colères se dissipèrent de semaine en semaine comme un long orage sans foudre. Je réussis quelque temps à m'envelopper dans une neutralité de cœur suffisante désormais à mes rancunes; mais du jour où, champion du bien, je me décidai, par conscience, à sauver des angoisses où je le voyais plongé ce malheureux que nul n'aimait, je me surpris à éprouver malgré moi des élans de sollicitude qui ressemblaient presque à des inspirations de tendresse.

On eût dit qu'il me devenait cher de par la protection
que je voulais étendre sur lui. Je m'indignais de ma faiblesse; j'essayais de retrouver mon cœur de marbre; je
voulais rester le vengeur... je ne le pouvais pas. Et
enfin, cette nuit où je le heurtai dans son parc, épiant la
trahison de sa femme... je me sentis si ému de son horrible
souffrance, qu'en lui serrant la main au moment de le
quitter, j'avais des larmes plein les yeux et que je faillis
me trahir.

De ce moment, je n'avais plus lutté contre l'instinct
sacré; je n'étais point fait pour la haine; délivré des
mauvais sentiments que j'avais si longtemps amassés, je
respirai plus à l'aise, je reconquis ma sérénité. Elevé
dans un milieu de tendresse, je ne concevais que l'amour,
ce parfum de la jeunesse. La douce Mary, à qui je con-
fiais les hésitations de mon cœur, me conseillait le pardon: et puis, n'était-ce point encore me venger que de
protéger ce père qui m'avait renié? n'était-ce point
abaisser son orgueil que de me montrer plus grand que
lui? Je l'avais déjà sauvé des ressentiments du fils Bernajou, que la misère eût peut-être poussé à un crime. Je
donnai la meilleure place dans ma vie à cet infortuné,
aussi isolé que moi, et je prévoyais déjà le jour où, pour
relever son courage, je lui rendrais un fils.

V

Le père Bernajou, furieux qu'on l'eût choisi pour espionner son associé, avait continué sans scrupule de surveiller à mon profit les pas de M. Charles, et j'appris bientôt que ce galant déconfit, jugeant sans doute, qu'il arriverait plus aisément au ramier en traquant la colombe, s'embusquait, chaque matin, en vue de Saint-André pour surprendre à leur sortie les innocentes victimes dévouées à sa vengeance. Mabel et Stephen se complurent à le berner, et, pendant trois ou quatre jours, le trio folâtre, s'ébattant sans mystère, courut à travers bois comme par le passé. Je n'étais pas de la partie, l'espion se lassa de ses courses infructueuses.

Mais j'étais à peine rassuré de ce côté, que les événements précipitèrent la catastrophe tant redoutée.

J'avais pu croire longtemps que la vanité de la marquise était seule en jeu dans ses coquetteries; j'espérais que sa froideur la sauverait; mais bientôt certains indices révélateurs me jetèrent dans les plus grandes inquiétudes. Il y a, dans le contact de la passion, des dangers que la coquette la plus maîtresse de son cœur ne sait jamais prévoir; les surprises de l'amour semblent surtout réservées à ces orgueilleuses souveraines, pour

17

qui le tourment d'une âme est un voluptueux plaisir; imprudentes, elles excitent la flamme et s'y consument un jour. L'inconnu les attire. Sûres d'elles-mêmes, elles se hasardent sur les pentes fleuries d'où le regard peut plonger au fond des gouffres. Elles s'accoutument au vertige, elles s'y plaisent; chaque jour, elles font un pas de plus, jusqu'au moment où elles se sont avancées si loin qu'il n'est plus de retour,

Initié aux mystères du drame, dont un concours bizarre de circonstances m'avait fait le confident, j'en lisais les péripéties comme à livre ouvert.

Dévorée par l'ennui, ce terrible auxiliaire sur lequel M. de Meillan comptait si fatalement, la marquise s'était laissé prendre à cette apparence de bonheur qui refleurissait dans sa vie oisive. Elle aimait!... trop fièrement encore pour ne point rester pure au milieu de sa passion, si l'on peut appeler pureté l'adultère du cœur. Je devinais les combats de son âme troublée; je m'épouvantais de mon impuissance. Mais que faire?... Mon père n'était point homme à me pardonner la défense de son honneur : peut-être même se méprendrait-il sur le motif d'une querelle avec M. de Meillan. C'était provoquer le scandale et l'aggraver peut-être... Mais, hélas! le dénoûment trop longtemps prévu éclata bientôt.

Dans un coin de Beau-Séjour, cette habitation abandonnée que madame de Kérandrey avait bien voulu me céder, se trouvait enclos un verger que les conditions de mon bail excluaient de la location. Les quelques mois d'hospitalité que j'avais reçus au château avaient établi entre les châtelaines et moi des relations très-familières, et souvent, en mon absence, prenant mon petit parc pour but de promenade, ces dames venaient y récolter elles-mêmes leur provende de fleurs ou de fruits.

Depuis que, par prudence, je m'étais interdit nos excursions quotidiennes, j'avais d'assez fréquents loisirs, et, quand ma présence à la mine n'était point nécessaire, je revenais travailler chez moi.

Entouré de tous mes chers souvenirs, j'oubliais les soucis d'Ezirol. Dans un joli secrétaire d'ébène qui me servait de bureau, j'avais disposé comme une sorte de tabernacle au fond duquel j'avais pieusement placé le portrait de ma mère, protecteur naturel de tous les gages d'amour recueillis jour à jour, depuis les roses de Baveno jusqu'à un petit croquis de Saint-André, que Mary avait dessiné la veille et qu'elle m'avait donné. En contemplation devant ce trésor que je cachais à tous les yeux, je repassais ma vie, j'en revoyais seulement les heures charmantes, et je rêvais l'avenir.

Un jour, désireux de communiquer un peu plus tôt à M. de Kérandrey les heureux résultats de nos travaux, je l'avais fait prier de descendre par Beau-Séjour à son retour au château, ce qui ne le détournait que de quelques pas. J'étais accoudé à ma fenêtre, ruminant une idée que je sentais être une grande découverte industrielle, lorsqu'au fond d'une allée de mon jardin, dans l'épaisseur du fourré, je crus voir rôder un homme qui m'était assurément inconnu.

Je n'avais point vu entrer ce visiteur mystérieux, et je

m'étonnais de ses allures ; je songeais déjà à une escalade, lorsque, sous un rayon de soleil filtrant à travers
le feuillage, et qui détacha subitement la silhouette du
promeneur sur la verdure assombrie, je reconnus M. de
Meillan. Le secret s'expliquait de lui-même.

Tous les soirs, à notre sortie du château, M. de Meillan
m'accompagnait jusqu'à mon logis ; il y restait fort tard,
et, pour abréger sa route, il m'avait demandé une clef de
mon parc, presque mitoyen du sien. Il venait probable-
ment me voir. Cependant, au bout de quelques minutes,
comme il ne se présentait point, sa lenteur commençait
à m'intriguer, lorsque, à dix pas de moi, je vis paraître
madame de Kérandrey. — Je compris tout : c'était un
rendez-vous !

Un cri que je ne pus retenir fit lever la tête à la dame ;
elle m'aperçut et s'arrêta interdite. Il lui était impossible de retourner en arrière ; surprise, il fallait payer
d'audace, ne fût-ce que pour avertir de ma présence
M. de Meillan, que je n'avais peut-être pas aperçu, et
l'empêcher de se montrer. Elle ébaucha un froid salut,
et passa.

Une terreur affreuse me saisit à la pensée que mon
père allait venir, qu'il les surprendrait... Sans réfléchir
à la hardiesse de mon action, je m'élançai sur les pas de
la marquise afin de l'arrêter, de lui signaler le danger.
En m'entendant courir, elle se retourna dépitée d'une
si étrange indiscrétion, et, d'un ton qu'elle tâchait en
vain de rendre indifférent :

—Eh bien, à qui en avez-vous, me dit-elle, avec cet air effaré? — Ne m'avez-vous point reconnue?

— Si, madame, et c'est pourquoi...

— Je n'ai point sollicité l'honneur de votre compagnie, interrompit-elle avec un sourire contraint; j'aurais regret de troubler vos méditations...

— J'ai voulu vous prévenir, madame, que M. le marquis va venir, je l'attends...

Tout à la peur, je ne songeais point à l'outrage impliqué dans ce brutal avertissement; madame de Kérandrey se pétrifia dans une attitude si superbement courroucée que je demeurai terrifié.

— Que signifie ce langage, monsieur? répondit-elle d'une voix frémissante, je ne le comprends pas, veuillez me l'expliquer.

Je ne savais plus comment justifier mon avis officieux.

— Allons, achevez, monsieur, j'attends! M. le marquis va venir, dites-vous. — Après?

Tout commentaire était une mortelle injure. La marquise, hautaine jusqu'à l'insulte, me courbait sous un regard méprisant. Nous nous comprenions trop bien pour qu'elle n'usât point des avantages de la femme offensée, mais l'âpreté même de son irritation me rendit le calme.

— J'ai cru, madame, répondis-je froidement, que cette circonstance avait quelque intérêt pour vous; s'il n'en est rien, pardonnez à mon indiscrétion...

— Oh! non, monsieur, vous avez été trop loin pour reculer! poursuivit-elle d'un ton résolu, et je veux voir si vous aurez le courage de formuler votre insulte. Cet avis charitable signifie sans doute que je dois craindre l'arrivée de mon mari.

Madame de Kérandrey triomphait de ma confusion; elle savait bien que je n'oserais lui dire : « Vous veniez à un rendez-vous. » Mais à ce moment, au détour de l'allée, M. de Meillan se laissa voir imprudemment... Il se retira avec précipitation, mais point assez vite cependant, car la marquise surprit mon regard fixé sur lui. Elle ne put maîtriser sa confusion.

— Oh! vous êtes un lâche! un lâche! un lâche!... s'écria-t-elle, égarée par la honte.

Et, se tordant les mains dans une crispation de rage, elle déchira son mouchoir en lambeaux.

Ce mouvement révélait encore tant de pudeur et de fierté, que je fus pris de compassion pour ce cœur humilié. Il me restait un espoir puisqu'elle rougissait.

— Vous voulez me dénoncer, me perdre!... répétait-elle, mais, auparavant, je vous ferai chasser comme un misérable!

— Sur mon honneur, madame, je veux vous sauver; je vous estime et vous respecte pour vos combats et votre courage. Je vous ai vue souffrir, je vous ai plainte sans vous accuser; le hasard seul m'a livré votre secret, et ce secret, je vous le jure, est sous la garde de mon dévouement; c'est un ami qui s'offre à vous...

— Un ami! interrompit-elle, vous?... jamais! De quel droit lisez-vous dans mon âme? de quel droit me faites-vous rougir? Un ami !... je vous ferai chasser de ma maison, ou j'en sortirai moi-même !

Sous l'empire de cette situation étrange, nous en étions venus à parler sans réticence de la passion où cette pauvre femme, à bout de forces, se sentait succomber; ses sentiments les plus cachés s'échappaient de son âme vaincue ; la colère avait banni toute réserve, et, dans une imprécation de son orgueil révolté, ne pouvant plus nier sa faiblesse, elle la confessait bruyamment pour me maudire de l'avoir pénétrée.

Tout à ma sympathie pour une si intense douleur, j'allais protester encore de ma discrète amitié, lorsque tout à coup la marquise tressaillit; son visage empourpré se couvrit d'une pâleur mortelle ; ses yeux se dilatèrent dans une expression d'épouvante; je les suivis, et, derrière moi, sur la route, à quelques pas de la grille ouverte, je vis s'avancer mon père.

Il nous avait aperçus, et, avant que nous eussions pu nous remettre de notre trouble, il était près de nous.

— Eh bien ! dit-il, qu'avez-vous donc? suis-je importun ?

Madame de Kérandrey balbutia... Je la vis perdue.

— Ce n'est rien, m'écriai-je vivement; madame la marquise, en voulant sauter ce fossé, s'est tordu le pied, et...

— Oui, je me suis fait bien mal... J'ai cru que j'allais défaillir...

Bien que cette ruse fût très-grossière, l'accident pouvait être vrai. Le marquis nous couvait tous deux d'un air défiant...

— En effet, vous êtes très-pâle, ma chère.

— J'éprouve une atroce douleur...

A ce moment, les yeux du mari se portèrent vers le mouchoir que madame de Kérandrey avait laissé tomber.

— Tiens, voici du linge tout préparé pour bander votre pied ! reprit-il en le ramassant.

— C'est mon mouchoir, je l'ai déchiré dans un mouvement de dépit de m'être si sottement blessée, car je ne puis plus marcher.

— Il faut donc faire chercher une voiture au château pour vous transporter? répondit-il avec tranquillité.

— Je vous en prie.

— C'est bien ! Je vais envoyer François. A cette heure, il doit être au verger, je pense ? ajouta-t-il en s'adressant à moi.

— Oui, monsieur, et je vais l'appeler.

— Merci... j'irai moi-même, restez près de madame ! Et il nous laissa, se dirigeant vers le fond du parc.

Pour aller au verger, il fallait traverser le massif où se trouvait M. de Meillan.

— Je suis perdue ! s'écria la marquise, il va le rencontrer !

— Calmez-vous, au nom du ciel ! dis-je rapidement. Vous redoubleriez ses soupçons. — Vous avez une entorse. Une entorse n'est souvent visible qu'au bout de quelques heures. Appelez le docteur, confiez-vous à lui; il vous aidera à dissiper les doutes !

— Mentir ! toujours mentir ! exclama-t-elle avec rage.

— Mais il ne revient pas. Mon Dieu ! que se passe-t-il entre eux ?... N'entendez-vous rien ?

— Rien !... M. de Meillan l'aura évité, sans doute. Prenez garde !

Elle se tut, et nous attendîmes dans une horrible anxiété. Épouvantés au moindre bruissement du feuillage, nous n'osions respirer. Un événement terrible s'accomplissait peut-être en ce moment ; nous écoutions... et les pauses de notre silence multipliaient nos effrois. Rapprochés dans notre commune terreur, nous ne songions plus qu'au danger pressant qui planait au-dessus de nous.

Nous restâmes ainsi cinq minutes dans une angoisse indicible. Enfin le marquis reparut accompagné de François, qui prit sa course vers le château.

M. de Kérandrey, toujours impassible, alla chercher un banc pour y installer la marquise. Avait-il rencontré l'amant ? l'avait-il provoqué ? l'avait-il tué ?... Les craintes les plus folles me venaient à l'esprit. — Son visage ne nous décelait rien. Il était sombre et semblait pressentir une trahison : il jetait autour de lui des regards furtifs, et demandait aux objets eux-mêmes un indice qui lui permît de nous confondre ; nous n'osions hasarder une parole de crainte d'amener un éclat.

— Comme je vous ai trouvée debout, j'imagine, au moins, que vous n'avez point la jambe cassée ? objecta-t-il brusquement à sa femme.

La marquise frémit, un éclair d'orgueil révolté passa

17.

sur son front ; je crus qu'elle allait tout braver... elle se contint.

— Je souffre beaucoup, voilà tout ce que je sais, répondit-elle.

— Ah! ces sortes d'accidents sont fort douloureux, reprit-il d'un ton ambigu. À propos, Raymon, vous aviez à me parler ?

— Oui, monsieur ; je vous avais fait prier de venir...

— Mais vous n'aviez pas tout prévu, interrompit-il ; voici un malheur qui nous force à remettre à demain notre entretien, car la foulure de madame vous a imprimé une telle secousse... que vraiment vous êtes aussi démoralisé qu'elle-même !

— J'en conviens... je suis très-nerveux...

— Oui, vous êtes fort sensible, je le sais ; mais je ne dois pas moins vous remercier du grand intérêt que vous portez à ce qui me touche. Demain, nous causerons.

Et, comme pour couper court à tout autre propos, il retomba dans son mutisme.

L'arrivée de la calèche rompit heureusement cette émouvante situation.

VI

Dès que je fus délivré, je me précipitai à la recherche
de l'amant... je ne le trouvai point. Je parcourus en tous
sens le petit bois où je l'avais vu caché ; je cherchai sur
le sable des traces de pas qui pussent dénoncer une rencontre entre mon père et lui. Les traces se confondaient
et se croisaient sans rien révéler.

Dévoré d'inquiétude, je courus chez Meillan, afin
d'apprendre de sa bouche si quelque malheur nous menaçait, mais bien décidé, en tout cas, à lui signifier que
je n'entendais pas qu'il choisît ma demeure pour y abriter
ses rendez-vous. J'avais encore sur le cœur les insultes
de la marquise ; j'avais hâte de me trouver en face d'un
homme pour exhaler ma colère.

Meillan était dans son cabinet ; il écrivait.

— Avez-vous vu le marquis ? lui dis-je au premier
mot.

— Le marquis ?... Je l'ai vu hier au soir.

Je respirai.

— Mais qu'y a-t-il donc ? ajouta-t-il. Vous êtes éche-
velé comme un ouragan.

— Il y a que M. de Kérandrey arrivait chez moi en
même temps que sa femme ! qu'il a failli vous sur-

prendre, et que je ne suis pas d'humeur à servir vos amours en vous prêtant ma maison !

— Voyons, voyons, mon cher, causons de sang-froid. Vous me tombez dessus comme un dieu vengeur, ni plus ni moins que si j'avais commis les plus noirs forfaits : juste au moment où je déplorais mon trop complet retour à l'innocence. Je veux bien être pendu, hélas ! si votre bocage a jamais retenti de plus chastes soupirs !

— Oh ! vous n'êtes pas si complétement revenu à l'âge d'or que vous ne compreniez les idées que pourrait se faire un mari de ces entrevues si chastes. Or, comme il ne me plairait point qu'il me crût votre complice...

— Penseriez-vous à me chasser de mon Éden ? Ce serait extravagant; vous nous obligeriez alors à courir les champs !... Sérieusement, mon ami, c'est exagérer le scrupule...

— Sérieusement, ripostai-je d'un accent si sec qu'il semblait presque une menace, je vous prie de me rendre cette clef que je vous ai prêtée, ne sachant point à quel usage vous la destiniez !

— Ah ! si vous le prenez ainsi, vous pouvez vivre en paix ! Je n'ai point l'habitude de forcer les portes qu'on me ferme !...

— Voici le petit instrument de perdition dont la remise vous tient tant au cœur, ajouta-t-il en me présentant ma clef. Maintenant, mon cher Raymon, laissez-moi vous faire remarquer que, depuis que vous êtes entré dans cette chambre, vous me parlez d'un air farouche que ne comporte pas la situation. Si vous êtes un jaloux, je vous excuse. Mais vous n'êtes point amoureux, que je sache; vous n'êtes ni frère, ni mari, ni cousin, ni...

— Ni complaisant, articulai-je d'un ton bref.

— Je le vois parbleu bien, répliqua-t-il. Allons, ne vous fâchez pas... Nous serions absurdes de nous prendre aux cheveux pour l'honneur d'un mari qui serait assez sauvage pour s'en effaroucher. — Je suis un grand fou, je le confesse. Je sais bien que je joue gros jeu; mais si vos morales les plus émollientes ont été sans effet autrefois, jugez où j'en dois être à cette heure, alors qu'elle m'aime enfin. C'est naïf à confesser. Mais je suis pris, cette femme me tient... Hé! que vous dirai-je, mon Dieu? Elle me fait adorer jusqu'à ses résistances, qui me désolent et me brûlent!

Il s'interrompit; puis, après un instant :

— J'extravague, mon cher Raymon, vous le voyez. Moi, qui riais de vos théories sentimentales et nuageuses, il n'y a pas à dire, me voici converti! — Mais racontez-moi ce qui s'est passé là-bas, ajouta-t-il. Je vous ai vu causer avec elle; j'ai senti qu'elle avait peur que nous ne fussions découverts, et je me suis éloigné pour ne point lui déplaire.

Il écouta, anxieux, le récit de notre triste scène.

— Mais il la torture, le misérable, il la tue! s'écria-t-il.

— Vous ne réfléchissez point que le malheureux est mille fois plus torturé lui-même, répondis-je. Écoutez-moi, Meillan; pour celle que vous aimez, partez. Brisez

des relations impossibles. M. de Kérandrey vous croit
encore son ami, puisqu'il n'a point rompu avec vous,
mais ses soupçons sont éveillés; quelque part que vous
essayiez de vous rencontrer avec sa femme, vous serez
en danger : il vous épie, il vous guette...

— Parbleu! il m'épie comme il épie son ombre, comme
il vous épie vous-même...

— Oui, je le sais, on a prudemment attiré les soupçons sur moi!... Mais, songez-y, vous pouvez être trahis
par les gens...

— Je ne partirai qu'avec elle. L'abandonner à cette
heure serait une lâcheté! Aussi bien, cette existence
n'est plus possible ; ils en sont arrivés à ce degré
de désunion qui fait du mariage un enfer. Elle étouffe,
elle meurt dans ce milieu d'ennuis que lui suscite une
jalousie sans cesse en éveil!... Voyons, j'en appelle à
vous-même, qui assistez au martyre de cette pauvre
femme, n'est-il pas de mon devoir de la sauver?

— Mon cher Meillan, si vous appelez le martyre pour
une femme l'ennui de ne pouvoir prendre un amant, j'a-
voue que madame de Kérandrey est fort malheureuse,
car le marquis paraît peu d'humeur à lui concéder une
telle fantaisie. Pour moi qui ne suis point amoureux,
vous l'avez dit, je m'imagine que la victime, c'est le mari
que vous voulez tromper. C'est pourquoi je ne veux point
m'associer à vos projets, et, lorsque vous croyez de votre
devoir de lui prendre sa femme, je crois qu'il est du mien
de chercher à vous en empêcher. Ceci n'est point de la
morale, c'est tout simplement une déclaration de principes.

—Ah! fit Meillan, devenu froid tout à coup. — Et comment comptez-vous vous y prendre pour m'en empêcher ?

— Je l'ignore encore ; je vous le dirai plus tard.

—Ah çà ! mon ami, ce que vous me dites là est fou ! Si vous êtes venu ici pour me chercher une querelle, énoncez-le clairement...

— Je n'ai aucun titre pour vous chercher querelle, je n'ignore pas plus que vous ce que mon intervention aurait d'offensant pour M. de Kérandrey et pour la marquise elle-même. Mais mon amitié pour le mari m'oblige à le défendre, et je le défendrai autant qu'il sera en mon pouvoir.

— Tiens, tiens, tiens !... fit-il en ricanant, soit, mon cher, tout cela est fort bien pensé... Seulement, vous n'avez pas prévu que, de mon côté, je pourrais aussi me passionner pour ce rôle de moraliste qui vous sied si bien. L'exercice de la vertu parfaite est toujours plein de charmes... surtout quand on l'impose à son prochain ; vous ne serez donc pas surpris si, à mon tour, je vous demande un petit sacrifice avec tout autant de raison que vous pouvez en avoir en ce qui touche mon gros péché.

— Que voulez-vous dire ?

— Je veux dire, mon ami, que je ne suis pas tout à fait aussi naïf que ce bon Charles. — Figurez-vous qu'un ancien jardinier à moi est entré au service de M. Barnet ; ce garçon, jaloux autant que vous de la bonne tenue de son parc, prétend vous y voir le soir en cachette. Joignez à ce renseignement les rapports de quelques paysans bavards sur vos promenades dans les bois en compagnie de miss Mary...

— Oh! n'allons pas plus loin, monsieur! m'écriai-je indigné de voir mêler ce nom si pur à ces honteuses intrigues.

— Vous avez tort de vous fâcher! répondit-il avec son calme irritant; un père n'est pas moins sacré qu'un mari, et j'imagine que le bon baronnet ne serait pas sans prendre ombrage d'une passion qui compromet sa fille. Je sais que vous pourriez tout réparer par un mariage, mais le soin que vous prenez de vous cacher du père semblerait indiquer que vous avez oublié de demander son consentement...

— Si je comprends bien à mon tour, cela signifie que vous me dénoncerez à sir George, lui dis-je exaspéré.

— Fi! mon cher! Pas plus que vous ne me dénoncerez au mari! Pour être sincère, je confesserai que la défense de la morale m'est tout à fait étrangère; je ne sais pas du tout comment ça se pratique... Je suivrai vos leçons et je prendrai de votre salut le même soin que vous prendrez du mien.

. La logique a de terribles rigueurs : M. de Meillan me combattait avec mes propres armes... A défaut de bonnes raisons, je m'emportai presque jusqu'à la provocation..,

— Voulez-vous nous battre ?... Battons-nous, reprit-il avec ce flegme qui me mettait hors de moi. Nous ferons une sottise qui nous nuira à tous deux, à vous surtout : le mari, qui n'est point un sot, s'effarouchera de votre

beau dévouement; et le père vous croira peut-être moins désintéressé que vous ne l'êtes dans ce conflit conjugal.
— Cela vous rend songeur, n'est-ce pas?... Allons, croyez-moi, demeurons bons amis, et ne nous égorgeons point par excès de vertu.

On comprend qu'à la fin de cette altercation nous étions devenus d'irréconciliables ennemis.

VII

Au château, l'anxiété était dans l'air, on eût dit que chacun devinait des circonstances funestes à ce vulgaire accident qui clouait, pour deux jours, la marquise sur son fauteuil. M. de Kérandrey avait accepté les explications du médecin sans paraître manifester le moindre doute, mais sa crédulité même était inquiétante, on y pressentait un parti pris de se montrer confiant; et, lorsque le lendemain, par convenance, je vins chercher des nouvelles de la blessée, il ne me dit point un mot sur notre rencontre de la veille.

La marquise, couchée sur une chaise longue et le pied sur des coussins, me reçut avec une froideur de fâcheux augure. Après le service que je lui avais rendu, je pouvais m'attendre à un accueil plus cordial. Je me trouvais dans une situation si délicate vis-à-vis de cette pêcheresse que je n'osais plus lui parler, de crainte de blesser son orgueil.

J'allais abréger ma visite, lorsqu'elle me retint par un geste expressif en me désignant un siége placé près d'elle. Au bout d'une minute, madame de Lincourt et M. Charles nous laissèrent seuls.

Je gardai le silence, mais le sentiment de gêne qui pesait sur moi avait aussi gagné la marquise; elle hésita quelques instants avant d'oser parler : enfin, ayant affermi sa résolution :

— Je pense, monsieur, me dit-elle, que vous avez compris comme moi la nécessité d'une explication définitive?.

— Je ne l'avais point désirée, madame; j'avais pensé que l'oubli couvrirait ce qu'un malentendu avait amené de fâcheux pour moi dans cette scène où, par trop de zèle, j'ai eu le malheur de vous déplaire.

En attirant ainsi l'entretien sur ce qui m'était tout personnel, je voulais donner à la marquise une nouvelle preuve de ma discrétion : elle n'accepta point cette réponse évasive.

— Oh! je n'en suis plus, monsieur, à vous reprocher une intervention pour laquelle, en somme, je vous devrais peut-être de la gratitude... J'ai beaucoup réfléchi depuis hier, ajouta-t-elle tristement.

— Alors, madame, vous devez être convaincue de mon dévouement sincère; il n'en faut pas davantage pour dissiper l'opinion qu'un moment d'irritation vous avait fait concevoir de moi, et s'il nous est échappé à tous deux

quelques propos mal compris, encore une fois, oublions-
les.

— C'est-à-dire que vous m'assurez de votre discrétion,
monsieur, dit-elle avec un sourire amer ; mais c'est précisément sur ce point que j'ai voulu vous entretenir. Si
facile que vous soyez à l'oubli pour des paroles offen-
santes que je regrette, il est des choses dont vous vous
souviendrez...

— Madame...

— La feinte est inutile ! Vous savez ce que je voudrais
cacher à tous les yeux, ce que je voudrais me cacher à
moi-même ! Je ne descendrai point à me justifier ; je
paye cher ma faute, si j'en commets une, par les conti-
nuels mensonges auxquels je suis réduite, par cette peur
avilissante qui me poursuit partout ; ma pensée même ne
m'appartient plus, car je tremble qu'on ne la lise sur
mon front ; pour tromper les regards il me faut jouer la
tristesse quand j'ai de la joie plein le cœur, il me faut
rire quand les sanglots m'étouffent et que sous les yeux
de celui que je vois toujours et que je crains, j'attends...
celui qui ne vient pas ! Mais du moins jusqu'à ce jour je
croyais n'avoir de confident que moi-même ; on pouvait
me soupçonner, mais non me convaincre. Je sentais bien
la défiance autour de moi, mais ma conscience seule
m'accusait...

— Sur mon honneur, madame, m'écriai-je ému de
ces aveux qui ressemblaient si bien à des remords, je
vous jure que, loin de vous accuser...

— Vous me plaignez ! oui, vous me l'avez déjà dit.

Cela pourrait à la rigueur suffire à mon orgueil ; mais,
vous avez trop de tact pour ne point le comprendre, ma
dignité ne saurait se payer d'une telle indulgence, elle
aurait à souffrir trop cruellement dans la situation que
votre perspicacité nous a faite, et dont il nous faut sortir
à tout prix. Je crois peu aux médecins de l'âme ; l'amitié
que vous m'avez offerte et votre compassion ne seraient
que le constant souvenir d'une heure que je ne peux pas
effacer de ma vie... Aussi, monsieur, ai-je compté sur
votre délicatesse pour m'épargner des humiliations que
je ne saurais supporter sans révolte.

— J'ai déjà protesté de mon dévouement, madame...

— Je vous remercie, et je l'accepterai cette fois avec
reconnaissance, si vous m'en donnez la seule preuve que
je puisse réclamer.

— Parlez, madame, j'attends vos ordres.

— Eh bien, monsieur, je vous prie de quitter Ezirol.

— Quitter Ezirol !

— Oui, reprit-elle tranquillement, je m'en fie à vous
pour imaginer un prétexte qui me mette à l'abri de toute
suspicion : je n'ignore pas l'importance des services que
vous avez rendus et que vous pouvez rendre encore
ici...

— Mais, madame, ce que vous me demandez est impossible ! m'écriai-je au comble de l'étonnement.

— Et pourquoi impossible ?

— Parce que ce serait peut-être la ruine pour vous ;
parce que j'ai commencé une œuvre où mon honneur est
engagé, et que je ne puis, sans manquer à la probité,

trahir la confiance du marquis au moment où je viens
de l'entraîner à d'énormes dépenses pour des travaux
que seul je puis diriger, et du succès desquels j'ai répondu.

Madame de Kérandrey m'entendait avec impatience.

— Vous invoquez là des considérations que je comprends mal, monsieur, et c'est à l'homme de cœur que
je m'adresse; je me déchire à tout ce qui m'entoure, et
vous m'avez infligé la plus grande douleur que je puisse
ressentir. Je ne suis point femme à porter le front haut
devant qui m'a vue rougir. Je n'ose plus vous regarder
en face, et je me sens avilie. Je veux racheter les moments d'erreur que je viens de traverser; j'ai besoin de
tout mon courage, de toute ma fierté surtout, que vous
pouvez troubler d'un mot. Le sacrifice que je vous demande, je l'exigerai d'un autre encore; je resterai
seule, je riverai plus étroitement ma chaîne, j'expierai
cette ombre de bonheur d'un jour; mais que tout s'a-
néantisse à la fois comme les spectres d'un mauvais
rêve! Partez! partez!

La marquise se couvrit le visage de ses deux mains,
comme pour voiler sa confusion. J'essayai de lui rendre
le courage.

— Mais croyez-vous que je puisse vivre ainsi? gémis-
sait-elle. Vous me tuez tous avec vos yeux avides! mon
âme est à moi! Si elle chancelle, je n'ai pas souillé du
moins le nom que je porte!

Que répondre? Dans la cruelle impasse où je m'étais

jeté je n'avais qu'une excuse : je luttais pour mon père!
C'était le seul mot que je pusse prononcer.

— N'est-ce donc point assez d'esclavage! reprit-elle
avec colère. Laissez-moi pleurer en liberté ma jeunesse
perdue, mon avenir sans espoir !

Hélas! depuis longtemps j'avais deviné la plaie de ce
cœur! Elle n'avait jamais aimé! Le mariage, il faut le
dire, quand il n'est pas l'amour ou le dévouement, ne
représente plus pour la femme que la plus cruelle des
servitudes. Madame de Kérandrey, comme tant d'autres,
s'était engourdie dans cette paix factice, dans cette indifférence qui n'est que l'absence de la douleur. Mais,
depuis qu'une passion illuminait sa vie, éblouie par la
flamme, dévorée d'aspirations, son cou blessé saignait
sous le joug implacable ; et, jetant un regard vers les
saisons accomplies, elle comprenait enfin qu'elle n'avait
pas vécu.

Si ému pourtant que je fusse de ses larmes, il m'était
impossible de souscrire à ses conditions. Sa plainte accusait d'ailleurs je ne sais quel froid parti pris, plus de
haine envers moi que de regrets de sa faute; c'était une
vengeance qu'elle poursuivait plutôt qu'une réhabilitation.

— Si je ne puis quitter Ezirol, madame, lui dis-je, je
puis du moins vous obéir en vous jurant de ne jamais
paraître au château.

— Oui, et vous vivrez en joie après m'avoir blessé au
cœur !... Oh ! non, monsieur, non, il n'en sera pas ainsi.
Vous savez bien, d'ailleurs, qu'il resterait entre nous des

relations forcées. — Croyez-moi, j'ai fait un effort de courage en vous priant de partir. Ne me forcez point à me rappeler ! ajouta-t-elle d'un tel accent de mépris, que je sortis un instant de ma réserve.

— Mais est-ce bien moi, madame, qu'il faut accuser?...

— Je ne vous permets pas d'invoquer le nom d'un autre ! répondit-elle avec hauteur. Tenez, finissons, monsieur; est-ce votre dernier mot?... prétendez-vous rester ici malgré moi?...

— Je ne m'éloignerais pas sans manquer à la probité...

— C'est bien, monsieur, je saurai me passer de votre consentement; et, puisqu'il faut vous mettre dehors !...

— Permettez-moi de me retirer, madame ! m'écriai-je en l'interrompant. J'attendrai chez moi que vous me fassiez chasser.

— Ce sera aujourd'hui même, répliqua la marquise exaspérée de mon sang-froid.

Et repoussant avec rage les coussins qui soutenaient son pied blessé, elle se mit à marcher avec agitation.

— Prenez garde ! m'écriai-je effrayé de cette imprudence, si le marquis venait !...

— C'est précisément lui que je vais chercher.

— Mais vous vous perdez !

— Rassurez-vous pour moi, accentua-t-elle avec un sourire haineux, vous saurez bientôt qui je vais perdre !

Sans m'écouter davantage, elle se dirigea vers le ca-

binet de mon père, au grand effarement des gens, surpris de cette guérison subite.

Je demeurai stupéfié... L'exaltation de la marquise en
était arrivée à ce paroxysme qui touche à la folie. L'orgueil, la honte, le désespoir de la passion l'entraînaient
même au mépris de sa vie. — Épouvanté à l'idée de
l'horrible scène qu'elle allait engager, je ne songeai
qu'à m'enfuir... A ce moment Aylic accourut vers moi,
me conjurant de me rendre auprès de Jeanne qui me
demandait avec instance. Je le suivis.

A mon aspect, la vieille Bretonne se leva dans une
agitation extraordinaire.

— Que lui avez-vous fait? me cria-t-elle avec véhémence. Êtes-vous donc aussi son ennemi?... Dois-je
maudire le jour qui vous a amené?

Je voulus répondre : elle m'interrompit.

— Hier, hier... que lui avez-vous fait? Il a pleuré ce
matin devant moi... lui! il a pleuré! et votre nom est
venu sur ses lèvres comme une imprécation. Vous pac-
tisez avec les méchants, vous le trahissez! Est-ce vrai,
est-ce vrai?...

Il eût été cruel de révéler à cette pauvre femme le
douloureux secret dont le dénoûment s'achevait à cette
heure, j'essayai de la calmer en protestant contre ses accusations... mais, épuisée par les terribles émotions qui
l'avaient assaillie, elle retomba sur son fauteuil en proie
à une de ces crises où son esprit semblait frappé d'hal-
lucination.

— Le jour est venu ! disait-elle avec effroi, je vois un crime entre eux !... Que Notre-Dame les protége !

Je m'empressais à lui donner des soins, mais Aylic me pria de me retirer, car ma présence exaspérait ses transports.

Dans le château tout était encore plongé dans un morne silence, et rien ne trahissait au dehors le sombre drame qui s'y passait.

VIII

Une heure après, comme j'étais chez moi anxieux, par la fenêtre entr'ouverte je vis arriver le marquis. M. Charles l'accompagnait.

Sur la réponse d'un domestique qui leur apprit que j'étais dans mon cabinet, M. de Kérandrey entra seul, tandis que le neveu s'installait sur un banc placé devant ma porte.

Bien que j'eusse prévu un malheur, j'étais si loin de pressentir par où il me frapperait, que mon esprit s'emplit de consternation quand mon père apparut devant moi pâle et sombre.

Debout sur le seuil, il m'observa un instant sans parler; puis, remarquant mon émoi :

— Je pense que vous deviez vous attendre à ma visite, me dit-il avec un écrasant dédain.

Si je ne surmontais mon trouble, j'achevais ma perte.
Je répondis donc avec assez de tranquillité :

— Je vous attendais si peu, monsieur, que votre
apparition m'a tout à coup surpris... Mais vous êtes
toujours le bienvenu...

— Épargnez-vous lés compliments !... vous savez que
ce n'est point là ce qui m'amène.

— J'attends alors que vous m'interrogiez.

— Êtes-vous un homme d'honneur, monsieur? dit-il
brusquement en me regardant dans les yeux.

A ce mot, je bondis.

— Monsieur le marquis, vous êtes chez moi! m'é-
criai-je.

— Parbleu! je pourrais vous en dire autant, j'imagine!

— Mais quand vous ai-je donné le droit de me faire
une telle question?

— Après le rôle que vous avez joué hier dans une
indigne comédie, le doute m'est permis, répliqua-t-il.
J'ajouterai qu'on vient de vous accuser d'une infamie... une infamie telle, que, malgré tout ce qui vous
condamne, j'hésite encore à y croire ! et je viens chercher la vérité.

— Et qui m'accuse?

— Vous le saurez dès que vous m'aurez appris le
motif de votre grotesque invention d'hier, dès que vous
m'aurez expliqué pourquoi madame de Kérandrey s'en
est rendue complice.

— Interrogez madame la marquise, monsieur.

— Oh! elle m'a donné son explication! mais c'est la vôtre que je veux. Vous ne me contesterez pas le droit de vous demander compte de cette aventure, je suppose?

— Je ne puis rien vous dire, monsieur.

— Vous ne pouvez rien me dire! s'exclama-t-il, maîtrisant avec peine la fureur qui bouillonnait en lui. — Ah çà! croyez-vous qu'après avoir abordé un sujet qui met en question l'honneur de ma femme et le mien, je me contenterai de cette réponse? Hier, vous m'avez trompé tous deux; je vous ai trouvés tremblants de peur, comme surpris dans une trahison; il m'importe de savoir quel mystère il peut y avoir entre ma femme et vous!

— Mais, monsieur, ne serait-ce point outrager madame la marquise que d'essayer de la défendre? ne serait-ce point croire qu'on peut l'accuser?...

— Je l'accuse, monsieur! fit-il sèchement, comme si, dans cette altercation suprême, il voulait nous barrer tout retour. Après ce mot, il n'y a plus de restrictions possibles entre nous, vous le voyez; il nous faut aller jusqu'au bout! A mes yeux, vous êtes coupable ou complice!

— Moi? m'écriai-je, moi, votre hôte?...

— Oh! laissez là les protestations oiseuses! Encore une fois, il me faut la vérité!... et vous allez me la dévoiler si vous ne voulez pas que je vous croie un misérable. Madame de Kérandrey vient de me dire que vous l'insultez d'un amour criminel, et que l'émotion dans laquelle je vous

ai surpris hier tous deux venait de ce que vous étiez sur
le point de l'offenser par un aveu indigne.

— Mais c'est une calomnie atroce ! proférai-je indigné.
Quoi ! lorsque je vous attendais !...

Mon père s'empara de ce mot.

— Alors c'est que vous trembliez pour un autre qui
ne m'attendait pas !

Épouvanté de cette pénétration de jaloux, je ne savais
plus que répondre ; une odieuse perfidie m'enlaçait de
toutes parts.

— C'est infâme ! c'est infâme ! répétais-je... Monsieur,
je vous jure...

— Me jurerez-vous que personne n'attendait la marquise chez vous ? interrompit-il les yeux étincelants.

Je me tus devant cette colère qui grandissait à chacune de mes paroles. Mon silence l'exaspéra.

— Mais vous ne comprenez donc pas, me cria-t-il,
qu'après ce que je vous ai dit, il me faut une satisfaction ?
qu'il faut que je croie ma femme ou que je la confonde,
que je la venge ou que je la punisse ? — Ou vous êtes
fort avant dans ses secrets, puisque vous l'avez aidée à
me tromper, ou ce qu'elle m'a dit est vrai ! dans ces deux
cas, vous m'avez offensé ! Vous allez vous expliquer à
l'instant... ou sinon...

Devant cette menace, je devins si pâle qu'il me crut
lâche ; il se contint.

— Tenez, j'ai pitié de vous, dit-il, révélez-moi tout,
et je vous pardonne !

A ce mot, je faillis m'oublier.

— Assez, monsieur, m'écriai-je, assez ! ou par Dieu !...

— Et que ferez-vous ? répliqua-t-il d'un ton de provocation en se posant devant moi.

Je m'arrêtai terrifié... je touchais au sacrilége.

— Monsieur, lui dis-je redevenu calme, je vous ai
donné ma parole que je suis innocent de ce dont on
m'accuse. Si je savais le secret que vous me demandez,
croyez que je rougirais de me faire délateur. Maintenant,
je vous l'atteste, je ne répondrai point à vos menaces ;
dussiez-vous me couvrir d'outrages, je ne me battrai
point avec vous !...

— Par respect pour mes cheveux gris, sans doute,
interrompit-il d'un ton sarcastique ; mais, à défaut
d'épée pour vous châtier, j'ai une cravache !...

C'en était trop. Frémissant sous l'insulte, je me mordais
les poings de rage... A ce moment, à dix pas de moi,
dans le jardin, j'aperçus M. Charles qui ne perdait pas
un mot de notre altercation, et qui, surpris par mon
regard, se mit à caresser mon chien pour se donner une
contenance indifférente. Si je ne pouvais me battre avec
mon père, je pouvais du moins prouver sur celui-là que
je n'étais point un poltron...

— Hé ! monsieur, là-bas ! lui criai-je avec tout ce que
je pus mettre d'insolence dans mon accent, je vous dé-
fends de parler à mon chien !

— Est-ce à moi que vous vous adressez ? fit-il atterré.

— A vous-même ! vous êtes un...

La parole expira sur mes lèvres. Comme je disais ces

18.

mots, mon père exaspéré me fouettait la joue de son gant.

Un cri sortit de ma poitrine, un nuage de sang m'aveugla. Ivre de fureur, perdant le sens, je me précipitai pour prendre une arme dans un meuble placé près de moi; dès que je l'eus saisie, une réflexion m'emplit d'horreur... J'allais frapper mon père!...

Je tombai sur un siége, mon visage dans mes mains, et je fondis en larmes.

Il y eut là une seconde de trêve, puis, tout à coup, le marquis, se jetant sur moi, s'empara de force de mes deux poignets et les rabattit comme s'il voulait m'empêcher de voiler ma rougeur.

— Ah! c'en est trop! m'écriai-je outré et croyant à quelque nouvelle agression...

Mais je restai pétrifié...

Mon père, pâle et tremblant, était penché sur moi et il me contemplait avec une expression de terreur indicible. Il resta un instant silencieux, puis levant sa main frémissante, il attira mes yeux vers un objet que dans mon transport j'avais fait choir sur la table où j'étais accoudé.

C'était le portrait de ma mère; la vitre s'en était brisée.

Nous restâmes muets tous deux.

— Vous êtes son fils? balbutia-t-il enfin.

— Oui, je suis son fils! répondis-je avec une sourde indignation... son fils!... Comprenez-vous, maintenant, que je ne suis ni le complice, ni l'amant de votre femme ? Comprenez-vous pourquoi je viens d'être lâche ?

Mon père détourna les yeux, une larme perla au bord de sa paupière aride, puis, me saisissant dans ses bras, il baisa la joue qu'il venait de souffleter en murmurant :

— Pardon ! pardon !

Mais j'étais encore sous l'impression de l'affreuse lutte, la vue de ma mère avait réveillé mes cruels souvenirs. Je me dégageai de son étreinte, le laissant presque à genoux.

— Vous invoquez le pardon ? lui dis-je d'une voix étouffée. Demandez-le à cette image de celle que vous avez tuée : si elle parle, j'oublierai ce que nous avons souffert par vous !

Il voulut prendre ma main, je la lui arrachai brutalement.

— Nous n'avons plus rien à nous dire, m'écriai-je. Demain, j'aurai fui votre maison. Hâtez-vous donc de me tuer d'ici-là, pour venger votre femme.

Je m'arrêtai ivre de honte ; l'outrage m'avait rendu tous mes sentiments haineux. Mon père, immobile devant moi, me regardait suppliant ; une grosse larme coula sur sa joue.

— Nous ne nous verrons plus ? me dit-il d'une voix entrecoupée.

— Jamais !

A cette parole inexorable, il se fit entre nous un

morne silence. Je relevai le portrait brisé et le voilai,
comme pour le dérober à des regards indignes.

Courbé, anéanti, mon père suivait tous mes mouvements d'un œil hagard; on eût dit qu'il contemplait les
ruines de sa vie.

— Ne me quittez pas ainsi, Raymon, reprit-il, succombant presque à son émotion... Oui, je le comprends,
vous devez me haïr. Mais laissez-moi vous revoir demain.
lorsque votre colère sera apaisée. Il faut que je vous
parle...

— Soit, monsieur; aussi bien, j'aurai des notes à vous
remettre sur la conduite de vos travaux. Je les préparerai
cette nuit.

A cette réponse, il sortit sans oser me tendre la main,

IX

Les événements s'étaient précipités avec une telle furie,
que je demeurai comme étourdi des coups qui m'acca-
blaient. Je sentais encore sur ma joue la marque honteuse qu'y avait imprimée le gant de mon père; elle me
brûlait! Oublieux des tendresses filiales depuis six mois
amassées dans mon cœur, je ne voyais plus qu'un ennemi mortel dans cet homme qui m'avait flétri deux fois,
qui m'avait brisé sur sa route comme il avait brisé ma

mère; qui, pour prix de mon dévouement, me forçait, par un affront irréparable, d'abandonner l'œuvre où j'avais mis toutes mes espérances, au moment où le succès allait peut-être me rendre digne de celle que j'aimais.

En proie aux agitations les plus poignantes, je me préparai tout le jour au départ; quand vint la nuit, je me rendis à Saint-André. Je me désolais en pensant au chagrin de Mary, à ce nouveau désastre qui s'abattait sur nos pauvres amours. Je la trouvai si heureuse ce soir-là, que le courage me manqua : je remis au lendemain l'annonce de ma fatale nouvelle. Mais elle devina bientôt mon inquiétude, et s'en alarma; elle me pressa d'interrogations. Je lui avais souvent confié mon ennui de voir mon père repousser brutalement mes premiers témoignages d'affection; avec l'instinct des âmes aimantes, elle pressentit un peu de la vérité.

— Vous avez encore eu quelque triste altercation avec votre père, n'est-ce pas, pauvre ami? me dit-elle.

Je ne pus retenir un tressaillement.

— Oui, Mary, une scène cruelle, mais je ne puis vous la raconter. Ne parlons pas de mon père, je vous en prie, repris-je avec un accent si amer, qu'elle devina ma peine encore trop profonde pour tâcher de la consoler.

Je subissais la bienfaisante influence de ce cœur jeune et pur qui ne concevait que l'amour; mes haines se fondaient au souffle de cette innocence. La soirée ne s'acheva point sans que je me sentisse un peu apaisé; mais, hélas! si la résignation me venait, je n'en étais pas moins malheureux !

J'aurais voulu avertir Stephen ; mais la sollicitude inquiète de la pauvre Mary se fût sans doute effrayée si j'avais emmené mon ami ce jour-là ; je réussis à lui glisser deux mots à l'oreille pour le prier d'être à Beau-Séjour le lendemain, de grand matin, et je me retirai accablé.

Les premières transes de la vie avaient aiguisé mon courage. Mais que pouvaient maintenant mon énergie et ma foi ? La fatalité me suivait dans la lutte ; je sombrais de naufrage en naufrage, et je n'avais vu le port que pour y échouer. Il me fallait encore chercher sur quel terrain je rejetterais la première pierre de mon avenir.

Torturé de ces désolantes pensées, j'arrivais à la grille du parc, quand je vis un homme assis sur une borne ; à mon approche, il se leva et vint à ma rencontre. C'était M. de Kérandrey.

— Je n'ai pu attendre à demain, Raymon, me dit-il timidement, et je suis resté ici, n'osant point entrer chez vous en votre absence.

Je me roidis contre mon émotion, et je répondis d'un ton froid :

— Venez, monsieur, je suis prêt à vous rendre mes comptes.

Arrivé dans mon cabinet, je désignai du geste un siége au marquis.

— Je veux vous prier d'abord, Raymon, dit-il après un instant, de ne point donner suite à la querelle que vous avez engagée avec mon neveu, et c'est surtout pour la prévenir que je suis venu.

— Oh! monsieur, interrompis-je avec hauteur, vous n'espérez point, je pense, que je lui ferai des excuses, à lui?

— Non, je ne vous demanderais pas cela; mais vous êtes l'agresseur...

— Alors, il a le droit d'exiger une réparation.

— Oh! je lui ai intimé mes ordres, et, je vous l'assure, il ne vous dira pas un mot! Votre dignité n'est pas en cause, mais la sienne, qui m'importe peu! Je vous supplie donc de ne faire aucune démarche pour amener une rencontre...

— Je ferai savoir à M. Rigaut que je pars, s'il ne vient pas, je n'irai pas le chercher. C'est là le seul engagement que je puisse prendre.

— Merci! Maintenant que je ne crains plus pour vous, c'est pour moi que je veux vous implorer, Raymon.

— Mais, monsieur, qu'avez-vous à attendre de moi? répliquai-je d'un accent si glacial qu'il perdit contenance.

— Vous êtes mon fils, Raymon! balbutia-t-il ému.

— Je le sais, monsieur, répondis-je avec un sourire amer: je l'ai appris enfant, par sept années de misère, où ma mère a travaillé de ses mains pour m'élever, où nous avons souffert de la faim et du froid! Je me le suis rappelé en la voyant mourir dans le désespoir de me laisser seul au monde! Je me le suis rappelé aujourd'hui quand vous m'avez souffleté! C'est vrai, je suis votre fils!... Quel jour vous l'êtes-vous rappelé, depuis vingt-cinq ans?

Le malheureux courbait la tête.

— Ah! oui, murmura-t-il, vous devez être inexorable... J'ai pourtant bien payé le mal que je vous ai fait! — Vous me demandez quand j'ai pensé à vous, vous qui connaissez ma vie! reprit-il d'une voix brisée par les larmes; vous qui avez sondé l'abîme d'angoisses où je me débats, vous croyez à l'oubli? Lorsque j'ai vécu isolé, sans affections, lié à une femme qui m'a torturé, vous demandez quel jour je me suis rappelé que j'avais, de par le monde, un enfant qui eût fait ma joie, mon orgueil?

— Un enfant que vous avez renié ! m'écriai-je.

— Raymon, vous ne savez pas ce qu'était mon père, et ce qu'on fit pour me faire commettre cette infamie. Je suis inexcusable, je le sais! Mais, je vous le jure, je croyais du moins assuré le sort des deux êtres qu'on me forçait d'immoler à des intérêts, à des préjugés de famille et de race que je crus sacrés pour moi; ce n'est qu'à mon retour en France que j'appris la vérité. Vous n'aviez plus besoin d'aide; votre mère devait me haïr, me mépriser; je craignais de raviver sa douleur en me mêlant encore à sa vie, je respectai son repos; j'avais honte de lui disputer l'amour de mon fils; je me punis en me privant du seul bien que je pusse espérer... car je n'étais pas plus heureux alors qu'à présent. Depuis ce temps, Raymon, vous savez si je fus aimé !... et si j'ai dû garder le souvenir du bonheur passé ! Le chagrin m'a aigri; je suis devenu méchant, âpre à mon entourage, me vengeant sur les autres du mal qu'on me

faisait souffrir; toujours trompé, toujours soupçonneux : on m'a amené à me défier de vous comme de
tous ceux qui m'ont approché... Eh ! que vous dirais-je
de mon malheur, Raymon ? vous étiez près de moi
comme une consolation inespérée, et je ne vous connaissais pas !

— J'ai essayé de gagner votre amitié, monsieur...

— Eh bien! si vous avez voulu un jour de cette
amitié, Raymon, serez-vous assez cruel pour m'a-
bandonner à cette heure, quand votre présence me sauverait ?...

— Rester à Ezirol ! m'écriai-je. Mais ne suis-je point
chassé par votre femme ? — Ne m'a-t-elle point rendu
ce séjour impossible ?

— Oh ! dites-moi seulement que vous restez, Raymon !... et je vous jure qu'elle vous respectera... dût-elle
quitter ma maison !... Songez-y donc, c'est mon bonheur
qui part avec vous, c'est la paix de mon cœur ! Soutenu
par mon fils, je redeviendrais bon ! Voyons, ajouta-t-il
attendri, me repousserez-vous ?... Je veux effacer mes
torts, n'est-ce point abjurer mon crime ? Ne vous opposez
point à la seule protestation qui me soit permise contre
une mauvaise action arrachée, je l'atteste encore, à la
faiblesse de mes vingt ans. Je n'ai pas le droit, Raymon,
de vous parler en père... Mais, je vous en conjure, atten-
dez quelques jours avant de me condamner sans rémis-
sion !... Je vous le demande... par la mémoire de votre
mère... laissez-moi accomplir la réparation que je vous
dois à tous deux !...

19

Et, presque suppliant, il me tendait la main comme
pour implorer la mienne. Je ne la lui donnai point : pourtant j'étais bien ému.

— Hélas! que réparerez-vous? lui dis-je tristement.
Me donnerez-vous un nom, à moi qui n'en ai pas? Vous
m'avez dit ce que vous avez souffert d'une femme sans
cœur... Eh bien! moi, j'aime une jeune fille en qui j'ai
mis toute ma vie comme elle a mis la sienne en moi;
pour elle, j'ai travaillé sans relâche, j'ai fui tout ce que
recherche la jeunesse : je l'adore, mais je vivrai à jamais
loin d'elle, parce qu'elle est noble et qu'on me rejette
comme vous avez rejeté ma mère !... Vous m'avez dit
votre passé : voilà mon avenir, à moi !

— Ah! pauvre enfant! s'écria-t-il atterré de ce cri de
découragement. Mais, Raymon, ne désespérez pas, reprit-il avec chaleur : j'ai une fortune dont je puis dis-
poser, elle est à vous! Peut-être alors serez-vous assez
riche...

— Je serai toujours indigent par mon nom...

— Mais je ne veux pas que vous soyez malheureux!
interrompit-il avec animation. Ah! je bénis le ciel qui
me laisse au moins la joie d'aider à votre bonheur ! —
Écoutez, si c'est pour vous rapprocher de celle que vous
aimez que vous me quittez, partez, je ne vous demande
plus rien, abandonnez-moi. Il m'est interdit de vous
donner mon nom, mais je puis du moins vous avouer
pour mon fils : j'irai trouver la famille qui vous repousse,
je lui dirai tout, ma faute, mes remords... Si vous ne me

pardonnez pas, Raymon, permettez-moi du moins de me souvenir que je suis votre père.

Comment dire les sentiments qui m'assiégeaient ? Je m'étais armé contre la rudesse ; j'étais sans force contre l'humilité. Mon père était là, courbé devant moi ; il me suppliait d'une voix émue de ne point repousser sa tendresse... Sa main rencontra la mienne. Cette fois, je ne la retirai point...

Nous demeurâmes un instant attendris et sans pouvoir prononcer une parole.

— Vous resterez près de moi, n'est-ce pas ? me dit-il enfin timidement.

Ce mot me ramena à ma cruelle situation.

Voilé dans mon obscurité, j'avais pu jusqu'à ce jour pactiser avec ma conscience. Hôte du hasard, je n'usurpais rien. Mais m'asseoir, fils clandestin, à ce foyer étranger, y dissimulant ma naissance comme une injure à la morale et à la loi, n'était-ce pas proclamer mon indignité et celle de ma mère ?

Mon père gardait ma main dans les siennes et me dévorait du regard ; il attendait anxieux cette parole qui devait changer sa destinée, cette parole que je ne lui disais pas... Il devina bientôt le combat qui se livrait dans mon cœur ; mon hésitation ranimait son espoir, il voyait que je n'étais plus retenu que par des scrupules, et, avec l'éloquence des sentiments vrais, il essayait de me fléchir d'un ton si pressant et si doux, que je dus lui confesser mes alarmes.

— Raymon, sur ma vie, s'écria-t-il, je vous le jure, je

saurai sauvegarder votre dignité ; je ne sacrifierai point
une seconde fois mon fils... dussé-je me séparer de cette
femme par qui je n'ai éprouvé que des tourments ! Après
l'odieuse accusation qu'elle a portée contre vous, au
risque de nous mettre à tous deux l'épée à la main, vous
vous avoueriez coupable en cédant à sa méchanceté ; je
démentirais l'estime que j'ai toujours professée pour
vous en consentant à vous laisser partir ! Non, le temps
est passé où la peur d'un éclat me soumettait à des concessions continuelles. J'ai payé ma dette de devoirs
envers ces gens-là. Ne suis-je pas délié ? et n'ai-je pas
enfin acquis le droit de chercher ailleurs ce bonheur
qu'ils ne m'ont pas donné ?

Me voyant ébranlé, il me retraça alors sa vie de misères, ses luttes contre une belle-mère hypocrite qui
protégeait les légèretés de sa fille en aversion de l'époux.
Il s'était débattu vingt ans dans ce réseau d'astuces dont
l'homme le plus fort ne saurait déchirer la trame, dans
ces perfidies de femmes, insaisissables comme un mauvais rêve, et pernicieuses à la raison comme lui.

Il se plaignait, il pleurait... Je me laissai convaincre,
et nous n'eûmes plus qu'à confondre nos larmes.

Il fut cependant convenu que je vivrais désormais à
l'écart, et que je cesserais toute relation avec le château.

X

Brisé sous le poids des émotions de la nuit, je dormais encore quand au matin je fus réveillé par Stephen.

— Ah çà! est-ce que tu déménages? s'écria-t-il en dénombrant les malles préparées et que je n'avais point eu le temps de défaire.

— Ma foi!... il s'en est peu fallu, mon pauvre ami!

— Mais tu restes?

— Oui.

— Qu'est-ce que tout cela veut dire alors? Il t'est arrivé quelque événement à propos de la marquise, je le parierais.

— Et tu gagnerais! répondis-je, décidé à livrer une partie de la vérité pour sauver le reste de mon secret.

— Mon cher, reprit-il en secouant la tête, je te l'ai déjà dit, tu joues un rôle déplorable auprès de cette superbe coquette... Le mari peut s'y méprendre et te tomber dessus, un jour, avec la brutalité ordinaire à cette classe intéressante des *prédestinés*...

— C'est ce qu'il a fait hier; mais, rassure-toi, j'ai détruit ses soupçons.

— Et il t'a cru?

— Oui... Oh! continuai-je en notant sur ses lèvres un

sourire d'incrédulité, j'avais des arguments particuliers
pour le convaincre !...

— Alors, méfie-toi de la femme !

— Elle ne peut plus rien contre moi : d'ailleurs, je ne
mettrai plus les pieds au château.

Stephen comprit à ma réserve que je désirais garder
le silence sur les nouveaux incidents de cette histoire où
l'honneur d'une famille était engagé ; il n'insista pas.

— Mon ami, je respecte ta discrétion ; je suppose que
tu dois avoir des raisons graves pour agir comme tu le
fais. Seulement, ajouta-t-il en montrant des pistolets que
je n'avais point renfermés la veille, dans la prévision
d'une affaire avec M. Charles Rigaut, laisse-moi remarquer que voici des armes qui sembleraient indiquer que
tu pensais hier te battre aujourd'hui : je ne saurais trouver rien de plus éloquent pour te signaler la folie de
ton entreprise.

Comme il exprimait ces craintes, mon père entrait
chez moi. Stephen eut un moment d'inquiétude, puis il
demeura interdit. Le marquis n'était plus reconnaissable ;
son front, jusqu'alors soucieux, rayonnait comme s'il eût
secoué ses chagrins pour jamais.

— Bonjour, Raymon, me dit-il en me tendant la main.

Et sa voix, ordinairement si rude, eut un tel accent,
que je me sentis remuer jusqu'au fond du cœur. A la
pensée que c'était moi qui lui donnais ce bonheur, j'étais
fier et charmé.

Stephen, de plus en plus surpris, ne comprenait
rien à ces formes nouvelles ; mais son étonnement n'eut

plus de bornes lorsque M. de Kérandrey commença à le fêter lui-même. Dans nos épanchements de la nuit, j'avais exprimé toute ma vie à mon père, et la tendre sollicitude de M. Devillars, et le dévouement du frère d'élection qui m'avait soutenu dans mes tristes épreuves; et mon père avait voué à Stephen ce sentiment de la gratitude, si profond chez les âmes qui ont beaucoup souffert.

Cependant je n'étais pas sans alarmes sur l'effet que produirait chez madame de Kérandrey l'étrange dénoû-ment de son complot. Il me semblait évident qu'elle poursuivrait jusqu'à la rage la persécution entamée contre moi, alors qu'elle apprendrait que je ne quittais point Ezirol; je redoutais du mari irrité quelque parti violent, irrémédiable, qui pouvait pousser la marquise à s'emporter jusqu'au scandale. Dès que nous fûmes seuls, j'interrogeai mon père sur ce qui s'était passé entre sa femme et lui après notre entrevue.

— Ne vous inquiétez pas de cette folle, me répondit-il avec un sourire de dédain. Je lui ai signifié, ce matin, que vous restez, et elle a compris à ce seul mot qu'il n'était point prudent de persister dans son mensonge. Mais je suis trop heureux pour m'occuper d'elle; qu'elle nous laisse vivre en paix, c'est tout ce que je lui de-mande!

Les jours qui suivirent furent empreints pour nous d'un charme si doux, que j'aurais peine à les re-dire. Dans cette singulière situation d'un père et d'un fils inconnus l'un à l'autre, chaque heure ap-

portait un nouveau gage d'affection. Affranchis de la
gêne cruelle qui si longtemps avait pesé sur nous, chacun de nous découvrait dans l'autre des points de sympathie inaperçus jusqu'alors, et nous apprenions à nous
aimer en pénétrant dans nos cœurs émus. Une amitié
doucement fraternelle engendrait les tendresses passion-
nées du père et les pieuses vénérations du fils. Notre affection ne se renouait point aux touchants souvenirs de
l'enfance, il n'y avait point eu entre nous la communion
des longues souffrances et des longues joies partagées;
mon berceau n'avait point connu ses sourires, son foyer
attristé n'avait point connu mes pleurs; mon esprit ne
s'était point formé sous cette autorité sacrée. Nous nous
étions rencontrés, nous avions vécu comme des étrangers; mais le hasard, en dévoilant notre lien, nous avait
soumis au joug de l'idée éternelle et supérieure aux ré-
voltes de nos passions; il nous fallait obéir au précepte
gravé dans tous les cœurs, à la loi impérissable de la famille, la loi d'amour.

J'avais confié à mon père mes chers projets, ma passion pour Mary et la complicité de ma bien-aimée; il
avait ravivé mon espoir. La légitimité de ma naissance
revendiquée moralement par lui près de sir George n'ef-
facerait-elle point ma tache originelle? Quelques mois de
travaux encore, et j'aurais conquis une position qui me
rendrait digne d'une alliance jusqu'à présent dispropor-
tionnée, je ne me présenterais plus comme un enfant du
hasard.

Mary, à qui je révélais tout, était de moitié dans ma

joie; elle avait plaint le marquis pour ses chagrins en-
trevus; elle l'aima quand, en lui, j'eus reconquis mon
père; et lorsqu'ils se rencontraient, conscients tous deux
du mystère ignoré de tous, en se serrant la main, ils se
disaient, dans un sourire ami, tout ce qu'ils ne pouvaient
se confesser des lèvres.

Ranimé par l'amour, mon pauvre père ne se ressemblait plus à lui-même : il revivait près de moi, il ne pouvait plus me quitter. Chaque matin, il venait déjeuner à
Beau-Séjour, et je voyais avec enchantement refleurir la
mansuétude dans cette nature si longtemps désolée. Accablé par le souvenir du passé, cet homme si fier se faisait humble et doux comme pour mériter son pardon; et
timidement, chaque jour, il hasardait quelque nouvelle
preuve de tendre déférence. — A le voir si soumis, on
eût cru que j'étais le père et qu'il était le fils.

Heureux de me laisser gagner, je m'abandonnais au
sentiment filial qui, décidément, envahissait mon cœur.
Plus j'étudiais le caractère de mon père, plus j'y découvrais une sensibilité que je n'avais jamais soupçonnée,
une impressionabilité qui me le rendait plus cher. Ce
sombre esprit, incessamment replié sur lui-même, avait
une grâce naturelle et enjouée, une parole d'une élégance
rare qui captivait. Lorsqu'il se livrait à quelque aperçu
sur le monde, ses idées avaient cette fleur chevaleresque
des anciens preux qui peut se résumer par un mot: la
foi. Je l'écoutais et je me sentais fier de lui appartenir.

Cependant je ne sais quelle réserve pudique planait
encore sur nos épanchements, il m'appelait Raymon, et je

l'appelais monsieur. Je m'efforçais à me montrer plus
cordial pour effacer entre nous jusqu'au dernier écho de
ce mot de pardon qu'il semblait toujours sous-entendre
en me parlant. Il n'osait jamais évoquer le souvenir de
celle que nous avions tant aimée, et envers qui il avait
été si coupable.

Un matin, sur la table où nous déjeunions, je posai le
portrait de ma mère en face de nous, et, lorsqu'il arriva,
je le conduisis par la main à sa place accoutumée.

A la vue de ce gage de réconciliation, j'allais presque
dire de réhabilitation, ses yeux s'emplirent de larmes. Il
me regarda d'abord d'un air inquiet, mais il me vit sourire. Il comprit que je noyais le passé dans l'oubli, et
qu'il pouvait s'asseoir pardonné entre la mère et le fils.

— Ah! Raymon, s'écria-t-il ému, vous me rendez mon
estime, mon bonheur, ma jeunesse!

Et, succombant à la joie, étourdi des battements de
son cœur ressuscité, il tomba sur sa chaise, enveloppant
d'un regard attendri l'image des félicités passées, l'a-
mour perdu de ses vingt ans; et le fils retrouvé, l'amour
de l'avenir!

Alors il osa me dire ses regrets, ses chagrins, et tous
les détails de cette triste histoire où deux âmes sain-
tement unies, brutalement arrachées l'une à l'autre,
avaient tant souffert pour obéir à la loi sans merci d'un
monde indifférent. Il me raconta ses jours si pleins, que
leur souvenir avait fait partout le vide dans son existence
dépeuplée. En l'écoutant retracer les exquises vertus de
ma douce mère, je me sentais frémir d'un tendre orgueil,

et je croyais retrouver un peu d'elle dans celui qu'elle avait tant aimé.

— Ah ! cher enfant, soupira-t-il tristement, vous avez pu l'adorer, mais pas plus ardemment que moi !

— Mon père, lui dis-je, lui donnant ce nom pour la première fois, pourquoi donc ne me tutoyez-vous pas comme elle ?

Il me saisit par le cou et m'embrassa à m'étouffer.

— Tu as son cœur ! s'écria-t-il.

XI

Cependant, au milieu de ces effusions, je n'osais lui parler de la marquise ou de M. de Meillan, et je tremblais qu'une catastrophe ne s'abattît sur nous. Madame de Kérandrey avait-elle persisté dans sa résolution de ne plus voir l'homme qui l'avait entraînée dans de si cruelles angoisses ? Obtiendrait-elle qu'il partît ? La jalousie du mari ne pouvait plus s'égarer ; après les événements des derniers jours, le moindre indice le mettrait sur la trace de la double trahison, et confirmerait ses soupçons. J'appréhendais que quelque tragique et scandaleux dénoûment ne vînt ruiner notre bonheur. Tout ce que je savais du château, c'est que M. de Meillan y paraissait plus rarement. Je tenais ce détail du vieil Aylic, et voici par quelle circonstance.

Pour donner une dernière joie à sa fidèle Jeanne, dont les pressentiments m'avaient presque deviné, mon père l'avait mise dans notre secret. Un matin, la vieille prophétesse s'était traînée à pied jusqu'à Beau-Séjour pour saluer en moi le dernier Kérandrey.

Aylic était entré naturellement dans la confidence; il ne rêvait plus que de son jeune maître, et chaque matin il venait nous servir au déjeuner. Devant ce fidèle serviteur qui n'avait jamais quitté le marquis, nous pouvions parler librement : il avait signé comme témoin au mariage de ma mère, il était resté près d'elle pendant ses quelques mois de bonheur; il l'avait aimée.

C'était donc un ami pour moi que ce vieux Breton des anciens jours qui, dans sa foi sincère, n'avait jamais compris qu'on eût le droit de briser des liens bénis par un prêtre devant l'autel de Dieu. Ma légitimité ne pouvait être un doute pour lui; il choyait en moi le dernier rejeton de cette race à laquelle ses pères avaient voué leur sang. Son cœur tressaillait à ma vue, il m'eût servi à genoux. Je pouvais donc user de son dévouement pour m'éclairer sur ce qui se passait au château, et je me décidai un jour à l'interroger.

— Ma foi! monsieur le comte, — j'avais dû renoncer à le priver de me donner ce titre; — ma foi, monsieur le comte, répondit-il, il y a bien du changement chez *les femmes* de là-bas. Elles ont abaissé leurs têtes si fières depuis quelque temps... et je crois que M. le marquis tient décidément le pied sur ces vipères. On dirait qu'elles ont peur ; et Jeanne dit que les bons jours recommencent pour les Kérandrey. La mère et la fille ont souvent les yeux rouges : si elles pleurent, ça doit être de chagrin de ne plus pouvoir faire de mal.

— Et mon père, comment est-il avec elles ?

— Lui ? Pardié, il est gai comme un Noël ! — Il n'a pas tant seulement l'air de se rappeler qu'elles existent. Est-ce que vous n'êtes pas à quelques pas de lui comme la bénédiction du bon Dieu ?

Un peu rassuré, je m'étais repris à espérer. Aylic avait compris à demi-mot les craintes qui me poursuivaient, et, sans que je l'interrogeasse, il me disait chaque matin les moindres faits et gestes des *deux femmes*.

Un jour, comme je rentrais de la mine, je vis accourir au-devant de moi, sur la route, le vieux serviteur en proie à la plus cruelle émotion.

— Qu'est-il arrivé ? lui dis-je effrayé. Où est mon père ?

— Il vous attend à Beau-Séjour ; rassurez-vous. Mais il faut que je vous parle tout de suite, car j'ai peur qu'il ne fasse une mauvaise équipée.

— Parlez vite.

— Voilà. Nous étions ce matin du côté de la vanne, où M. le marquis m'avait emmené pour prendre un furet, et nous nous tenions cois dans l'herbe, ne songeant qu'à notre affaire, quand tout à coup nous voyons ce petit vaurien de Mathurin, le groom de M. de Meillan, qui se faufile à travers la haie du parc et qui s'en

vient fouiller dans le creux d'un gros arbre planté au
bord de l'allée. Vous savez si M. le marquis aime les
maraudeurs. A la vue de celui-là, il saute sur ses pieds
et se met à courir pour le corriger; mais sitôt que le ga-
min l'aperçoit, en deux sauts il repasse par son trou, et
se sauve sans demander son reste. Je croyais que c'était
fini là; mais M. le marquis continue son chemin jusqu'à
l'arbre; à son tour, il plonge son bras au creux, et il en
retire un papier froissé. Tout cela s'était fait si vite, que
je n'avais pas eu le temps de réfléchir à ce que cette affaire avait de louche, et je n'ai compris l'aventure qu'au
geste de colère de M. le marquis. Quand je suis arrivé
près de lui, il était si pâle, que je suis resté tout embarrassé sans oser délier ma langue. Pourtant il a mis le
papier dans sa poche d'un air assez tranquille, et m'a dit:
« Aylic, pas un mot de ceci au château, tu m'entends? »
Là-dessus, il s'en est allé chez vous. Mais, ma foi, la
peur m'a pris, et je viens tout vous dire.

Je hâtai le pas, craignant de ne plus trouver le marquis à Beau-Séjour.

— M. le marquis est au jardin, me dit-on comme j'arrivais essoufflé.

Je rejoignis mon père, et je tremblai en le voyant arrêté juste à l'endroit où, quelques jours auparavant,
nous avions eu cette ridicule et déplorable scène avec la
marquise. J'hésitai un moment à l'aborder.

— Eh bien, tu ne viens pas! cria-t-il. Je regarde tes
orangers; vois donc, cher enfant, François te les né-
glige, tu les perdras.

Stupéfait d'un tel calme après le récit d'Aylic, je ne savais plus que penser. Rien ne se trahissait de cette émotion profonde que je croyais surprendre en lui. Il prit mon bras et se mit à faire l'inspection du jardin en causant avec une liberté d'esprit et un enjouement qui ne se démentaient point. C'était à croire qu'Aylic s'était trompé.—Il était évident que mon père voulait se taire. Je ne savais comment l'amener à une aussi décisive confidence. Au bout d'un instant il remarqua ma préoccupation.

— Qu'as-tu donc? on jurerait que tu es triste.

— Je n'ai rien, répondis-je, embarrassé de l'ouverture qu'il m'offrait pour entrer en matière.

— Rien, c'est bientôt dit! Tu es distrait comme si tu roulais quelque chagrin dans ton esprit. Voyons, est-ce que tu as des secrets pour moi?

— Des secrets? Oh! non, je n'en ai pas, cher père... Mais vous, ajoutai-je en le regardant en face, pourriez-vous en dire autant?... Ne me cachez-vous rien?

Il détourna les yeux d'un air un peu troublé; puis, se remettant aussitôt :

— Interroge-moi sur ce que tu veux savoir, dit-il en souriant.

— Eh bien, pourquoi évitez-vous toujours de me parler de la marquise?

— Pour plusieurs raisons, mon enfant : d'abord parce que ce sujet nous intéresse médiocrement; ensuite...

Il hésita.

— Ensuite? repris-je en insistant.

— Eh bien, j'aurais craint que tu ne me crusses l'intention d'obtenir de toi des révélations que ta loyauté t'interdit. — Est-ce tout ce que tu veux savoir ?

— Non, ce n'est pas tout, répliquai-je en lui prenant la main ; je voudrais que vous fissiez de moi le confident de vos peines.

— Mes peines ! mon ami, s'exclama-t-il d'un air radieux ; mais depuis que tu m'aimes je n'en ai plus !

— Cependant, ce matin...

— Ah ! je vois ce que c'est ! interrompit-il, ce vieux bavard d'Aylic a parlé !

— Ne lui faites point de reproche, je vous en prie ! il m'a tout conté pour que j'essaye de vous préserver d'un danger...

— Ce vieux fou t'a inquiété sans raison, mon enfant ; mais je lui pardonne puisque son bavardage me vaut une nouvelle preuve de ton affection, en même temps qu'elle provoque entre nous une explication devant laquelle nous reculions tous deux. — Assieds-toi là et causons ; je te dois compte des actions qui touchent à mon honneur, et je t'aurais consulté ce soir avant de prendre une résolution définitive.

— Je ne t'interroge pas, mon enfant, continua-t-il, et je veux toujours ignorer ce que tu n'as pas pu me dire ; cependant il est aisé de conjecturer, à la haine qui te poursuivait, qu'on te savait instruit de trop de choses et qu'on redoutait ta clairvoyance. Tu as donc connu mes ennuis, et tu sais si mes ressentiments seraient légitimes. Jusqu'à ce jour, pourtant, toute preuve m'était échappée, et, je te l'avouerai, je n'en cherchais

même plus, tant l'intérêt que tu as apporté dans ma
vie m'a rendu insensible à ces douleurs d'autrefois.
J'ai maintenant en toi une famille ; las de lutter,
pour garder une femme que je ne puis plus aimer,
qui me hait, et dont la perte m'est désormais indifférente, ma colère s'est changée en dédain. J'ai réfléchi
sans passion, je me suis dit que mon honneur était en
toi, non en elle, et je m'en suis reposé sur les événements. Elle a trop d'orgueil, je le sais, pour ne point
quitter ma maison le jour où elle se serait dégradée par
une faute. Qu'elle parte ou qu'elle reste, me disais-je, je
ne puis plus souffrir par elle ! Voilà pourquoi tu m'as vu
l'esprit si tranquille.

Jusqu'à ce moment j'avais cru que mon père dissimulait généreusement ses angoisses ; mais en écoutant
ce langage si calme je ne pouvais plus douter de sa sincérité.

Il poursuivit :

— Maintenant que tu sais mes sentiments, délibérons
sur le fait d'aujourd'hui.—Voici le papier que j'ai trouvé ;
il était froissé, comme tu le vois, de façon à n'offrir aucune apparence de billet ; il est écrit au crayon, en anglais, d'une écriture contrefaite, point assez cependant
pour que je n'y reconnusse pas la main de ma femme. Il
est conçu en de tels termes qu'il eût pu passer même
sous mes yeux sans compromettre personne, si les circonstances dans lesquelles je l'ai trouvé n'eussent tout
révélé. Tu sais qui venait le prendre, et dans quel endroit
il était déposé : lis à présent ce qu'il contient.

Je déroulai le singulier billet et je le déchiffrai avec peine. C'était une suite de phrases habilement incohérentes qui semblaient copiées dans quelque roman. Initié comme je l'étais à la situation, je trouvai bientôt dans chaque mot un sens terrible. C'était le cri d'un cœur qui se sent à bout de forces et qui implore, quatre lignes palpitantes qui pouvaient se résumer par ces mots : « Épargnez-moi! Partez! je ne pourrais supporter la honte; je ne vous reverrai jamais! »

Devant ce témoignage irrécusable d'une passion qui l'offensait si profondément, mon père, impassible, continua du ton calme d'un juge :

— Je t'avouerai qu'en ramassant ce papier mon ancienne rancœur s'est d'abord un peu révoltée : on ne dépouille jamais d'un coup le vieil homme; mais j'ai réfléchi froidement, j'ai sondé mon cœur, et je l'ai trouvé si bien mort à toute affection pour cette femme, que je me suis demandé si sa trahison n'était point un bonheur pour nous, et si je n'en devais pas profiter pour reprendre une liberté qui me permettrait de te garder près de moi, ou de te suivre si tu partais.

— Une séparation?

— Oh! une séparation digne et amiable, ne t'effraye pas; tu vois que je suis sans colère : c'est sans colère que je veux l'obtenir, et j'ai d'ailleurs résolu de ne prendre ce parti qu'avec ton assentiment.

Si préparé que je fusse à toutes les éventualités, je demeurai confondu de ce jeu expiatoire du sort qui me constituait l'arbitre de la destinée d'une femme qui avait

occupé la place de ma mère. La loi divine qui lie les
âmes humiliait la loi des hommes qui ne lie que la
chair! Après plus de vingt ans, le cœur infirmait les nul-
lités du code, et le fils vainement déshérité rapportait au
père oublieux cette part de joie qui manque aux unions
stériles !

Tout au souvenir des malheurs passés, je fus un instant sur le point d'approuver la détermination qui m'é-
tait soumise. Mais de plus austères pensées chassèrent
bientôt de mon esprit tout désir de vengeance; je fermai
les yeux sur les avantages de la séparation qui permettrait
peut-être plus tard à mon père de m'avouer publique-
ment, sinon légalement; je songeai aux désastres d'un tel
procès, aux rigueurs du monde, à ses jugements impla-
cables. Je plaidai la cause de la femme que l'abandon du
mari livre à la calomnie, aux dangers de l'isolement, ce
conseiller de tant de fautes; je me fis une arme de ce
billet même qui attestait encore un cœur droit que le
pardon relèverait de sa chute.

Mon père m'écouta gravement; puis lorsque j'eus tout
dit, il demeura un instant pensif.

— Oui, reprit-il soucieux, il y a dans la vie autre
chose que nos passions, et si pesant que soit parfois le
devoir, on n'en rejette pas aisément le fardeau! Je me
l'étais déjà dit, mais je ne pensais qu'à toi. — Cependant,
mon ami, si désireux que je sois de suivre ton avis, les
circonstances exigent que j'intervienne dans ces relations où ma dignité est compromise... Rassure-toi!
ajouta-t-il avec calme en surprenant un mouvement

d'effroi que je ne pus réprimer, je n'aurai plus la folie de me battre pour une cause qui ne me touche plus !

— Que ferez-vous alors ?

— J'aurai une explication avec la marquise et je lui rendrai ce papier accusateur. Je te promets d'agir sans colère ; pourtant tu comprends que je ne puis prévoir les conséquences d'un pareil entretien.

XII

Bien que je fusse rassuré par l'indifférence qui protégeait mon père dans le triste débat qu'il allait agiter, l'issue en pouvait être si grave que j'attendis le soir dans des transes cruelles ; je tremblais que quelque incident imprévu n'engageât la lutte entre le marquis et M. de Meillan. L'exaltation de madame de Kérandrey pouvait l'entraîner à tout braver...

Mais les périls se ressemblent ; c'est l'éloignement qui en fait la terreur. Cette scène tant redoutée, et à laquelle j'imaginais les plus étranges péripéties, me fut ainsi racontée par mon père.

En me quittant, il rentra au château et fit prier la marquise et madame de Lincourt de venir le trouver dans son cabinet. Elles entrèrent un peu émues, prévoyant sans doute une explication décisive ; car, depuis les derniers jours, le marquis avait gardé avec elles un dédaigneux silence. La belle-mère, armée de son visage le plus hautain, demanda du ton le plus aigre ce qui lui valait l'honneur d'une conférence aussi solennelle; mais, au sang-froid de son gendre, elle comprit bientôt la vanité des airs superbes et elle s'assit décontenancée.

Fidèle au rôle qu'il s'était imposé de ne provoquer aucune discussion et de ne proférer aucun reproche, mon père, s'adressant alors à sa femme :

— Voici, madame, lui dit-il, quelques lignes de vous que le hasard a fait tomber dans mes mains; je vous les rends pour me dispenser de tout commentaire.

La marquise pâlit et se rejeta en arrière, épouvantée. A ce mouvement qui renfermait un aveu, madame de Lincourt s'empara vivement du billet, le parcourut d'un coup d'œil, et, se plaçant au-devant de sa fille :

— Que prétendez-vous dire, monsieur? s'écria-t-elle, et quelle accusation espérez-vous faire sortir de ce griffonnage sans signature?

— L'émotion de madame dénonce la main qui l'a écrit, répondit froidement mon père.

Madame de Lincourt vit qu'il était trop tard pour nier; mais, avec la souplesse d'esprit des femmes retorses en intrigue, elle essaya de détourner le danger.

— Et qui nie ce billet, monsieur?... C'est moi qui l'ai conseillé à ma fille.

— Vous? reprit le marquis. Et vous saviez à qui il était destiné?

— Oui, et si l'action est coupable, n'en accusez que

vous!... Ce billet était adressé à M. Raymon, dont vous avez fait votre ami, du jour où votre femme vous a révélé qu'il l'insultait depuis six mois.

A ce malheureux souvenir, mon père faillit s'oublier; mais il se contint.

— Je n'ai qu'un mot à répondre, madame, à ce misérable mensonge : M. Raymon est mon fils.

— Votre fils! lui? s'écrièrent-elles presque d'une voix et frappées toutes deux de stupeur.

— Oui, un fils né de ce mariage que l'on m'a fait rompre pour que je puisse vous épouser, madame, reprit froidement mon père en s'adressant à la marquise. Épargnez-vous donc des calomnies inutiles, et faites-moi la grâce d'écouter ce qui me reste à vous dire. — J'ai la preuve que vous écriviez à M. de Meillan... Oh! ne craignez rien, nous ne sommes plus au temps des récriminations ou des reproches; tout s'use, même la jalousie. Seulement il est des légèretés qu'un mari ne saurait toujours souffrir. J'ai peut-être eu tort jusqu'à ce jour de parler en maître, et non en ami. Je m'y suis peut-être mal pris pour faire votre bonheur, ou peut-être n'avez-vous point su me comprendre. Vous n'êtes pas plus heureuse que moi, je le sais. A notre malheur je ne vois qu'un remède : c'est de vous rendre votre liberté et de reprendre la mienne. Vous n'êtes pas seule dans la vie, puisque vous avez votre mère...

— Vous me chassez?... s'écria la marquise éperdue.

— Vous me comprenez mal, répondit mon père : ne voulant point vous imposer plus longtemps des devoirs

auxquels il vous est impossible de vous soumettre, je
crois qu'il est digne de nous de rompre avec une situation trop difficile, et je vous laisse libre de prendre
le parti que vous jugerez le plus favorable à votre repos.

La marquise demeurait confondue de ce langage si
noble et si compatissant à la fois; elle essaya de balbutier
quelques mots, mais mon père l'interrompit :

— Je vous prie de ne point répondre aujourd'hui à
une proposition si grave, reprit-il, vous pourriez regretter une détermination prise sous l'empire d'un sentiment
mal réfléchi. J'ai désiré que votre mère assistât à cette
entrevue ; ses conseils, que vous avez toujours si bien
suivis, pourront vous inspirer encore ; dans deux jours
vous me direz ce que vous avez résolu ; et, quelle que soit
votre volonté, je vous jure de n'y point mettre obstacle.

Peu de femmes, mises en demeure de choisir ainsi librement entre leur devoir et leur passion, supporteraient
sans effroi l'idée de cette rupture irrémédiable qui les
fait descendre en un matin du rang des épouses respec-
tées à cette situation douteuse où la plus pure peut être
calomniée. Une femme peut prendre un amant quand
elle croit que le secret la protége : l'âpre saveur du fruit
défendu, les angoisses de la perfidie, le danger même,
l'enivrent et lui font tout oublier. Mais il n'en était point
ainsi pour madame de Kérandrey ; son mari lui présentait l'adultère nu, hideux, sans obstacles. Elle n'avait
qu'à franchir le seuil conjugal pour aller délibérément à
sa honte; il la déclarait maîtresse de son sort. — Elle re-
cula avec dégoût.

Le lendemain, elle ne parut pas au déjeuner, et fit remettre à mon père une lettre, une confession digne et loyale. Elle faisait appel.à sa générosité et le conjurait de la sauver; avec l'effusion d'une âme vaillante et domptée par le bien, elle demandait secours à l'ennemi de la veille, devenu, elle le sentait, le plus sûr de ses alliés, le plus vigilant de ses protecteurs. Jalouse de ne laisser aucun doute sur sa sincérité, elle suppliait le marquis de lui permettre de se retirer avec Diane auprès d'une vieille tante de mon père qui habitait, en Bretagne, un château perdu dans le Bocage; elle offrait de partir le jour même, et elle attendrait l'heure du rappel. L'époux offensé, fidèle à sa promesse, respecta les vœux de ce cœur humilié, et le soir la marquise partait pour se rendre à l'asile qui devait la protéger contre toute poursuite.

Ce brusque départ n'éveilla aucun soupçon; la présence de madame de Lincourt et de M. Charles, qui restaient à Ezirol, démentait suffisamment les rumeurs qui avaient un instant couru dans le pays sur les dissensions domestiques du château.

Rassuré de ce côté, j'allai chez M. de Meillan, craignant quelque imprudence qui compromettrait tout; je le trouvai consterné, anéanti; un mot sec de madame de Lincourt venait de lui apprendre la ruine de ses tristes espérances. Il voulait suivre la fugitive à la trace. Je fis appel à ce sentiment délicat qui se retrouve toujours au fond de l'âme d'un homme d'honneur alors qu'il s'agit d'une femme, et j'obtins la promesse qu'il ne déserterait point sa demeure de quelques jours. — Pouvait-il donner à penser, ou qu'il partait en quête de la marquise, ou qu'il fuyait les colères du marquis?... Il me comprit et m'engagea sa parole de se tenir trois jours durant aux ordres de M. de Kérandrey. Je connaissais trop les dispositions d'esprit de mon père pour rien craindre à ce sujet; je quittai donc M. de Meillan tout à fait rassuré.

Quatre jours après, il quittait le pays, et je secouais enfin le fardeau qui m'opprimait depuis six mois.

XIII

Je me croyais au dénoûment de mes épreuves, et le cœur plein de joie, je ne pensai plus qu'à mes amours. Ma foi dans l'avenir s'exaltait de jour en jour. La mine, que je dirigeais, décuplait de valeur; j'avais fait la richesse du pays, et le village d'Ezirol me saluait comme un bienfaiteur. Mon père, rendu au bonheur, et se dévoilant lui-même, achevait la conquête de sir George, et leurs anciennes relations de simple voisinage se fondaient en amitié. Tout présageait — hélas! présage trompeur! — que le jour où le marquis demanderait la main de Mary pour son fils, elle ne lui serait pas refusée, et nous n'attendions, pour oser, que la solution d'un problème presque résolu. Encore quelques efforts et la science allait me rendre détenteur d'un secret qui me

20

vaudrait des millions et me créerait un nom assez noble pour me dispenser d'un titre.

C'était une seconde fortune que je devais au père Bernajou.

A peu près vers l'époque où nous venions d'accomplir notre périlleuse descente au Trou - Cavalier, comme j'errais un jour dans la montagne avec le vieux mineur, il m'arrêta devant un de ces amas de déblais qui proviennent des tranchées de mines abandonnées et qu'en termes techniques on appelle des *haldes*.

— Tenez, mon associé, me dit-il en soupirant, voilà encore un de mes trésors !

— Comment, ces minerais de rebut?

— Oui, oui, je sais bien, reprit-il, il y en a des tas comme ça dans tout le pays ; mais, voyez-vous, j'ai toujours eu dans l'idée qu'avec ces pyrites-là, qui ne valent pas grand'chose et qu'on jette sur les routes, je ferais du bon fer si j'étais un savant !

Et ce pauvre génie incessamment gêné par sa misère, et qui ne se doutait même point qu'il poursuivait une découverte qui tient les spécialistes en éveil depuis des années, me confia qu'il s'était livré toute sa vie à de naïves opérations chimiques. Le lendemain il m'apporta ses produits. Bien que ses résultats fussent à peu près négatifs, j'en demeurai pourtant émerveillé. Il me montrait des morceaux de pyrite presque entièrement purgés du soufre qui les rend impropres à la fabrication du fer.

La haute idée si laborieusement cherchée, le moyen

d'illustration introuvable, il le remettait dans mes mains !

Achever son œuvre, c'était pour moi la gloire ! c'était mériter Mary !

J'avais installé un laboratoire à Beau-Séjour ; aidé du père Bernajou, plus que jamais mon associé, j'avais repris une à une les tentatives essayées jusqu'alors : j'avais réussi, je touchais au but, et je n'attendais plus qu'un système d'appareils commandés à Paris pour confirmer mon succès et le proclamer.

Je me voyais déjà l'époux de Mary. N'allais-je point devenir un grand homme ? Mes amis partageaient ma confiance, Stephen lui-même, Stephen le sceptique, encourageait mes espérances. Délivré de tout souci, retrempé aux sources pures des affections saintes, je m'abandonnais, cette fois sans douleur secrète, aux enchantements d'une idéale existence.

Depuis son arrivée à Saint-André, Stephen changeait chaque jour, et, chaque jour, il me devenait plus cher. C'était toujours le dériseur impitoyable de tout ce qui sentait l'enthousiasme, qu'il appelait le *troubadourisme* du cœur. Mais je ne sais quelles pensées imprévues de grâce, de rêverie et de tendresse témoignaient trop haut qu'il reniait sa sensibilité par bravade. Un curieux incident m'éclaira sur la cause de sa conversion.

Un jour que, cavalcadant tous les quatre, nous courions le bois de Saint-André, l'écervelée Mabel s'avisa de vouloir franchir une barrière très-haute qui nous coupait la route, et déjà elle avait lancé son cheval, l'excitant de la voix et de la cravache, lorsque Stephen, effrayé de l'imprudence, se précipita au galop pour l'arrêter.

La rejoindre, prendre le cheval par la bride, lui faire tourner l'obstacle, fut l'affaire d'un instant. Alors une querelle éclata. Cette folle Mabel, entêtée comme un enfant, voulait retourner sur ses pas et sauter sa clôture.

Stephen, tout pâle encore d'émoi, voulait s'y opposer.

— Mais c'est d'une tyrannie insupportable ! s'écriait-elle le visage enflammé de colère ; de quoi vous mêlez-vous ?

— Je n'aime pas à voir les demoiselles se casser le cou comme des jockeys ! répondit Stephen revenu à son flegme.

En dépit de son entêtement, elle dut céder, nous étions arrivés au lieu fixé pour notre déjeuner et nous mettions pied à terre. Mais la dispute n'était point terminée.

— On n'a jamais vu plus méchant caractère, s'écriait Mabel boudeuse ; parce que monsieur ne veut pas sauter, il faut que personne ne saute ! Du reste, je n'en aurai pas le démenti ; et je vous préviens que je viendrai ici, toute seule, demain matin...

— Vous ferez une folie ! dit Stephen.

— Ça m'est égal !

— Je ne puis vous en empêcher ; mais, si j'étais votre frère ou votre mari...

— Mais, fit-elle d'un petit air digne, vous ne l'êtes pas mon mari.... heureusement !

— Heureusement! oui, mademoiselle, répéta tranquillement Stephen.

— Comment, heureusement? Vous êtes un impernent!...

— Je dis ce que vous dites.

— Et en quoi seriez-vous si malheureux, je vous prie? reprit-elle avec animation; je ne suis peut-être pas assez jolie?

— Vous êtes pleine de beauté et surtout de douceur.

A ce mot le courroux de Mabel éclata.

— Oh! c'est trop fort! Je suis une mégère à présent! Tenez, je vous déteste, vous êtes un malhonnête! Ah! vous me dédaignez!

— Je n'ai pas dit cela, reprit Stephen, s'échauffant à son tour.

— Si!

— Non!

— Si! vous avez dit que vous ne voudriez pas être mon mari!

— Non! j'ai répété votre parole!

— Mais alors, tu le veux donc bien? dis-je intervenant dans cette singulière altercation.

A cet étrange résumé de leur débat, tous deux restèrent interdits. Stephen rougit jusqu'aux oreilles; Mabel demeura béante.

Voilà comment ils se dirent qu'ils s'aimaient.

XIV

Hélas! j'arrive à la triste journée qui devait contenir pour moi toutes les angoisses, toutes les désolations! J'allais tomber du ciel où je m'étais élevé sur les ailes de l'idéal, pour me rencontrer terre à terre avec la raison cruelle, et avec la réalité de glace.

J'avais achevé mes travaux avec une fortune inouïe, je tenais dans ma main le secret tant cherché par la science ; un rapport adressé par moi à l'Académie m'avait presque rendu célèbre; je pouvais désormais me présenter à sir George, j'étais un homme, il me l'avait dit, et je possédais un nom dont le plus fier pouvait s'enorgueillir. L'irrégularité de ma naissance disparaissait d'ailleurs devant l'aveu du marquis de Kérandrey.

Cependant je tremblais. C'était de ma vie qu'on allait décider. Mon père relevait mon courage. — J'hésitais... M. Devillars avait maintes fois tenté de pénétrer sir George : l'humoriste gentleman était resté impénétrable.

Enfin le sort en fut jeté, et, un matin, le marquis se rendit à Saint-André afin de demander officiellement la main de Mary. Je l'accompagnai jusqu'au château; là, dévoré d'anxiétés, je fus sur le point de le retenir. Je ne sais quel sombre pressentiment m'envahissait... Mais mon père se rit de mes alarmes.

— Es-tu fou? me dit-il, songe donc que Mary t'adore.

Je cédai.

Je le vis traverser la cour, monter le péristyle... Je m'enfuis égaré. Ma folie m'apparut dans son énormité. Je songeai au rang de cette famille dont je convoitais l'alliance, à la placide indifférence que sir George avait manifestée pour cette passion, dont il ne daignait même pas prendre ombrage. Je me le représentais indigné. Sa colère allait tomber sur Mary!... Puis un faible espoir me reprenait... Pendant une heure j'errai au hasard comme un insensé. Je cherchais des augures dans ce qui m'entourait. Pour rafraîchir mon front brûlant, je courus vers une source prochaine. Perdu dans le taillis, le petit bassin était alimenté par un mince filet d'eau intermittent.

— Si la source jaillit, me dis-je, ce sera signe que mon père réussira. Et je m'avançai palpitant.

. La source était à sec.

Je recommençai ce jeu puéril, en lançant une grosse pierre dans un fourré plein de nids d'oiseaux; — une lugubre corneille fit entendre son cri... Elle gîtait à ma gauche!

Plus loin, des épaisseurs du bois, je vis venir un homme.

— S'il me connaît, me dis-je encore, ce sera un mauvais auspice.

Je m'assis au bord du chemin, l'homme s'approcha...
C'était M. Odary !

A ma vue, il fit un mouvement comme pour m'éviter;
mais surprenant mon regard effaré :

— Mon Dieu, oui, c'est moi ! dit-il en me saluant d'un
air un peu embarrassé; je suis arrivé dans le pays depuis
hier...

Je ne l'écoutais pas. Cet homme, dont le sourire m'a-
vait poursuivi si longtemps comme un sarcasme du destin, résumait pour moi toutes les *jettature*. Je me sentis
perdu; je pris la fuite et j'allai m'enfermer chez moi.

Quelle attente !

Enfin, mon père revint; je le vis traverser la pelouse,
un nuage pesait sur mes yeux; mais quand il ouvrit ma
porte, à sa pâleur je compris tout. — Je n'avais plus qu'à
mourir !

— Du courage ! mon enfant, du courage ! balbutia-t-il
en me pressant sur son cœur.

Je tombai anéanti sur un fauteuil. Je ne trouvais pas
une larme, et des déchirements convulsifs soulevaient
ma poitrine à la briser.

— Mary, Mary ! m'écriai-je éperdu de douleur; où est-
elle ? Je veux la voir ! Il va me l'arracher ! Puis oubliant
tout, excepté mon désespoir, je m'emportai en impré-
cations contre le ciel, contre sir George... Je voulais
courir à Saint-André pour enlever par violence la
chère idole de ma vie. Mon père essaya de m'arrêter.

— Laissez-moi, laissez-moi ! exclamai-je en délire, ne

voyez-vous donc pas que l'on me chasse parce que je suis un bâtard !

A ce mot qui l'atteignit en plein cœur, mon pauvre père chancela comme frappé d'un coup de foudre. Saisi de remords je me précipitai dans ses bras, et j'épanchai dans son sein les amers sanglots de mon désespoir.

Alors à l'exaltation succéda une morne stupeur, et pour savourer jusqu'à la dernière goutte la lie du calice, j'interrogeai mon père.

Il me raconta cette triste entrevue qui brisait pour jamais l'espoir de ma vie.

Sir George l'avait accueilli avec courtoisie, non sans solennité. Mon père entama l'entretien en lui confessant le mystère de ma naissance, sa faute, les malheurs et les vertus de ma mère. Au baronnet alors de se répandre en éloges sur moi :

— Ma foi, mon cher marquis, je vous plains bien sincèrement d'avoir perdu un tel fils, lui dit-il ; c'eût été un soutien pour vous dans la vie. Est-ce que vous n'auriez pas quelque moyen de le légitimer ?

— Hélas ! il n'en est aucun dans la loi, répondit mon père.

— Tant pis, tant pis ! reprit sir George avec son flegme ordinaire.

Encouragé par ce début, mon père aborda enfin l'objet de sa visite.

Le baronnet l'écouta sans l'interrompre.

— Eh quoi ! fit-il ensuite, vous me demandez la main de ma fille ?

— Pour mon fils.

— Cher marquis, il ne l'est malheureusement pas, puisque vous ne pouvez avouer votre paternité qu'en confidence. Pardonnez-moi donc si je refuse de répondre à une demande que votre état ne justifie point suffisamment ; ce refus ne saurait vous toucher, votre nom n'est pas en cause...

— Mais votre fille l'aime ! s'écria mon père. Et il lui conta le secret de nos entrevues quotidiennes.

— Bon ! ma fille ne saurait s'être compromise ! Du reste, je vais mettre fin à ces mystères, que je vous remercie de m'avoir signalés. J'aurai aujourd'hui même un entretien avec M. Raymon. Il y a dix-huit mois, je lui ai dit ce que je pensais de sa recherche ; c'est à lui que je dois répondre encore maintenant.

Comme mon père achevait le récit de sa désolante mission, mon domestique me remit ce billet de sir George :

« Saint-André, mardi matin.

« Mon cher monsieur Raymon,

« Une circonstance grave m'oblige à avoir aujourd'hui même un entretien avec vous ; je vous prie de vouloir bien venir me trouver à l'instant,

« Bien à vous,
« GEORGE BARNET. »

Cet appel, si poli dans son laconisme, réveilla toutes mes amertumes : le fier grand seigneur ne daignait

même point s'irriter. En effet, qu'étais-je auprès de lui?
Et qu'importaient pour sa fille ces relations que l'humilité de ma condition ne pouvait rendre compromet-
tantes?

Ce mépris cruel me jeta dans un transport de révolte.
N'étais-je pas délié de tout respect envers cet homme sans
pitié, qui prétendait séparer deux cœurs à jamais rivés
l'un à l'autre! — Sans doute il avait froidement résolu
de m'arracher Mary pour la livrer à quelque mariage
arrêté dès longtemps dans son implacable volonté. —
Elle en mourrait! qu'importe! — Elle mourrait du moins
avec un nom inscrit au livre de la noblesse!

— Oh! non, non, m'écriai-je, vibrant sous ces pensées
d'indignation et de douleur, il n'en sera point ainsi, je la
sauverai!

Je quittai mon père, décidé à enlever Mary.

XV

Je courus d'une haleine jusqu'à Saint-André. Je gra-
vis une colline qui dominait le château et du haut de laquelle il m'était facile d'adresser à Mary un de nos signaux d'habitude.

Je l'attendis en proie à des transes mortelles. L'anxiété
redoublait mon emportement et je me confirmai de plus

en plus dans ma résolution de braver par un éclat la cruauté de sir George. — N'avions-nous pas pour nous cè droit imprescriptible d'un saint amour, que la nature et Dieu défendent d'outrager?

Les yeux fixés sur une porte dérobée du parc, par où Mary devait sortir, je dévorais mes angoisses; les secondes me semblaient des heures, et je m'étonnais que le soleil ne s'éteignît pas dans la nuit... Enfin ! je la vis paraître.

Elle accourut vers moi, pâle, les yeux rougis.—Après le départ de mon père, elle s'était attendue à ce que sir George la fît appeler. Il n'en avait rien fait, et, haletante d'inquiétude, elle m'interrogea.

— Mary, m'aimez-vous? lui dis-je pour toute réponse et d'une voix saccadée.

— Si je vous aime, Raymon! — Mon Dieu! il n'est donc plus d'espoir pour nous, que vous me fâites cette question?

— Il en est encore, si vous m'aimez!

Et je lui proposai de fuir.

— Que dites-vous, Raymon! s'exclama-t-elle atterrée. Abandonner mon père? C'est vous qui demandez cela de moi! — Vous!

—Oui, je vous le demande, ma fiancée, ma femme, m'écriai-je en délire; et saisissant ses mains : Ecoutez, Mary, demain il sera trop tard! on va nous séparer... nous ne nous verrons plus... votre père est inexorable, nous n'avons plus de recours qu'en votre courage!...

— Mon courage, Raymon, c'est ma soumission.

— Vous soumettre! c'est pécher contre moi et contre Dieu!

— Oh! taisez-vous! Je ne vous reconnais plus!

— Mary, par le ciel! fis-je en l'implorant, songez que votre hésitation nous perd!...

— Je n'hésite pas, je reste!...

— Ah! vous ne m'aimez pas! osai-je dire dans mon égarement.

A ce blasphème, la pauvre enfant ne put retenir un cri; elle porta la main à son cœur comme si je l'eusse frappée d'un poignard; je la vis chanceler.

— Je ne l'aime pas! murmura-t-elle, et un torrent de larmes jaillit de ses yeux.

Je me précipitai à ses pieds ivre de désespoir:

— Pardon, pardon! chère Mary, ne m'écoutez plus!... Je crois en vous comme en Dieu... Oubliez ce mot échappé à ma folie! Je me sens mourir à la pensée que je ne vous verrai plus!... Ayez pitié de moi!

Jamais plus intense douleur ne s'était appesantie sur deux martyrs de la vie; gémissants, dans cet immense désastre de nos espérances, nous ne voyions qu'abîmes autour de nous. Je rougissais maintenant d'avoir conçu, toute une heure, une entreprise outrageante pour ma bien-aimée, et l'idée de la fuite était bien loin. Nous étions perdus!... et cependant Mary me jurait de n'être jamais à d'autre qu'à moi; elle parlait d'implorer son père...

A ce moment un chien que Mabel avait élevé, et qui

21

nous accompagnait souvent dans nos excursions, accourut vers nous à travers le taillis où nous étions retirés, puis une voix s'écria :

— Ah ! c'est mademoiselle Mary ! — Par ici, sir George !

Un homme se dressa devant nous, c'était M. Odary !

Sir George le suivait.

A sa vue nous demeurâmes frappés d'une indicible stupeur.

Il y eut une minute d'un horrible silence.

— Je vous avais fait prier de venir, me dit enfin le baronnet d'un air froid, et ne vous voyant pas arriver, je suis allé chez vous.

— Monsieur, balbutiai-je... je n'ai pu...

— By Jove ! je vois bien pourquoi !

Mary était en proie à la plus vive confusion.

— Ah çà, mon cher Raymon, reprit sir George, il est temps de mettre un terme à ces façons romanesques.

— Monsieur... le marquis de Kérandrey... était allé ce matin chez vous...

— Me demander ma fille, et je la lui ai refusée... Je vois qu'elle n'est pas de mon avis.

— Ne l'accusez pas, monsieur, m'écriai-je vivement, c'est moi qui...

— C'est vous qui lui avez tourné la tête, c'est assez visible. — Eh bien, mon cher monsieur, il faut l'épouser maintenant.

— Que dites-vous? — Je croyais avoir mal entendu.

— Je dis, répliqua-t-il, éclairant à peine son flegme que vous ayant refusé ma fille autrefois, je ne pou-

vais l'accorder à la demande du marquis sans vous
faire injure. J'aurais eu l'air de céder à l'appui de son
nom. Ce mariage n'eût plus été la récompense de votre
mérite. Je vous donne Mary parce que vous ne la devez
qu'à vous-même, parce que vous êtes devenu un homme,
comme je l'avais prédit...

Mary sauta au cou du digne baronnet. Quant à moi,
écrasé par ce bonheur si subit, je pâlis, et, prêt à m'é-
vanouir, j'allais tomber, si mon cauchemar Odary ne
m'eût reçu dans ses bras.

— Allons, bon! voilà que je vais perdre mon gendre!
exclama sir George, en apparence aussi calme que jamais, bien que son œil fût humide. — *By Jove!* mon
ami, ajouta-t-il, me faisant respirer un flacon, ne rendez
point Mary si tôt veuve!

— Jamais! monsieur, jamais! je vous le jure!... m'é-
criai-je avec chaleur, sans savoir ce que je disais.

Sur ce mot bien senti, nous nous dirigeâmes vers
Saint-André. Un exprès partit pour aller chercher mon
père.

Exalté, transporté, du fond de mon âme je bénissais
le bon baronnet; mais je n'étais pas au bout de mes
étonnements.

Sir George, mon bras passé sous le sien, marchait
roide et paisible comme s'il ne venait pas de montrer un grand cœur. Il me prit des remords de l'avoir
abusé pendant près de deux ans.

— Nous pardonnerez-vous de nous être si longtemps
cachés de vous? lui dis-je d'une voix émue.

— Parfaitement!... d'autant plus que j'ai constamment tout vu.

— Comment... vous saviez?...

— Parbleu! je n'aurais pas été père! Un peu de roman, c'est toujours bon pour les jeunes têtes! Avec une naïveté que j'aime, vous avez cru tous deux me tromper; mais voyez comme votre histoire est simple. — Du jour où j'ai vu que vous aimiez cette demoiselle, j'ai fait mon métier de psychologue, je vous ai étudié : j'ai désiré vous mettre aux prises avec la vie; — vous étiez vraiment trop jeune, mon cher! — j'ai voulu vous mûrir par le travail et par la lutte. En attendant la fin de l'apprentissage, je me suis informé de votre passé et de vos origines. J'ai lancé Odary en campagne. Sa mission n'était pas facile : au bout de trois mois, un notaire de Nantes lui fournissait tous les détails de votre situation.

— Ah! voilà donc pourquoi?... fis-je, regardant Odary.

— Ne m'interrompez pas! reprit le bon baronnet : vous devinez la suite : j'ai su le nom de votre père, que le hasard m'avait donné pour voisin. C'était en vous poussant sous son toit que je connaîtrais la trempe de votre caractère; de plus, je vous tenais sous ma main. J'ai acheté la démission de l'ancien ingénieur; Odary vous a entortillé pour vous glisser à sa place. L'expérience était terrible, vous vous en êtes tiré virilement...... Et voilà comme quoi vous devenez mon gendre!

ÉPILOGUE.

— Papa, me dit mon fils, puis-je faire des bateaux avec ce papier-là ?

— Criminel !... une page de mon livre ! m'écriai-je en arrachant avec effroi le feuillet de ses petites mains.

Car j'ai un fils charmant, qui ressemble à Mary ; il a trois ans, et c'est un ange ; seulement il n'a pas assez le respect des œuvres de son père. Depuis que je suis marié, mon ancien goût pour les lettres est redevenu une rage. Je n'ai jamais pu débrouiller le chaos de mon ancien livre, j'en ai commencé un autre.

— Mais, darling, insinue la douce Mary, il ne s'ouvrira donc jamais pour moi, ce mystérieux manuscrit qui me vole tant de tes heures ?

— Je te le lirai ce soir : j'en suis à la conclusion...

A ce moment la cour retentit de hourras et de coups de fusil, mêlés aux sons des violons et des cornemuses qui jouent l'air de Barnet *à la longue main*. Nous sommes près des chutes de la Clyde, dans notre manoir d'Ecosse, à Kirkdale, ce château à tourelles où notre ancien ami le comte Moroni pêchait de si belles truites. Tout le clan est en fête ; on baptise aujourd'hui le premier-né de Stephen et de Mabel ; comme dans *la Dame Blanche*,

21.

« les montagnards sont réunis : Sonnez cors et mu-
settes! » Le ravissement est dans tous les cœurs, la franchise est sur tous les visages : « Chantez, joyeux ménes-
trels! »

Sur le perron enguirlandé, ma jolie belle-sœur, rayonnante de bonheur et de fierté, se présente avec son mari
devant la foule, qui les accueille en redoublant ses accla-
mations d'allégresse. Pour honorer nos vassaux, ils se
sont parés du costume des Highlands, et depuis Mac
Gregor, depuis Wallace, jamais jeune *laird* de belle mine
ne porta plus vaillamment que mon ami le philibeg et la
targe, le dirk et la claymore. Les filles le saluent de leurs
écharpes flottantes, les hommes jettent leurs toques en
l'air; c'est un délire, une frénésie. — Le roi Arthur est-
il ressuscité?

On entoure, on presse les charmants parents du héros
de la fête; Mabel embrasse le plus vieux; le traître Stephen choisit la plus jeune... Mabel ne le voit point, elle
ne tient pas en place : elle court à la nourrice, à Mary,
à sir George, à mon fils, à moi; c'est une exubérance in-
descriptible, une surabondance de paroles, de mouvements, qui pourraient suffire à quatre personnes : épouse,
mère, sœur, amie, elle est tout à la fois!... ce qui ne
l'empêche pas de trouver son temps pour être coquette,
ravie qu'elle est de jouer, sous ses pimpants et pitto-
resques atours, le rôle idyllique de l'héroïne du *Galant
berger*.

Au gai carillon des cloches, on se rend à la chapelle

en grand cortége. — Mabel veut porter l'enfant; Stephen
s'y oppose. Ils se querellent selon leur coutume; mais
comme ils s'adorent, ils cèdent tous deux en même
temps... Alors ils se querellent de nouveau, chacun voulant se soumettre à l'autre. — Mary les met d'accord en
s'emparant du baby. — A ce dénoûment ils éclatent de
rire.

Après la cérémonie du baptême, un banquet, digne de
l'*Iliade* ou d'*Ivanhoë*, nous rassemble dans l'immense
salle du château. Mabel, conduite en grande pompe par
mon père et M. Devillars, s'assied à la place d'honneur,
dans la haute chaire surmontée du dais armorié.

C'est une scène de l'âge d'or, une agape des premiers
jours, où les francs *yeomen* coudoient leurs seigneurs;
tout le clan des Barnet, vieillards, jeunes hommes,
femmes et petits enfants, festoie chez son *laird*. Quelques lords des environs, deux avocats, un reviewer d'É-
dimbourg, trois ministres presbytériens, oublieux des
temps de Fox et du Covenant, attestent, dans cette réunion catholique, la fusion des intelligences et l'avénement de la fraternité des croyances sincères.

Des moutons rôtis tout entiers, des quartiers de bœuf
posés sur des plats d'argent font plier la table sous leur
poids; des torrents d'ale et de porter alternés avec les ra-
sades de vins de France arrosent les tranches de saumon
grillées et les ailes grasses des gannets et des eider-
ducks; la gaieté s'anime, déjà le whisky fermente dans
les verres, les rires et les bons mots s'entre-croisent; le

vieux pâtre Kirby raconte l'histoire de Tam O'Shanter,
à qui trop de gin bu fit porter le diable en croupe; Sam
le fermier entreprend la légende de saint Gille, et,
dans un groupe, la jeune Kitty redit la mélodie familière
de la *Paquerette écrasée*.

Sir George, qu'enchantent ces évocations du bon
temps, excite du regard et de la parole l'allégresse de ses
hôtes : il rajeunit à ces traditions qui l'ont bercé; le bonheur rayonne sur tous les fronts, et c'est son œuvre!
L'exaltation le gagne, son flegme s'échauffe au brasier
de son noble cœur.

Mais tout à coup une grande rumeur s'élève et étouffe
les propos des buveurs.

Mac Angus va chanter la ballade de Barnet *à la longue
main* qui fut tué en 1513, à la bataille de Flodden, aux
côtés du roi Jacques. Tous font silence, et les regards se
portent vers les panoplies où brille la grande épée ébré-
chée du féal chevalier.

Le barde prélude alors, ému et solennel. — A ce chant
qu'entonnaient leurs ancêtres et qui éveille leurs petits
enfants, les montagnards se découvrent : c'est leur gloire
qu'on vante, c'est leur fidélité sans tache qu'on célèbre.
Au dernier refrain, le délire est à son comble, la salle
croule sous les hourras, tous se lèvent, et, saisissant leurs
verres, portent dans une clameur un toast à leur baronnet.

L'humoriste sir George n'est point homme à laisser

échapper l'occasion de placer un peu de sa philosophie ;
il répond donc par un discours humanitaire et encyclopé-
dique dont le rewiewer d'Edimbourg, qui prend des
notes, comprend peut-être seul les quatre points, mais
que tout le monde applaudit avec la même ferveur.

Après quoi le révérend Robert Linlithgow propose la
santé de la jeune mère et du nouvel héritier.

Il faut la nuit pour interrompre la fête, nos amis prennent congé par un dernier vivat, et les pibrochs font re-
dire aux échos le rhythme belliqueux de la marche
triomphale :

« Scots wha whae with Wallace bled… »

Peu à peu la musique s'éteint dans le lointain, et le
sifflement du courlis trouble seul le majestueux silence
des montagnes. Sur la terrasse, Mary se penche à mon
bras, tandis que notre fils folâtre avec Mabel et Stephen,
qui lui font dire une chanson pour égayer son petit cousin, et que mon père devise avec sir George et le cher
M. Devillars.

Recueilli dans le calme de ce beau soir d'automne, je
contemple encore, grâce à la lune qui se lève, l'admi-
rable paysage à la fois souriant et mélancolique ; les pics
enténebrés, les lignes indécises de l'horizon sauvage, le
lac où nagent des cygnes. Enivré des voluptés tranquilles
qui s'harmonisent à la paix de mon cœur, je repasse
dans mon esprit les jours écoulés et j'en bénis les tristesses, chemin et rançon de mes félicités présentes. Rien
ne trouble plus la sérénité de ma vie. Mon père, rendu

au bonheur, vient vivre une partie de l'année près de
nous. Madame de Lincourt a rendu son âme au dieu des
âmes romanesques. La marquise n'est plus coquette, elle
se souvient de ses méprises, elle sait aimer le mari qui
ne se souvient pas du passé. Ezirol a son rang parmi les
plus fécondes mines de France, et le père Bernajou est
le plus riche habitant d'Ezirol. Il a vendu quatre cent
mille francs sa part de notre fameuse découverte, qui
n'est point encore complète, mais que je compte mener
vite à son achèvement dans le pays des Watt et des Ste-
venson ; le vieux mineur cherche présentement le mouvement perpétuel. Diane croit avoir trouvé son Endy-
mion, elle va se marier ; M. Charles vient de se séparer
d'avec sa femme ; la vieille Jeanne vit toujours ; Aylic
m'appelle plus que jamais monsieur le comte.

— Nous sommes seuls, me dit Mary, rentrons vite, et
viens me lire ton livre !

— Rentrons.

Cinq minutes après, installés dans son boudoir, je déroule mon fameux manuscrit.

— Comprendrai-je bien? n'est-ce pas trop sérieux?
demande-t-elle en s'asseyant à mes pieds sur une pile de
coussins. — D'abord, quelle est l'idée de ton ouvrage?
Que prouve-t-il?

— Ma foi, il ne prouve rien du tout! chère ange, et
n'a d'autre prétention que de faire battre quelques jeunes
cœurs au tableau de ce bonheur idéal que tous rêvent
et que si peu rencontrent!

— C'est un roman?

— C'est l'histoire de nos amours, dis-je en souriant.

— Ah! mon Dieu! pauvre ami, s'écrie-t-elle en me sautant au cou, mais ton histoire, alors, ne finira jamais!

FIN.

Paris. — Typ. de PILL fils aîné, rue des Grans-Augustins, 5.

www.ingramcontent.com/pod-product-compliance
Lightning Source LLC
Chambersburg PA
CBHW050315030726
47505CB00003B/716